長倉 梅香
NAGAKURA UMEKA

峰村 桃花
MINEMURA TOUKA

秋月 杏
AKIZUKI ANZU

CHARACTER
[HIGH!] SCHOOL HACK & SLASH

CONTENTS

ハイスクール
ハックアンドスラッシュ④

竜庭ケンジ

豊葦原学園。

それは日本国内において最大規模のダンジョンを保有する、ちょっと変わった学園であった。

現代社会から隔離された箱庭。

常識からかけ離れた非現実の異世界。

そんな学園生活であっても、生徒たちは順応し、それはいつしか日常へと変わっていく。

環境に順応する力は生物の基本的能力だ。

モンスターとの戦い、スキルや魔法、外界から隔離されて風紀の乱れた学園生活。

どんな状況であれ、日々を過ごして青春を謳歌している。

「う～ん」

鉛筆を上唇に乗せた少女が、椅子の上で体を揺すっていた。

小柄な体格は新入生よりも幼く、可愛らしい。

彼女たちグループの元倶楽部長である、蜜柑だった。

「どうしたのかな？　蜜柑ちゃん」

うんうんと唸っている蜜柑に、のべーっと机に突っ伏していた凛子が顔を上げる。

同級生である蜜柑とは正反対の、柔らかく潰れている巨乳がクッションとなっていた。

色々と対称的な二人だが、一年生からのクラスメート同士で親友と呼べる間柄になっている。

「あのね、えっとね、新しい部室のレイアウトっていうか、ポンチ図を起こしてるんだけど」

「あ～、うん。確かに前より広くなったしね。前の部室で諦めてたギミックも搭載できるかな」

「でしょ？」

彼女たちが立ち上げ、既に解散した倶楽部『匠工房』は、『職人』と呼ばれる非戦闘クラスの集まりだった。

学園の生徒はダンジョンの中でモンスターを倒し、自分のレベルを上げて身体強化していく。

ダンジョンを攻略する人間がモンスターと戦う力。

その一つがクラスチェンジだ。

『戦士』『盗賊』『術士』『職人』『文官』『遊び人』をアーキタイプのクラスとして、派生する上位クラスへの道も開けている。

そうして自らを強化しつつ、ダンジョンの深層へと攻略を進めるのだ。

ただし、獲得するクラスを自由に選択することはできない。

学園施設の聖堂で行なわれるクラスチェンジの結果はランダムだ。

本人の資質、可能性、宿業、それらの要素により、相応しいクラスが自動的に選ばれて付与される。

そこで獲得するクラスは、学園生活にも大きな影響を与えていた。

戦闘能力に優れたクラスが花形として優遇され、非戦闘系のクラス保持者はあまり評価を得られず冷遇されていた。

蜜柑が所持しているクラス、『鍛冶士』。

凛子が所持しているクラス、『鑑定士』。

どちらもクラフター系の上位クラスだ。

職人系からの上位派生は多くの種類が確認されており、得意分野の能力が強化されていく。

それでも所詮、『職人』という評価は変わらなかった。

「できれば、狭くてもキッチンは欲しいわね」

『調理士』のクラスを持つ久留美は、蜜柑の席向かいで腕を組んでいた。

不機嫌そうな顔に見えるが、それが彼女のデフォルトだ。

だが、蜜柑も凛子も他のメンバーも、誰よりも仲間思いである久留美の性格は知っている。

「……です。コンロが一つだけでも」

同意したのは『調香士』のクラスを持つ鬼灯だった。

大人しい性格が揃っている職人組の中でも一際内気な性格をしており、自分から意見を出すのは珍しい。

蜜柑と同じくらいに小柄な身体を、自信なさそうにすくめている。

「絶対、欲しいです。電子レンジ、オーブンもある、嬉しいです」

ふんふんと鼻息を荒くしているのは、『菓子調理士』のクラスを持つ芽龍だ。

国際結婚した両親の元、生まれも育ちも海外な芽龍は、少しばかり発音がたどたどしかった。

もっとも、それを気にするようなメンバーはいない。

「この広さなら悩まなくても大丈夫ですよ～。格納可能なら邪魔にならないですし、作業台も大っきなのを

「……」

さり気なく自分の要望も混ぜてきたのは、『裁縫士』のクラスを持つ杏だ。

ほわほわとした笑顔は、今までよりも柔らかく楽しそうだった。

自分たちの能力を認めて、求めてくれる人がいる。

それは杏だけでなく彼女たち全員に、少しの自信と大きな喜びを与えていた。

「作業道具や器具も増える、というか必要になると思います。これからはモンスター素材もレベルが高くな

るでしょうから」

杏の隣に座っているのは、『調合士』のクラスを持つ桃花だ。

ここにいるメンバーの中では、凛子についで豊かな胸を机に乗せている。

「ですです。叶馬くんたちが採ってくる素材を加工するには、同じくらいハイレベルのツールが必ず必要に

なってきます」

両手の拳を握って頷くのは、『彫金士（ホワイトスミス）』のクラスを得ている市湖だ。

ふた房に結われた後ろ髪が、ぴょんぴょんと跳ねていた。

「あ、あの、できれば大型工作機械の置けるスペースも欲しいな、って……」

地味に無茶な発言をするのは、『機関士（エンジニア）』のクラスを持つ柿音だ。

一般的にコミュ症に分類される彼女たちは、オタクやマニアと呼ばれる気質が強かった。

つまり、コミュニケーションは苦手でも自分の得意分野には妥協しない。

「いっそ、工房（ファクトリー）を設置するのもアリだと思います。決闘結界の原理は大体分かりますし、多分自作できま

す」

学園に知られたら連行されそうなことを言い始めたのは、『錬金士（アルケミスト）』のクラスを持つ智絵理だ。

柿音とは特に仲が良く、ブレーキの壊れた暴走コンビでもあった。

「えーっと、事後承諾になっちゃいましたけど、寮の裏庭を耕して畑を作ってみました」

マイカップを手にさり気なく報告をしたのは、『植栽士（ガーデナー）』のクラスを持つ朱陽だ。

まったく悪びれた様子もなく、マイペースにのほほんとした笑顔を浮かべていた。

自覚も罪悪感もない、実に良い笑顔である。

「大丈夫です、行けます。設計は任せてください。麻鷺荘を要塞化してみせます」

怪しい方向に盛り上がってきた中で挙手したのは、『要塞建築士（カーディナル）』のクラスを持つ梅香だ。

辛うじて名称がクラス辞典に記載されていただけの、とてもレアなクラスホルダーである彼女は、紛うこ

となきトラブルメーカーであった。

もちろん、本人に自覚はない。

彼女たちが気弱で内気な性格であることに間違いはなかった。

今までの学園生活でも搾取される側であり、何かを為し遂げてきたわけでもない。

だが、叶馬たちに望まれ、期待され、活躍が許される環境になった今。

ぶっちゃけて言えば、かなり暴走し始めていた。

「よーし。それじゃあ、全部やってみよー。新しい部室を私たちのお城に改造だよっ」

彼女たち職人組十二名のリーダーである蜜柑が、ちっちゃな拳を掲げて宣言した。

「……いや、だから待ちなさい。蜜柑ちゃん」

疲れた顔を見せているのは、麻鷺荘の寮長である乙葉だった。

特製の紅茶とスイーツで接待されている場所は、麻鷺荘のミーティング室である。

本来は寮の自治組織によって使われるべき部屋だ。

ただし、ソロリティの会合はメンバーの自室を使うのが通例になっており、実質は物置にされていたスペースであった。

部屋にいるのは『匠工房』改め、叶馬を部長として新生した『神匠騎士団』の職人メンバー＋麻鷺寮長の乙葉だ。

「勝手に改造されると寮長として面目が立たないっていうか。無視されると切ないんだけど」

みんなも聞こえてるよね？

「まあまあ、乙葉。悪いようにはしないかな」

慰めるように肩へ手を置いたのは、苦笑している凛子だった。

乙葉と凛子、そして蜜柑の三人は、一年生の時のクラスメートであり気心も知れている。

「正式な部室がもらえて引っ越す時には、ちゃんと原状復帰もするかな。心配しないでも寮が崩壊したりはしないから。多分、ね？」

ジトッとした乙葉の視線に、片目を閉じた凛子がカップを掲げてみせた。

第41章　赤点

柔らかい翠の若葉も段々と深みを増し、風に混じる山の匂いが変わり始めていた。

窓からの景色は緑豊かな、というよりも未開の原生林しかない。

豊葦原学園の周囲は、田舎を通り越した陸の孤島だ。

時計塔の鐘が授業の終了を告げる。

連休の休みボケも抜け、教室の中では倶楽部活動の話題もチラホラと聞こえてくる。

一年生にとっては、五月の連休明けから新たに追加されたイベント要素になる。

実力、運、コネで上級生倶楽部からヘッドハンティングされる者もいれば、仲の良いクラスメート同士で新しく倶楽部を結成する者もいた。

またこの時期の名物として、倶楽部棟の前には仮設の勧誘所が設置されている。

「倶楽部ランクというのがあってだな。作ったばっかりの倶楽部は最低ランクの『F』になる訳だ」

机の上に腰掛けた誠一が、学生手帳の液晶画面を指先で撫でた。

タッチパネル方式となっている電子学生手帳には、倶楽部規約についても登録されている。

「倶楽部を作るのには十名以上の部員が必要。んで、最大部員数は二十名までになる。Cランクになると二十五名まで増えて、Bランクで三十名、Aランクで三十五名、Sランクになればマックス四十名だな」

「人数が増えると何か良いコトあるの?」

机に肘をついた麻衣が小首を傾げる。

「んまぁ、人数に応じた部費が学園から支給される。『銭』は大した額ではない。

支給される学内通貨である『銭』は大した額ではない。

だが、小さな倶楽部やダンジョンでの稼ぎが少ないエンジョイ組にはそれなりの収入になる。

逆にランクアップするようなガチ戦闘倶楽部ほど予算を必要としないため、枠は増えても部員を厳選する傾向があった。

「後はFランク倶楽部だと、必ず部室が割り当てられる訳じゃねえ。人数多い所に優先して回して貰えるっ
て感じだ」

「どっちもあたしたちには関係ないっぽいかなー」

「貰える物は貰っておきましょう」

「まあねー」

椅子に横座りしている静香の言葉に麻衣が頷く。

設立したばかりの倶楽部『神匠騎士団』は、一年生七人と二年生十二名となり、計十九名の部員を数える。

新設の倶楽部としては珍しいほど大人数だ。

この時期に乱立する一年生の新設倶楽部では、逆に下限人数を揃えるのに苦労しているくらいだ。

「まともに学園公認の倶楽部として扱われるのは、Bランクからだな」

「ランク上げるにはどうすればいいの?」

「四半期毎に開催される『倶楽部対抗戦』のランキング次第だ。Sランク上位四部、Aランクが一二部、B
ランクが四八部の枠争奪戦になってる」

SランクとAランクは別格としても、Bランクからはプレハブではない立派な倶楽部棟も用意されている。

また、同じBランクでも順位で割り当てられる部室にはクオリティ差がつけられており、常に競争を煽ら
れる環境となっていた。

「ん〜。Aランクは厳しそうだから、取りあえずBランクが目標かな」

お気楽な麻衣の発言に、誠一が突っ込みを入れた。

「いやいや、無茶言うなよ。ランク飛ばしすぎだろ。ナンボなんでもいきなりは無理……だよな?」

「良きに計らえ」

「殿様か、お前は」

実際には殿様ではなく、ただの部長である。

ぐったりと机に突っ伏した叶馬の台詞に、誠一が溜息を吐いた。

「うーん、流石の叶馬くんも干からび気味?」

「お腹が空いているから、かと」

「蜜柑ちゃん先輩たち艶々だったしな。一晩でどんだけカロリー消費してるんだっつう……」

「そのお陰で蜜柑ちゃん先輩たちを取り込めたんだしね。ほとんど部員枠が一杯になっちゃったから、叶馬くんが更なるハーレム部員を増やすためには早々にランクアップしなきゃ」

「既にダンジョン攻略に必要な面子は揃ってるから、追加要員が欲しければ好きにしろって感じだけどな。ちなみに倶楽部対抗戦は六月だぞ」

手帳をポケットに戻した誠一が脚を組む。

「その前に中間テストがあんのを忘れんなよ? 特に問題はないと思うが」

――穿界迷宮『YGGDRASILL』、接続枝界『黄泉比良坂』――

――第『漆』階層、『既知外』領域――

「あ～、うんうん。もうすぐ昼間テストだね。ふ、不安なら勉強を見てあげようか?」

視線を泳がせた蜜柑先輩が、お姉さんアピールをしてきた。

背後にいるゴライアス君も、明後日の方向を見ている。

ダンジョンアタック中に余所見をしてはいけない。

というか、見た目が遮光式土偶のゴライアス君も、ちゃんと首が回転するらしい。

「パワーレベリングだし、そんなカリカリしなくてもイインじゃない？」

マジックロッドを担いだ麻衣が、くぁっと欠伸をしていた。

まあ、今回の主目的は蜜柑先輩のレベル上げである。

元『匠工房』組の先輩たちは、俺たちよりもレベルが低かったのだ。

なので、こうして先輩たちをダンジョンへと連行し、強制的にEXPを稼いでもらっていた。

全員同時は効率が悪いので、ローテーションで順番を決めている。

その甲斐あって、今は先輩たちもみんな第二段階クラスを獲得していた。

そういえば蜜柑先輩に限っては、最初からセカンドクラスのホルダーになっていた。

本人に自覚がなかったので、恐らくスキップでチェンジしたのだろう。

特定のクラス適性が高い場合、稀に良くあることらしい。

「っていうか、ダンジョンに来てまでテストの話とか止めてよね。あーもー鬱う」

「いや、しかし」

「しかし、じゃなーい。蜜柑ちゃん先輩だって困ってるでしょ！」

勉強アレルギーのある自分と一緒にするなと。

いや、蜜柑先輩も優等生ではないか。

なにしろ特殊な学園なので、勉強ができれば成績優秀というわけではない。

そういう一般的ではない特殊なケーススタディについて、先達である蜜柑先輩に聞きたかったのだが。

確かに地上に戻ってから聞くべきか。

「大丈夫。何でも聞いていいよ」

頼りになる上級生をアピールする蜜柑先輩は、小っちゃなお胸にポニっと拳を当てている。

とても可愛らしいが、包容力とか余裕とかは感じられなかった。

ゴライアス君もダンジョンの壁にライトアームを押し当てて、頭を垂れた落ち込みポーズをしていた。

『強化外装骨格』にはスタンドアローン運用の自動操作と同調操作、そして騎乗操作の三種類がある。

基本は本体が安全な、遠距離からの単独起動で用いられている。

細かい作業にはシンクロモードが有効なのだが、油断するとこういう嘘発見器みたいになるし、とても危ない。

後はエッチの最中にシンクロしていると絵面が酷いことになるし、とても危ない。

「こ、これは違うんだよ。わざとだもん」

俺の視線に気づいた蜜柑先輩が、ゴライアス君とのシンクロを解除した。

パタパタと慌てている姿がラブリー。

包容力はないが庇護欲をそそられます。

「……むぅ。叶馬くんの意地悪。どうせ頼りにならない先輩だもん。補習常連の落ちこぼれだもん」

うりゅっと涙目になった蜜柑先輩から、上目づかいで睨まれました。

麻衣にフォローを求めたら、あたし知～らないって感じで、前線にいる誠一の所まで逃げていった。

今回はいつもの一年生メンバーに蜜柑先輩を追加したパーティだ。

現状は俺たちだけでも殲滅力が過剰となっており、前線と控えを交替しつつ攻略を進めている。

「そのようなことは」

「叶馬くんもクラフターはダンジョンの中で役立たずだ、って思ってるんでしょ」

すっかりいじけてしまわれた。

まあ、ダンジョンの戦闘で足手まといという思いは、蜜柑先輩だけでなく職人クラスに共通したトラウマなのだろう。

それについては一応、改善案があるのだが、今は素直に話を聞いてもらえそうにない。

「ひゃう！」と、叶馬くん？」

大部屋のモンスターハウスでは沙姫（さき）がハッスル斬殺し続けているし、まだ少し余裕はあるか。

プリプリと拗ねているお尻にタッチ。

ビクッと跳ねた蜜柑先輩は、既にノーパンだ。

「う〜……また、スルの？」

「します」

スカートを捲ると、小振りで可愛らしい生尻が見える。

それなりに性交回数を重ねてきたので、キツキツだった蜜柑先輩も普通に致せるくらいには開発済みだ。

「叶馬くんは溜ってると暴走しちゃうんだもんね。仕方ないから……好きなだけ抜いても、いいよ？」

恥ずかしそうにスカートを持ち上げる蜜柑先輩は、少しだけお姉さん風味。

こんな可愛い先輩さんに許可を頂戴したのなら、こちらも抜かねば無作法というもの。

「あ、けど……あの、優しく、してね？」

「無理かと」

「はう、叶馬くんの意地悪ぅ」

小柄な身体を後ろから抱え込んだ。

両足の間に手を滑り込ませると、ヌルッと指先が滑った。

ダンジョンにダイブした直後に一回目の性交は済ませている。

パーティを組むようになっても最初の一回の内は恥ずかしがっておられたのですが、いい感じで静香たちに毒されてきました。

両方の太股を抱えて、ぐいっと股間を開かせた。

16

「やぁ」

反射的に隠そうとする蜜柑先輩であるが、空中に持ち上げられた不安定な姿勢にされている。

掴んだのはスカートではなく、自分の太股を抱えている俺の腕だった。

そしてお尻の高さを調整して、真下からヌッと中に侵入させた。

ヒクッと震えた蜜柑先輩だが声は漏らさなかった。

幼顔を艶やかに火照らせ、ぽーっとした様子で受け入れている。

小柄な蜜柑先輩は、中も小さくて狭い。

先端に生じる、肉を押し広げていく感触を堪能しながら、より奥まで筋道を刻み直していった。

小振りな臀部を空中に固定したまま、俺が腰を振って出し入れする。

次は腰を振るのを中断して、先輩の身体を揺すってピストンをさせる。

それを交互にしばらく続けていたが、自然と俺も腰を振りながら、蜜柑先輩の身体も揺れるようになっていた。

声を我慢していた蜜柑先輩も、可愛らしい鳴き声を零している。

「叶馬さん。周囲のモンスターが片付いたので移動を……と、思ったのですが」

「む」

どうやらモンスターハウスの掃除が終わってしまったようだ。

槍を抱えて近づいてきた静香は、小首をかしげて和やかな笑みを浮かべる。

「いえ、最後までどうぞ。ごゆっくり。途中で止めると先輩も切ないでしょうから」

「や、ぁ」

身悶える蜜柑先輩を、静香はニコニコと見守っていた。

順調ですね、という呟きは聞かなかったことにします。

「旦那様〜。私も一緒に」

「沙姫ちゃん」

「今は駄目、です」

後ろからも何やら聞こえてきますが、まあ、気にしない。

 ＊　＊　＊

「──で、あの子たちは一体何者なの？」

麻鷺荘の旧ミーティングルーム、現『神匠騎士団』の仮設部室。

扉を開ければ受付カウンターに陳列棚と、既に会議室の面影は残っていない。

カウンターの前には小さなラウンジが設けられ、フリースペースとして寮生なら誰でも『神匠騎士団』特製ブレンドティーが楽しめるようになっていた。

寮生を味方につけるため、彼女たちは着々と準備を進めていた。

「それって、叶馬くんと愉快な仲間たちのことかな？」

ティーカップから立ち上る香りに、目を細めていた凛子が首をかしげた。

小さな丸テーブルを挟んで、椅子に座った乙葉が溜息を漏らす。

「そう。あの子たちのパーティ、ちょっと異常なんですけど」

「ん〜、ダンジョン内でのセックスセラピー？　叶馬くんがオーバーヒートしてキレちゃうから必須だって静香ちゃんが言ってたケド。まあ、乙葉もあっと言う間に馴染んだみたいで何より」

「ちがっ、馴染んでなんて無いし！　ていうか、私も自然に仲間扱いするのは止めてちょうだい」

「往生際が悪いなぁ……」

発足したばかりの『神匠騎士団』では、主に静香と凛子が実務的な活動をしていた。

当然、情報にはほとんどの情報を共有している。

副部長として登録されているのは静香と蜜柑であったが、『匠工房』時代にも実際に取りまとめ役を務めていたのは凛子だった。

部長がマスコット的シンボル扱いなのは、現状もあまり変わっていない。

「今はあの子たちの話をしているの」

「ほいほい」

「とにかく、あの子たち絶対におかしいでしょ。誠一くんは忍術を使っていたからセカンドクラスの『忍者』だろうし、麻衣ちゃんもあんな弾幕魔法を張れるってことは『術士』系の上位クラスになってるはず。沙姫ちゃんは……あの子、なんか私より強いんですけど？」

「あー、うん。あの子はぶっちゃけ天才とか鬼才とかの、常人外カテゴリーだろうから気にしない方が良いんじゃないかな。蜜柑ちゃんと話が通じるってことは、そういうコトだろうし」

類が友を呼ぶという言葉があるように、常人とは異なるセンシティブな人種のシンパシーだろうと凛子は思っていた。

そう割り切って受け入れた方が、お互いにとって楽である。

「要するに、あの子たちは私たちより、ただ『レベル』が高いってだけでしょう？」

「……有り得ない」

「実際に、そうだし。乙葉が本当にコッチ側に来たら分かるよ」

公開してもいい情報と秘匿するべき情報の線引きについて、静香と凛子の意見は一致していた。

立ち位置を明確にしていない乙葉は、あくまで『部外者』扱いのままだ。

「まあ、あの子たちのパーティが戦闘狂《バトルマニア》なのは間違いないかな。羅城門の開門直後からダイブして閉門までがっつり探索するんだよ。

「だから、それがおかしいでしょ。それも見敵必殺《サーチアンドデストロイ》で」

「あの子たちはマップの外エリアを踏破してるからねぇ。それくらいできなきゃ進めないんでしょう。お陰でレア素材をわんさか持ってきてくれるし」

それ自体は別にルール違反ではない。

学園が通達している階層の推奨レベルを超えるモンスターが出没するリスクはあるが、稀少《レア》や上位カテゴリーのモンスターから素材やマジックアイテムのドロップを狙える。

そうしたリスクを承知で既知外エリアに挑戦するパーティもまれに出てくる。

だが、早々に撤退してしまうのが現状だ。

既知外エリア攻略の難易度を高めているのは、超越個体《オーバーボーダー》と呼ばれている存在だ。

例えば、深層への接続地点である界門《ゲート》。

そのゲートから流出する瘴気圧によって、界門守護者《ゲートキーパー》は階層規定値というレベルの縛りから超越した存在となる。

同様に、討伐されずに限界まで瘴気を吸収したモンスターも、『彷徨う脅威《ワンダリングモンスター》』と呼ばれる超越個体として学園から緊急討伐クエストが発行される事案になるくらいだ。

既知エリア内にそうした超越個体が迷い込んできた場合は、軍戦推奨敵《レイドエネミー》として学園から緊急討伐クエストが発行される事案になるくらいだ。

「……ほら、そういう対ボス戦ではっちゃける理不尽な子が、居るし」

「……ええ、そういうことなんでしょうね。あの子が軍戦推奨敵《レイドエネミー》を潰してるから、マップ外エリアでも攻略できてるんだと思う、けど」

何者であるのかという疑問は解決されていない。

そもそも凛子たちも叶馬が何者なのか分からないのだ。

そしてなにより、叶馬本人が一番分かっていない。

「まー、叶馬くんが理不尽だろうが訳分かんなかろうが関係ないし。理不尽に最強なくらいが私たちの代表として頼もしいかな」

*　*　*

夜も更けた麻鷺荘は、夜の森に沈んでいた。

学生寮が点在する広大な学園の敷地において、周囲に何もないほど僻地にある女子寮だ。

校舎や学生街からも遠く、純粋に不便な立地でもある。

故に転寮届けが絶えない、不人気学生寮として知られていた。

「うーんむむむぅ～」

腕を組んで可愛らしい唸り声を上げている蜜柑に、濡れた髪をワシワシとタオルで拭う凛子が首をかしげる。

寮部屋に空きが多い麻鷺荘とはいえ、十一名もの転入希望者には個室を用意できなかった。

蜜柑たち転入組は新入生と同じように、二人一部屋が割り当てられている。

「どしたの？　蜜柑ちゃん」

ベッドの上に座り込んだ蜜柑は、起き上がり小法師のように身体を左右に揺すっている。

自分のベッドに腰掛けた凛子がタオルを首にかけた。

「えっとね。今日のダンジョンで叶馬くんから言われたんだけど……」

22

「蜜柑ちゃんがチッパイなのはステータスだと思うかな」

「オッパイの話じゃなーい！」

地雷がドーンと爆発した蜜柑だったが、すぐしおしおになって自分の胸元を押さえた。

「男の子にとっては、大きさよりも形が大事らしいかな」

「？ー、そういう話じゃないもん……」

そもそも蜜柑の乳房は『小』ではなく『微』のカテゴリーである。

形を愛でるほどの膨らみはない。

「まあ、叶馬くんのパーティメンバーを見る限り、大っきくても小っちゃくても問題なさそうかな」

蜜柑とは次元の違う、凛子のたわわな胸がシャツを内側から押し上げていた。

恨めしそうな上目づかいでボイン山脈をチラ見した蜜柑がプルプルと首を振る。

「まあ、冗談は程々にして。叶馬くんから何を言われたの？」

「う、うん。ダンジョンでの『職人』の戦い方についてなんだけど……」

部員のレベリングという名目で、叶馬たちパーティに『職人』メンバーが参加している。

実際にはパワーレベリングも行っているのだが、主な目的はパーティを結成して羅城門からダイブすることによる情報閲覧での情報取得が目的だった。

戦闘クラスの戦闘スキルと比べて、動きが鈍く使えないという『職人』の『強化外装骨格』だが、パワーレベリングも行っているのだが、主な目的はパーティを結成して羅城門からダイブすること

と装甲には申し分がない。

足りないのは機動力、そして戦闘をサポートする手段だ。

パーティメンバーのサポートと理解があれば無力ではないが、やはり足手まといと認識されている。

「戦い方を勘違いしてるんじゃないのか、って言われたの」

「それは……」

動きを止めた凛子が憮然とする。

戦闘に向いたクラスではないという自覚があるのに、そういう言い方はないと思う。

「そうじゃなくて……。えっとね、宝箱から大っきなハンマーをゲットしちゃったの」

「あの子たちは、またそうやってあっさり宝箱とか」

普通に既知エリアを探索している場合は、月に一度宝箱を発見すれば運が良いとされるレベルだ。

「こーんなに大っきなマジックハンマーだったんだけど」

両手でバンザーイする蜜柑だが、実際は柄の部分だけで二メートルを超えていたので全然足りない。

『撃震鎚』という能力がエンチャントされた『銘器』だ。

インパクトの瞬間に振動を与え、装甲を貫通してダメージを与えるマジックアイテムだった。

「それをゴライアス君が持つように言われてね。それで見たこともない大っきなトカゲちゃんをドゴーンって吹っ飛ばしちゃったの」

「蜜柑ちゃんが?」

「うん。ゴライアス君が」

蜜柑はゴライアスと名付けているが、『強化外装骨格』はイメージをトレースする自意識のないアバターだ。

強引に振り回すだけの、単純なハンマーという武器だから扱えたと言える。

逆に言うのなら、本体である職人が戦闘技術を学べば、『強化外装骨格』は様々な武器を扱える可能性があるということでもあった。

「……それは考えたことがなかった」

そもそも『職人』による戦闘スタイルというものが学園では確立されていない。

最初から相手にされていないのだ。

24

「後ね。カスタマイズとか、オプション装備はないのかって」

「それって、『強化外装骨格』の？」

「うん。モンスターの素材を使って強化装甲とか増設筋肉とか射出武器とかジェットブースターとか……」

「ちょっと待って、蜜柑ちゃん」

眉間を押さえた凛子が目を瞑る。

ダンジョンから採取されるモンスターの素材は、物質の形状をしているが本質的には瘴気であり魔力そのものだ。

学園の周囲は瘴気濃度が高い故に劣化速度も穏やかだが、放置していればやがて空気に溶けるように分解する。

基本構成物質が魔法素子以外のマジックアイテムの場合、地上ではマジックパワーが使えなくなるだけだ。

魔法素子そのものであるモンスター素材の場合は全て還元、いずれは消滅してしまう。

劣化に関しては、例えば乙葉が使っているモンスター素材で作られた甲冑などであれば、定期的にダンジョンの中へ持ち込んで瘴気を吸収させれば問題はない。

だが、物質化した魔力とは、つまり自分たちの『強化外装骨格』と同じ構成物質ということだ。

「うん。できる。できる、かも……実験してみないと分からないけど」

あくまで本人の分身なので、腕を増やすような原型から逸脱した改造は難しいと思われた。

それに同じ『職人』クラスでも個人個人で形体が異なる『強化外装骨格』は、本人の潜在意識が反映されていると考えられていた。

改造は慎重に検証をする必要があるだろう。

それでも、実現すれば『職人』にとって革命となる戦力アップになるはずだった。

「それでね！　徹甲虫っているでしょ？　ばびゅーんって飛んでくるおっかないテントウ虫。そ

れのね、噴射器官をゴライアス君の肘の部分に組み込んだらね。すっごいダイナマイトパンチがドカーンっ
て撃てるようになってねっ」

『徹甲虫』は別名『騎士殺し』とも呼ばれて恐れられている昆虫型モンスターだ。

生体ジェット噴射器官を持ち、外骨格は鋼以上の強度がある。

小さく発見しづらいモンスターなので、不意打ちで突撃を食らえば前衛クラスの重装甲ですら貫通した。

「……蜜柑ちゃん、ちょっとお話しししよっか。叶馬くんも呼んでくるから少し待っててね？」

「え、えっと、今日は静香ちゃんたちの番で、今頃」

「大丈夫。すぐ終わるかな。多分、夜明け前には」──

　　　　＊　＊　＊

平日の教室、平日の授業中。

学生の本分たる神聖な勉学タイム、だというのに。

眠い。

ヤバイくらい眠い。

窓の外はポカポカと良い天気。

蝉が鳴き始めるのはまだ早いが、鳥の声が山の方から聞こえている。

ああ、眠い。

意識を保つのが辛い。

眠りの砂を目に撒かれたようだ。

だがしかし、授業は真面目に受けるべき。

居眠りなどは論外である。

「いや、いっそ大人しく寝ててくれ。誰も起こそうと思わないから」

誠一の声で悪魔の如き誘惑が聞こえるがガンスルー。

「デフォルトの能面が般若みたいになってるから。慣れたあたしでも、不意打ちで見たら悲鳴上げるレベ
ル」

「歯を食い縛るほど眠いのかと。周りの連中がストレスで早退してるんだが」

「……思うに、睡眠付与攻撃を仕掛けて来るモンスターも居るらしいので丁度良い睡眠耐性訓練だ死ね」

「お前、言葉尻が不自然だろ。どう考えても」

去れ、悪魔よ。

俺は今、試練を受けているのだ。

煩悩の化身であるマーラの誘惑をはね除けたブッダの如く、悟りを開けるような気がしてきた。

我、六根清浄を遂げニルヴァーナへと到達するべし。

白い聖なるカレイドスコープが脳裏に弾け、俺は解脱すると共に宇宙の真理に触れていた。

これが真理の世界。

柔らかく穏やかで至福に満ちた温もり。

「……お目覚めですか?」

「我、開眼せり」

教室で自分の席に座っていたはずなのだが、何故か静香の膝枕の上で熟睡していた模様。

女の子の膝枕はニルヴァーナであると悟れり。

「頼むから寝かせてやってくれと、満場一致で教室を追い出されました」

「ソーリー」

静香を巻き込んでしまった。

というか、どうやって俺をここまで運んできたのだろう。

まさかお姫様抱っこされてきたのだろうか、ちょっぴり恥ずかしい。

授業のノートは誠一から借りよう。

あれで結構、筆マメなのだ。

生垣を背にした硬いベンチのベッドも、静香の膝枕があれば快適な寝具だった。

穏やかな木洩れ日と、草と土の匂いがしている。

どうやら図書館近くの庭園にいるらしい。

手入れされている広い中庭は、学園のパンフレットにも記載されていた名所だ。

拘りの感じられるガーデニングは見応えがあった。

管理人の趣味が良いのだろう。

授業中である故か、他に人の気配は、まあ、ボチボチしかなかった。

授業をサボってアンアンアッアーンしている素行不良生徒が複数組いるっぽい。

こういう性風紀に関しては、本当にフリーダムな学校だと思う。

規制も管理もされていない思春期の男女であれば、この姿が自然なのかもしれないが。

生殖能力を獲得して、一番性欲の昂ぶる世代は、未成年と呼ばれる今だ。

その時に子作りを禁じられているのだから、少子化になるのも当たり前である。

年を取ってリスクを考えるようになれば、無計画に子供も作れまい。

生物的には、本能のままに行動して結果的にできるのが子供であり、理性で考えて子作りするのに無理が

あるのだ。

ああ、心底どうでもいい。

なんで俺が、日本の次世代について思い悩まねばならぬのだ。

「叶馬さん……」

頭を撫でてくる静香の右手はどこまでも優しく、目と閉じれば再びニルヴァーナへと旅立ってしまいそうだ。

だが、左手でケツも一緒に撫で回しているのが凄く、痴漢電車感。

俺は進行形で性的にイタズラされちゃってる、という羞恥と屈辱と快感が入り混じったスプラッシュマウンテン。

いや、まあケツ刺激程度でスプラッシュはしないがマウンテンはする。

「昨夜は途中で邪魔が入りましたので」

「ああ」

ほぼ徹夜で凛子先輩に叱られていました。

「……それに、最近は二人きりになれるタイミングがなくて」

それは確かに、常に誰かと一緒だった気がする。

寮住まいの学園生活なので、基本はオールタイムの集団生活だ。

プライベートな時間の確保は難しい。

こうした二人だけの、のんびりとした時間も悪くない。

「もう、いっそ叶馬さんを監禁してしまえば、ずっと一緒にいられるのかな、と」

「思い留まり下さい」

静香さんが欲求不満のあまり病んでしまっている模様。

じぃ…と熱っぽく見詰めてくる瞳がマジ度数高め。

こうなったらもはや奥義、痴漢返しを使わざるを得ない。

いきなり空気を読まずにガバッと反転。

反対側も耳掻きしろと言わんばかりの掟破りな荒技だ。

急所に顔を押し付けられた静香も、これには参ったとばかりに頬を赤らめつつ慌てて、いなかった。

頭から耳たぶに移行してケツ揉み揉みが股間正面へと移行してマウンテンデュー。

そして不覚にも背筋がゾクゾクする。

いや、ズボンの上からマウンテンを撫でられてもデューはしないが刺激度は鰻登りだ。

反転によるダメージ換算は俺にとって不利であった。

だが、ここまではあくまで段取りだ。

膝の上での頭グルンにより静香のスカートがずり上がり、絶対領域と化した箇所へのダイレクトアタック。

俺の破廉恥極まる痴漢攻撃により、静香はキャアと可愛らしい悲鳴を、あげない模様。

太腿の奥に滑らせた指先が滑っています。

既にショーツの上からぐっしょりとお濡れになっておられた。

「……膝枕をしている間に、とめどない妄想が思い浮かび」

「サレンダー」

痴漢行為が成立せず、故に俺の攻撃が無意味化されるという完全敗北。

「膝枕をしていたご褒美が欲しいな、と……」

ジーとジッパーが降ろされると、エクステンションなマウンテンが静香の手中に。

あまり焦らすと予想外の方向にヒートアップしてしまいそう。

ベンチから降りて静香も立たせ、前屈みで座板に手を置かせる。

スカートを捲り返すと、プリンとしたお尻を包んでいるショーツが半分くらい濡れていた。

ピンクの可愛いフリルショーツに手を掛けて臀部を剥く。

両手を尻タブに乗せて谷間を開くと、艶々と濡れている恥丘もパックリと口を開いた。

既に制衣開放しているマウンテン棒の先端を尻溝にあてがうだけで、つるりと粘膜の中に亀頭が滑り込んでしまった。

そのまま静香の尻を掴んで根元まで填め込む。

ほぼ毎日のように挿入している静香の尻は、俺が一番慣れ親しんでいる女性器だろう。

だが、使い飽きてしまったということは、全くない。

俺にとって女体の基準は静香であり、蜜柑先輩がドヤ顔で造り合わせた刀と鞘のようなぴったりフィット感がある。

静香の中でギンギンに反り返るマウンテン棒が、天井側の襞を刳ぎ落とすように膣洞をピストンしていく。

手を添えている尻の谷間は揺れるタイミングでキュッと締まり、抜くタイミングでは太腿がプルプルと震える。

静香のお尻と合体しながら、天気のいい青空をほのぼのと振り仰いだ。

周囲が静かになるほどのパアンパアンパアンという静香太鼓を打ち鳴らした後は、時計塔の鐘が鳴るまでベンチに座ってイチャついていた。

何故か周囲のお仲間さんたちが、急に和太鼓に目覚めていたのが謎。

最後まで膝から降りなかった静香も、終了の合図とともに普段どおりに戻った。

腕を組んだりベタベタと引っ付いてきたりはしない。

男の後を三歩下がってついてくるという感じだ。

亭主関白を気取るつもりはないが、その静香の距離感が心地いい。

その代わりに、セックスの間中は誰よりも甘えん坊さんになるのだが。

授業をボイコットしてしまったが、たまにはこんな日があってもいいのかも知れない。

「んー、あーやっと終わった。マジダルー」

自分の机にべしゃりと潰れた麻衣が、伸ばした手をプラプラさせる。

「お疲れ様でした」

答案用紙が回収され、中間テストの緊張感から解放された教室にざわめきが戻っていた。

授業以外の予習復習をサボり気味だった静香も、特に問題のない手応えを感じて安堵の吐息を吐いていた。

「今更、国語とか数学のテスト勉強とかマジ意味分かんない」

「麻衣さんは昨日も漫画を読んでいたような気もしますが……」

テスト前の一夜漬けすら放棄している麻衣だった。

「漢字とか数式とかアルファベット見るのが苦痛」

麻衣は基本、どうしようもないくらい馬鹿だよな」

机に肘をついて顎を乗せている誠一の言葉に、ムッとした麻衣が顔を上げる。

「そういう誠一も同じでしょ?」

「回答欄は全部埋めたけどな。ケアレスミスでもなきゃあ問題ねえだろ」

「……それって満点取る自信があるってコトじゃないの」

「いや、ぶっちゃけ中坊レベルの問題だったろ?」

学園側としてもペーパーテストで赤点などを取られて座学補習をさせるより、ダンジョン攻略を優先させたいという思惑がある。

学力に対してのボーダーラインは底辺校並みに低い。

「まあ、ペーパーテストで良い点取っても意味ねえっし。名前さえ書いときゃ問題ねえよ」

「何その余裕の笑顔ムカツク」

「ヤメロ、突っつくんじゃねえ。実際にキッチリ補習があんのはダンジョン実習テストの方だが、俺らには関係ねえしな」

一年生一学期におけるダンジョン実習の中間テストは、ダンジョンの第二階層に到達すること、だった。

彼らにとっては最初から通り過ぎた階層になる。

「叶馬さんも、お疲れ様でした」

「ああ」

「叶馬くんも余裕の顔じゃん！　何この男ども。無駄にスペック高くて超ムカツク」

「いやいや俺らが高いんじゃなくて、麻衣の頭が悪いだけであってな」

「うららー！」

連続麻衣パンチを片手でいなす誠一が欠伸をする。

「まあ、明日からテスト休みだし。少しのんびりできるさ」

豊葦原学園では定期考査の後に、『試験休み』という休日が設定されていた。

今回の中間テストでは、日曜の休日を含めた三日間がテスト休みとして確保されていた。

この期間に成績不良生徒の補習が行われる。

対象はペーパーテスト、つまり一般科目の学力不足ではなく、ダンジョン実習の課題未達成者に対する補習だ。

とはいえ、赤点判定のボーダーは厳しくない。

ダンジョンに入ること自体を怖がっている生徒や、よほど実習をサボっている者が対象となる。

彼らにとって問題はない。

問題はないはずだった。

「――叶馬くん。ちょっと良いですか？」

強ばった顔の担任教師である翠が背後に立っていた。

「お前、何をやらかしちゃってんの?」

予想外のトラブルに困惑している俺を、額を押さえた誠一が呆れながら罵倒している。

「お前がダンジョン実習で赤点とかバッカじゃねえの」

「生徒手帳は常時携帯って、入学式のオリエンテーションでも耳タコで言われてたじゃん」

腕を組んで仰け反る麻衣がゴミを見る流し目。

だが、ちょっと待って欲しい。

俺にも色々と事情があるのだ。

「——もう一度、もう一度ちゃんと翠先生と話をすれば分かってもらえる、分からせる」

真剣なお顔をした静香さんが、怖い目でブツブツと呟いているのがちょっとホラー。

さて、一度冷静に俺が如何にしてダンジョン実習テストで赤点を取ってしまったかを分析しよう。

一年生一学期ダンジョン実習の中間テストの課題は、『ダンジョンの第二階層に到達』である。

これは定期考査毎に一層ずつ深度が増えていく。

豊葦原学園は三学期制なので、それぞれ中間と期末テストで目標階層がプラスされ、最低一年で六層を攻略せねばならない。

二年生に進級するためには七層、三年生に進級するには十三層までの到達という感じだ。

最低限の深層攻略に必要なダンジョンマップは購買部で販売しているそうなので、ただ到達するだけなら運任せのゾンビアタックでも抜けられそうな気はする。

ただし、ダンジョン実習のテストは、本来ならばダンジョンの到達階層のみではない。

指定モンスターの素材提出や提示されるクエストのクリア、実力試験など様々な追加の課題があるそうだ。

一年生にとっては初めての定期考査ということで難易度が低いのだろう。

俺たちパーティメンバーは当然クリアしているということで赤点評価である。

「だから前にも言っただろ？　コイツが生徒個人のパーソナルデータを記録してるモバイル端末だって」

誠一がポケットから取り出した学生手帳を振ってみせる。

謎のテクノロジーで、モンスターの討伐数や階層移動を感知する電子手帳だ。

つまり、俺が持っていると何故か煙を噴いて壊れる『電子機器』である。

受け取った初日に、机の引き出しの奥に放り込んだまま。

要するに、ダンジョン実習のテスト評価は、ソレのデータを元にしていた、というわけだ。

「ダンジョンアタック回数ゼロ、モンスター討伐回数ゼロ、取得EXPゼロ。叶馬くんサボりすぎでしょ」

ケラケラと笑う麻衣が、机の上に置かれている新しく配布された俺の生徒手帳を突っつく。

翠先生に事情を説明したら、溜息を吐かれつつも新しく手配して頂いた新品である。

更新手数料が無料だったので助かったのだが、持ってるとまた煙を噴いて爆発するような気がする。

「だったら、まあ裏技になるんだが静香にでも預かってて貰えばいいだろうが」

同じように生徒手帳を一度破壊して差し上げたはずの誠一が声を潜める。

確かに不正の臭いがプンプンする抜け道だ。

だが、そういうズル技は、誠一がどこからか調べてきた学生手帳の仕組みを知っているからこそ思いついたのだろう。

普通は分からないと思う。

しかし、随分とザルなシステムであると言わざるを得ない。

「叶馬くん、残念だったね〜。テスト休みがパーじゃん」

「ぐぬぬ」

テスト休みにそれほど未練はないが、物凄く嬉しそうな麻衣に天罰が落ちるように祈る。

俺のぐぬぬパワーはもはや天元突破。

何となく『天罰』を落とせそうな気さえする。

こう、見えないスイッチを捻るように、クイッと。

「あははは、ワハー」

「おいおい」

バキィ、と座っていた椅子の脚が床に転がる。

「……あ痛たた。この椅子不良品すぎぃ！」

慌てた誠一から助け起こされた麻衣が椅子を蹴っていた。

俺のGPメモリバーがちょっと減少しているように見えるが、多分気のせいだろう。

椅子の脚を折るスキルとか微妙すぎぃる。

「まあ、今回はしゃあねえから補習受けるしかねえだろうな」

「やむを得まい」

「補習については俺も詳しくは知らねえんだが、テスト休み中の泊まり込み合宿ってのが引っ掛かってるんだよなぁ……」

補習通知のプリントには、三泊四日のダンジョン実習と記載されている。

俺も学園敷地内の寮に住んでいる生徒を、わざわざ缶詰にして合宿させる意味が分からない。

逃げ出す奴を監禁する目的か。

明日、補習会場に行ってみれば分かるだろう。

そんなことより問題は、だ。

「分からせる、分からせてやる……。私を叶馬さんから切り離そうとする牝豚に身の程を思い知らせてやる。」

「どうどう」

膝の上に組んだ手を握り締め、俯いたままブツブツと呪詛を放っている静香をナデナデ。

翠先生へ事情を説明するために同行した時も、普段の押しの弱い性格が反転して半狂乱になってしまった。

「……うんにゃ、静香って普段から結構ヤンデレだよね」

「そういや、ずっと叶馬と一緒だったもんな。依存気味だとは思ってたが」

静香には悪いが巻き込めない。

俺の不始末なので、ケツは自分で拭うべき。

「情緒不安定っぽいし、今日は一緒に居てやれよ」

「ああ」

「だがな。まあ、ちっとばかし嫌な予感がする。……イザとなったらお前の異常性がバレても構わねえから、ガチマジでいけよ。他の連中はどうでもいいが、お前は絶対に死ぬな」

さり気なく俺をディスってくるのは止めて欲しい。

⦿ 第42章　轟天の石榴山

さて、補習は泊まり込みという触れ込みだったので、替えの下着に洗面道具を詰めた鞄を肩に担いだ。

集合場所の体育館まで、のんびりと朝の学園を散歩する。

単独行動は久し振りなので、正直ちょっと清々しい。

学園に来るまではロンリーなウルフ状態だったので。

昨夜は暗黒面に落ちてしまった静香を宥めるために、付きっきりでメンタルケアをする羽目になってしまった。

お陰でまったく準備ができなかったのだが、まあ装備に関しては空間収納に預けてあるので問題ない。

ゲームとは違い、重量のある装備の持ち運びというのは負担が大きい。

ダンジョンの中では戦闘よりも探索の時間が長いくらいだ。

重量物の持ち運びで体力を消耗すれば、肝心の戦闘で実力を発揮することはできない。

上位パーティでは火力役や盾役などとは別に、荷役という荷物運び専門のメンバーが加えられることもあるそうだ。

良く考えたら、俺たちのパーティでは雪ちゃんが該当してそうな感じ。

一応、手ぶらというのも体裁が悪く、いつものバックパックだけは所持している。

格好もいつも通りにブレザーの制服姿なので、普段の登校とあまり変わりがない。

俺を行かせまいとする静香の作戦なのだろうか。

当り前だが他の生徒はテスト休みであり、通学路がスカスカなのは寂しい。

決して俺が寝坊したのが原因ではないのだ。

まあ、沙姫&夏海部屋で目覚めた時には誰もおらず、若干寝過ごしてしまったのは否定しない。

誰か起こしてくれても良かったのではないか、と思わなくもない。

邪推はさておき、しっかりと平らげた朝食を腹ごなししつつ、俺はのんびりと体育館へ到着していた。

遅刻してしまったのは仕方がない。

慌てないことが大事だ。

さり気なく体育館の壁に張り付いて、中の様子を覗き見る。

結構なざわめきに人の気配。

ざっと三百名くらいの要補習生徒が集まっているようだ。

好都合である。

これならこっそりと紛れ込んで合流しても気づかれまい。

体育館の下窓から様子を覗いつつ、ホット缶コーヒーを片手に合流タイミングを計る。

ザワッ、と悲鳴にも似た生徒たちの声に窓から様子を覗いつつ、オヤツ用に準備していたホットサンドのラップを外す。

まだ冷め切っておらず、トロリとしたチーズが良い感じ。

どうやら課題内容が告知された模様。

思ったよりも遅れていなかったようだ。

聞き逃さずに済んだのは、普段の行いだろう。

ダンジョン実習の補習内容は『レイドクエスト』への強制参加、らしい。

達成目標はなく、参加するだけで合格になるとか楽勝ではあるまいか。

まあ現状、参加できずに落第の危機に陥っているが。

口直しの棒アイスを舐めながら、体育館の様子を観察する。

自動販売機コーナーと行き来してるので、一部聞き逃してるような気もするが問題ないだろう。

ちなみに、この身体に悪そうなエメラルドグリーンとチョコチップがケミカル臭くて良い感じ。

集まった生徒たちから辛そうに顔を逸らした翠先生とルッキングクロス。

休日出勤ご苦労様です。

一応、缶コーヒーを持った方の手を上げて、ちゃんと参加していますよの合図。

お顔が引き攣っておられるようだが、こっそり合流する予定なので安心して欲しい。

二本目になる棒アイスのパッケージを剥ぎながら、要補習生徒たちの様子を眺める。

全員がダンジョンダイブ用のガチ装備を身につけ、パンパンに膨らんだバックパックを背負っていた。

散歩スタイルな俺の場違い感が凄い。

みんな揃って羅城門へと向かうようだ。

体育館からゾロゾロと出てきて渡り廊下を歩いて行く。

さて、どうやって合流するべきかとコーン部分を齧りながら悩んでいると、見知った生徒のグループが不安そうにキョロキョロとしつつ集まっている。

どうやら蜜柑先輩たちもダンジョン実習で赤点だったらしい。

そういえば昨日、麻鷺荘に戻ってからも静香がべったりしがみついていたので話もできなかった。

ちょっと距離があるので学年章が見えないが、要補習生徒は一年生だけでなく上級生も結構混じっているようだ。

情報閲覧も重複表示が多すぎて見えづらいが『遊び人（ニート）』系クラスが多い気がする。

他にも『職人（クラフター）』や『文官（オフィサー）』などの非戦闘クラスが目立っている。

ふむ、取りあえず提示されていたレイドクエストは三つだった。

『餓者髑髏城（がしゃどくろじょう）』
『テュイルリー興廃園（こうはいえん）』
『轟天の石榴山（ごうてんのざくろざん）』

『餓者髑髏城』は最近発見されたらしいレイドエリアだそうだ。

『テュイルリー興廃園』は過去に外国のダンジョンで確認されており、その時は攻略もされたらしい。

『轟天の石榴山』は何やら学園に古くから伝わる封印対象レイドで、活性化の兆候があるので地鎮のため

に選ばれたそうである。

成る程、まったく意味が分からない。

そもそも『レイドクエスト』とやらが分からないので、絶望の表情を浮かべる同胞たちと共感するのは難しい。

体育館から先生たちが付き添っているのは、誘導というよりも逃がさないように監視しているかのようだ。

そんなに見られていると、さり気なく合流できないのだが。

俺も渡り廊下の外を歩きつつ同行する。

蜜柑先輩たちに挨拶をしておきたいのだが、人混みに紛れてしまった。

仕方ないのでさり気なく便所の窓から校内に侵入し、廊下を集団移動する流れにさり気なく合流した。

我先にと羅城門への階段を降りていく集団は、もう少し心に余裕を持つべきだと思う。

というか、渋滞して詰まる。

羅城門が設置されている地下大空洞は、案の定補習生徒で鮨詰め状態となっていた。

後ろからぎゅうぎゅうに前へと進もうとしている生徒たちを、マッスルマッチョな用務員らしきオッサンたちが押し留めて仕分けしている。

対象になるレイドクエストの振り分け先は、アバウトな定数先着順っぽい。

最初は髑髏城、次に興廃園、最後に石榴山のようだ。

察するに、最初のレイドクエストの方に人気があるのだろう。

自由に参加クエストを選べるのならば、蜜柑先輩たちとご一緒したいものである。

仕分けされた最初のグループが、今まで開いたのを見たことがなかった最左門の前に並んでいた。

羅城門の扉は五つある。

これは授業で習っているし、先日のテストでも出題された。

一番最初のダンジョンダイブで利用したのが、最右にある『始界門』。

通常のダンジョンダイブに利用しているのが中央三門。

今回開放されているのは、一番左端にある『極界門』という名称のゲートだ。

レイドクエスト専用の門ということで、指定したエリアに入口を固定できるような特殊機能でもあるのだろう。

現に開放された門の奥は通常とは違い、歪んだ渦のように歪曲したままになっている。

我先にと詰めかけたわりには、死人のような顔をした生徒たちがゾロゾロと門の中へ潜っていく。

ビジュアル的には地獄で閻魔様に裁かれた亡者が、奈落の六道へと誘導されていくようである。

やはり転移ゲートは開きっぱなしらしく、第一陣は次々と吸い込まれるように入っていった。

蜜柑先輩たちを捜したいところだが、まだまだ待機組は黒山の人だかりだ。

まあ、リーダーの蜜柑先輩始め、他の先輩も要領の悪い子たちが揃っているから、最後の『石榴山』レイ

ドクエストグループになるだろうと思う。

俺は無駄な努力を諦め、生欠伸を噛み殺してぼーっと順番を待つことにした。

──穿界迷宮『ＹＧＧＤＲＡＳＩＬＬ』、特異分界『轟天の石榴山』──

──様式『王権』、※時空圧差『壱：玖』──

──※Ｏｐｔｉｏｎ　Ｉｎｔｅｒｃｅｐｔ　『軍戦式』 Ａｄｊｕｓｔｍｅｎｔ──

──※Ｍｏｄｅｌ　『煉獄』──

──※Ｃｏｎｆｉｎｅ　『７２時間／６４８時間』──

＊
　＊
　　＊

空に映るは茜雲。

黒と赤の境目は、昼と夜の境界。

郷愁をかき立てるグラデーションオレンジ。

陰と陽の境目が曖昧で、まるで血染めのような色は災禍の象徴。

古来より不吉を示す時刻を、『逢う魔が時』や『大禍時』と呼んだ。

『異世界』空間内において、その『世界法則』は物理的な法則を逸脱している場合が多い。

特にタイプ『王権』に分類されるレイドエリアは、その世界の要であるレイドボスモンスターが創造した空間だ。

創り出された空間は世界から切り離され、断絶した新しい世界となる。

『異世界』、即ち世界の大きさはボスの格に比例する。

ダンジョン内で発生したレイドボスモンスターとは、階層法則を大幅に逸脱した特異点だ。

ダンジョン階層という『世界』から弾き出された異物は、階層を越えてダンジョン内を泡沫のように彷徨う。

そうした特異点の移動について法則は分かっていないが、流浪う『異世界』と繋がったダンジョンのポイントは階層法則が変質していくことが知られていた。

挑戦者がダンジョンを攻略する上ではイレギュラー。

だが、そうしたレイドボスモンスターを討伐できれば、イレギュラーな報酬を手に入れることができるチャンスでもある。

豊葦原学園が管理している既知領域に繋がった『異世界』は監視下に置かれている。

それは、通常では入手できない特殊素材の獲得が目的、ではない。

『異世界』とリンクした座標から侵食される変異は階層を越えて、放置すればダンジョンから溢れ出て地上へと影響を及ぼすと言われているからだ。

故に学園では『異世界』発見の報告を受けると、高額報酬の『レイドクエスト』を発行して早期攻略を推奨していた。

学園において『軍戦』とは、基本としているパーティ単位の戦闘ではなく、複数のパーティが同時に強襲して対応するべき超越決戦と定義していた。

「こっちか？」

「分かんね。つかもうマジ怠いっつーの」

うっそうと生い茂った潅木を掻き分け、強制補習レイドクエスト『轟天の石榴山』の参加メンバーが歩いていた。

色づいた葉っぱから見える空の色が、同じような茜色に染まっている。

防寒具などの特殊装備を必要としない、穏やかな秋の季候であった。

長時間のダイブが前提となるレイドクエストにおいて、フィールドの環境難易度は重要な攻略要素の一つだ。

活火山帯や極寒のフィールドであれば、専用の環境装備が必須となる。

「かなり拡張されてるように見えるんだけど。ヤバいんじゃねぇの？」

未開の森林ともいうべきネイチャーフィールドを見回した男子が身震いする。

通常の低階層ダンジョンは、基本的に玄室と回廊が組み合わされた人口構造物だ。

天井という空間の制約すらない、広大な無限空間ダンジョンは第十階層まで到達しなければ見ることはない。

羅城門からダイブする『ダンジョン』とは、物理的な地層の重なりではなく、あまたの空間が連結された一種の時空回廊である。

「ま、大丈夫っしょ。『石榴山』はちょいちょいクエスト対象になるレイドだし。拠点はまだ残ってるだろ」

もう一人の男子が、手にしたマチェットで枝を払った。

通常のナイフより一回り大きな刀身を持つマチェットは、実際にジャングルでの藪漕ぎなどでも草木を払うツールとして利用される。

『轟天の石榴山』は、特に補習の強制レイドでは定番になっているクエストだ。

攻略記録『無し』、推定ボス難易度『極級』という封印指定異世界。

つまり、攻略は不可能だと判断されているクエストだ。

学園側としては定期的に贄を捧げて『活性化』による空間侵食の暴走を留め、既知外領域へ異世界が転移するのを待つという消極的対応にならざるを得ない。

「～ッ、スッペー」

見える範囲だけでもあちこちに実っているザクロの実をもぎ取り、赤いツブツブをまとめて口に含んだ男子が口を窄める。

「おっ。あったぜ。ベースポイントだ」

石榴山の名の通り、この異世界には無数の石榴の木が生え、常に果実を実らせていた。

あまり腹の足しになるような果物ではないが、貴重な食料源になる。

クリア難易度は『極級』であっても、最初からクエスト攻略を諦めている補習参加メンバーからすれば、生存環境難易度が低い『轟天の石榴山』も悪い選択肢ではなかった。

「あー、随分と木に覆われちまってんな」

潅木が切り開かれた空き地に、攻略前線基地が設置されていた。

これは『轟天の石榴山』だけではなく、ある程度攻略に時間が掛かりそうな大規模レイドエリアに建てられる基地だ。

異世界への侵入ポイントは比較的瘴気が薄く、通常ダンジョンの界門と同じようなセーフエリアになっている。

生徒からベースポイントと呼ばれる基地は、シンプルなかまぼこ型の兵舎だ。

ドラム缶を二つに割ったような兵舎の外壁は迷彩に塗られ、内部には寝泊まりに必要な最低限のツールが準備されていた。

同じような攻略前線基地は、襲撃モンスターによる破壊対策も兼ねて複数地点に設置されている。

一年の頃から何度も同じクエストに参加した経験のある彼らには、ベースポイントの位置も大体見当がついていた。

ドラム缶の蓋部分にあたる扉を開くと、中には既にお仲間たちの姿があった。

「ちっすー。まだ定員オーバーしてねっすよね?」

「おう。まだ全然余裕だぜ」

丸太を輪切りにした椅子に座っている先客が、自分のバッグを開いて中身を確認しながら新入りに答えた。

規格化されている攻略前線基地の定員は二十名。

利用メンバーは先着順が暗黙の了解とされる。

もっとも、老朽化やモンスターの襲撃によって崩壊した基地もあり、参加メンバー全員分は確保できていない。

生徒同士がやり繰りして施設を利用しているのが現状だった。

攻略意識が低い『轟天の石榴山』に参加するような補習メンバーにとって、快適な生活空間を確保することはなによりも優先される。

「おほっ、早速始めてますねー」

　手持ちの荷物を空きスペースに放り投げた男子が、仕切りのない基地の中を見渡した。

　前線基地の内部空間は快適さとは無縁だ。

　真ん中の通路になっている屋根の高さも、手を伸ばせば届く程度だった。

　通路の両側にはそれぞれ十組のベッドが並べられており、仕切りもない空間でプライバシーなどは考慮されていない。

　半数のベッドには先客が陣取り、予想どおりの光景が展開されていた。

　使用中のベッドにはそれぞれ、剥かれて丸出しになった女子の尻が乗せられている。

　そして、同じベッドには丸出しになった男子の尻も組になっていた。

　一つのベッドを二人一組で使えば、数不足も解消される。

　そんな大義名分の元、気に入った女子生徒を拉致してベッドパートナーにする。

　さらに、レイドクエストという環境は特殊だ。

　補習クエストの常連である上級生たちは、クエスト期間中を快適に過ごすノウハウを学習していた。

　彼らに罪悪感はないし、それを罰する規則もない。

　学園の構内と同じか、それ以上の無法地帯となるのがダンジョンの中だった。

　設定された期間内は絶対に脱出できず、異世界領域に監禁される。

　通常ダンジョンとは違い、死に戻りすらも逃げ道にはならない。

　それを知っている女子生徒たちは、拒絶や抵抗など考えもせずに手管を尽くしていた。

「んおっ……。出た出た。まあ、あんま好みじゃないけど嫁役はコイツでいいか」

「おう、一発ヤッたんなら交換しようぜ」

　隣り合うベッドの上で、使用済みの女子がスワッピングされている。

最初からプライベートなど存在せず、すべてシェアリングになるのも当然の展開だった。

硬いマットレスの上でまぐわう男子にとって、道中で釣ってきた女子は性処理するクエスト中の暇潰し道具に過ぎない。

味見として遠慮なくペニスを叩き込んでいる様子は、小便器に小便を済ませている姿そのものだった。

「さって〜、俺らも人狩り行ってくっか？」

「ソイツでよけりゃ、一発抜いてってもイイゼ？」

バックを漁っていた男子が、手前のベッドで仰向けになっている女子を顎で指した。

既にスカートとショーツは剥ぎ取られ、下半身すっぽんぽんで脚をM字に開いている。

天井をぼんやりと見上げている彼女は、上気した顔を蕩けさせて余韻に喘いでいた。

「コレって多分、四年モノくらいの先輩さんでしょ。具合良くてもお人形さんは萌えねっすよー」

「チンコ突っ込みゃ即アヘっから楽なんだけどな」

ダンジョンに適応できないまま上級生となった女子生徒は、周囲に流されるまま境遇に順応だけはしていく。

そうした生徒の多くには、同じような傾向があった。

判断力や自発的な行動の低下、感情の起伏の欠如が知られている。

「抱き枕にするにゃあ、こういう先輩のが俺は好きだけど」

「そーな。取りあえずノルマ一人一匹捕まえてきて、後は適当にローテーションで回せば良いでしょ」

ダンジョンでは瘴気圧により、生物としての能力、本能が増幅されている。

それが極級レイドの中ならなおさらだ。

クエストを攻略するつもりなど最初からなく、ブーストされた能力の全てを用いて基地に引き籠り、セックス漬けの爛れた二十七日間を過ごすのが彼らのプランだった。

パンパンパンパンと尻ドラムを鳴らしているカップルたちは、もはや交尾するだけの動物になっていた。

出した直後に精子がリチャージされる環境では、射精後の余韻を愉しむより、射精回数を増やして快楽を貪った方がお得だ。

少なくとも、何も考えずに腰を振っているだけで、いつもより気持ち良くなれる。

そして、何も考えずに流し込まれる大量の精気は、女子にとって受け止められる容量をたやすく超越する。

飽和状態となった肉体はクールダウンすることなく延々と火照り続けた。

一度堕ちてしまえば燃料を継ぎ足される限り、クエスト中はずっと従順な牝犬と成り果ててしまう。

女子生徒にレイドクエストが嫌われている所以だ。

「ちゃっ。まだ空いてますか?」

「全然オッケー」

入口から姿を見せた新しい入舎者は、連れ立った小柄な女子の肩に手を回していた。

出会った直後にスカートを森の中へ廃棄された女子は、羞ずかしそうに両手で上着の裾を下ろしている。

「あー、良かった。ちっとムラッときたんで一発カマしてたからさ。出遅れたと思った」

ニヤニヤと笑いながら、隠そうとしている女子の手を無視して股間に手を滑り込ませる。

一度突っ込んできっちりフィニッシュまでした穴は適度にほぐれ、歩いている内に滴ってきた膣奥からの精液でヌルヌルに塗れている。

周囲からも同じようにニヤニヤ笑いを向けられた女子が俯く。

その恥じらいは、学園生活が長くなるほどに摩耗していくものだ。

そして、恥じらいの仕草が好物という男子は多い。

背後に回った男子は、見せびらかすように再挿入する。

「んおぅ。やっぱ一年のアソコはスゲー締まるわ」

「イイね。俺らも一年狙って釣ってくるか。今回は結構一年生女子いたっしょ」

「先行ってってくれ、俺ちょっと勃起したんで一発抜いてイクわ」

ベッドに放置されていた四年間数え切れない本数のペニスで調教されてきた女子の性器は、ポーションやヒーリング効果の影響を受けてペニスを扱く機能をこれでもかと発達させている。

四年間数え切れない本数のペニスで調教されてきた女子の性器は、ポーションやヒーリング効果の影響を受けてペニスを扱く機能をこれでもかと発達させている。

簡単に快感でわななく機能も、肉オナホとして使用するには申し分ない道具だった。

「おおっ、豆腐みてえなヤリマンも悪かねぇぜ」

「いやいや、やっぱ初々しさが残ってねーとでしょ」

締めつける機能の代わりに、何重ものヒダが絡みついてくるように進化していた。

担いだ脚を抱えて尻ドラムを突き鳴らす。

「っ……っ……ヒィ」

『男娼』の男子にとって、格下の女子を開発するスキルなど山ほどある。

敢えてギリギリの自尊心を残せる程度に加減して、初々しい反応を愉しんでいるだけだ。

奥からゆっくりとペニス抜かれていき、亀頭の膨らみが入口の肉輪を広げる。

そのまま小刻みに出し入れすると、膣口の粘膜がベロベロと捲れて亀頭をしゃぶっているようだった。

執拗に入口を捏ね回した後は、ぐにゅっと奥へ再侵攻していく。

下腹部を奥から圧迫された少女は、小さく開いた口から舌を覗かせている。

「可愛いね～。学園に戻ってからも俺のモノが忘れられないようにしてやるぜぇ」

「どうせ一日中セックス漬けだし、三日でアへって誰の上でも腰振るようになるだろ？」

「分かってないね―。頭の気持ちイイ回路、全部俺が開発してやれば一生俺を忘れられなくなるんだな、コレが」

50

クリトリスを弄くられながら膣ピストンされる一年女子は、膝をガクつかせながら舌を出して絶頂していた。

「やっべ、俺も犯りたくなってきた。近くにボインちゃん落ちてねぇかな……」

溜息を吐いて外へと足を向けた男子だったが、外から聞こえてくるざわめきに眉を寄せた。

定員をオーバーする人数のグループであった場合。

暗黙の了解は簡単に実力行使で覆される。

上級生と下級生の肉便器を使用していた男子たちも、それぞれの獲物を握って外へと踏み出した。

「言っとくけどな。もうここには、あんまり空きがねぇぞ?」

「あっちゃー……やっぱりか。コイツらがトロトロ歩いてやがっからよ」

「ちょっと、勝手に触らないでくれるかな」

「コラー! みんなに変なコトすると、ダイナマイトパンチしちゃうんだからねー」

伸ばされた手を弾いた女子の後ろでは、小っちゃな子がピョンピョン跳ねながら激怒している。

「……オイオイ。こいつァ、随分と大量に釣ってきたじゃねーか」

抜き身の剣を手にした男子三人から先導されていたのは、大荷物を背負っている十二名の女子生徒たちだった。

二十日以上もレイドエリアで生活するつもりなら、食料の持ち込みだけでバッグが一杯になる。

「いやいや、これは丁度ええでしょ。色々と手間が省けるわ」

基地のグループに新しく三名の男子が追加されれば、男手としては丁度いい人数となる。

少しばかり女子の割合が高くなってもローテーションが捗るだけだ。

基地の寝具は二十セット分しかないが、女子を肉布団に勘定すれば収容も許容範囲だ。

食料や女子目的で略奪をしかけてくる相手にも、対応可能な戦力になった。

基地をベースとしてセーフティポイントに引き籠もる生徒にとっては、モンスターの襲撃よりも同じ生徒からの襲撃に注意が必要になる。

極界門を利用したレイドクエスト中は、例え死んでも羅城門に戻されることなく、同じ異世界内にランダムポップアップで復活させられる。

さらに記憶も保持される仕様だ。

堪えがたい苦痛には、自殺して記憶をリセットする。

当たり前のように選ばれる逃避手段だが、レイドクエスト中に利用することはできない。

モンスターから殺害される苦痛や、食糧が尽きて餓死する記憶は、補習参加者たちの心をへし折るに足りる。

「今回の補習は楽しく過ごせそうだな、オイ」

舌舐めずりした男子が、連行されてきた女子集団を視姦する。

女子グループの先頭に立った凛子が腕を組んで男子を睨む。

一年生のような初々しさはない、だが擦れきってもいない。

そして全員、十分に可愛らしい。

後ろでピョンピョン猛っている子は、余り相手にされていないようだ。

「随分と頭の中がピンク色かな。あなたたちの下の世話をするつもりなんてないわ」

「へぇ、勘違いしちゃってる子がいるじゃん。さては、初めての補習クエストかぁ?」

「そーそー。俺らが保護してやるっつってんだよ」

基本的にダンジョン実習で赤点を取るような生徒は、学園の落ちこぼれだ。

良識のある男子や、自己救済できるような女子は、最初からここにはいない。

レイドクエストのような監禁状態での極限空間では、粋がる男子に女子が媚び縋るという状況になりがち

だった。

どのみち、いずれかのグループに所属しなければ生き残ることができず、死ぬこともできないのだから。

「いんや？　以前のレイドで見た顔が何人もいるぜ」

「つうか、お前も補習の常連じゃねーかよ。しこたまケツ掘りしてやっただろ？」

凛子の顔を眺めていた男子がニヤリと笑う。

「思い出した。一年時のクラスメートじゃん。お前、毎回赤点で補習だったよな。補習で見つけるたびに俺のチ◯ポがイイって喚いてたじゃん」

吹くまでヤッてやったろ。クズ狐のパートナーにされてたから普段ヤレなかったけど、レイドの度に俺のチ◯ポがイイって喚いてたじゃん」

「覚えてないかな。そんなエノキダケ」

鼻で笑った凛子の眼差しに、顔を引き攣らせた男子が腰に手をやった。

股間のエノキダケを握ったのではなく、腰に提げた得物に手をかけている。

「はぁ……ていうか、やっぱり居ないかな。あの子なら目立つと思ったんだけど」

「ほ、他のクエストに行っちゃったんじゃ……」

おずおずと泣きそうな顔をする桃花の隣で、久留美が八重歯を剥いた。

「あの馬鹿。寝坊してサボったんじゃないでしょうね」

「そこまで間抜けなら折檻かな。ま、ココには居ないようだし。他のベースを回ってみましょ」

「……随分とコケにしてくれちゃってまあ、余裕見せてんのか。コラ」

「オメーらはココで俺らの肉便器になるんだよ。アホ言ってねーで、ケツ向けて一列に並びやがれ」

「全員試すだけで一日終わっちまいそうだな。ドレから挿れっかな一」

エノキ呼ばわりされた男子を除き、他の男子は全員ズボンの前を開いてペニスを扱き始めていた。

死と隣り合わせのレイド領域において、一度辿り着いたセーフティポイントは砂漠のオアシスと同じだ。

離れられるわけがないし、実際に今までならば保護者となる自分たちに逆らえるはずはしない筈だった。

「ん〜、コイツら二年だろ？　俺はさっきの一年ちゃんを開発してるわ。あの子マジウブなんだよね」

「おう。んじゃ、中の野郎ども呼んできてくれ。輪姦祭りだってな」

「ほうら。お前らはさっさと跪いてチ〇ポしゃぶれや！」

「ヤッ……叶馬、くんっ」

手首を掴まれた市湖が悲鳴を上げる。

少しばかりレベルが上がって、新しい戦闘手段を身につけ始めたとしても、今まで言いなりに従っていた記憶が身体を竦ませていた。

「なになに、惚れちゃってる奴が一緒に来てんの？　ヤッベ、滾る！　寝取りシチュ！」

「おうっ、連れてきてくれや。目の前で代わる代わる鳴かせてやっから」

「アンタたち、もー許さないからねー！」

仲間たちに手を出されてドカーンと爆発した蜜柑が、両手を空に掲げて力を込める。

召喚、『強化外装骨格』……！

身構えた男子たちだったが、詠唱ワードが『職人』スキルであると分かると力を抜いた。

『職人』が呼び出す『強化外装骨格』は、図体がデカイだけの木偶の坊、精々が荷物持ちにしか使えないというのが常識だ。

男子たちも補習クエスト常連な落ちこぼれだったが、それなりに戦闘訓練を積んで場数も踏んでいる。

わざわざ召喚を妨害するまでもない。

ソレが頼みの綱だというなら、目の前でへし折ってやれば従順になるというのものだ。

腕組みをした男子たちは、いっそ微笑ましいというくらいの眼差しで小っちゃな召喚者を見守っていた。

＊　＊　＊

54

さて、どうしたものやら。

腕を組んで溜息を吐いたものの、轟々と唸りを上げる風が少しばかり息苦しい。

周囲を見回してもなにもないが、見晴らしは良い。

というか、地面すらない。

ダンジョンダイブしたつもりがスカイダイビング。

パラシュートもなく、現在フリーフォール中である。

補習のレイドクエストとやらは、かなり過酷な難易度らしい。

初っ端から全力で殺しにきている。

順番待ちに飽きて自販機にジュースを買いに行っていたら、何故か羅城門ゲートが閉まる寸前だったので慌てて飛び込んだ影響ではないとは思う。

開放されていた順番的に、ここは『轟天の石榴山』レイドなのだろう。

どれくらいの高度から落下しているのか分からないが、眼下に広がるのはジャングルのミニチュアだ。

結構な時間を落下し続けていると思うのだが、不思議と地上との距離が縮まらない感じ。

慌てても仕方ないので買ってきた缶ジュースのプルタブを起こす。

悲報。

スカイダイビング中は缶ジュースが飲みづらいことが判明。

無重力状態とはまた違うのだが、風圧でぶわーっと飛び散っていく悲しみ。

ストローで吸える紙パックジュースにすれば良かったと後悔。

ヤクルトに吸いつく感じでチュウチュウ吸っていると、なにやら鳥さんが近づいてくるのが見えた。

極彩色の羽毛に、たなびく尻尾。

立派な鶏冠がバリバリと帯電している模様。

見たことがないような鳥さんなので、恐らくモンスターの一種なのだろう。

何よりデカイ。

情報閲覧の表示では『百雷鳥（プラズマサンダーバード）』となっている。

しかし、日本産のライチョウはもうちょっと小さかった気がする。

いや、もしかして成長すると、これくらい大きくなるのだろうか。

食い出がありそうだが天然記念物っぽいし、狩っても良いのだろうかと悩んでいたら、向こうからクチバシを開いて捕食しようとしてきた。

問題なく正当防衛が成立である。

落下中の俺に、真正面から馬鹿正直に突っ込んできた雷鳥のクチバシをダッキングで躱し、髭っぽい羽毛を掴んで首の後ろへ跨がるようにフットロック。

ガラスを割れそうな鳴き声を上げ、鶏冠のバリバリ放電が雷鳥全身に広がって白く発光した。

だが生憎、こちらは帯電体質に長年悩まされている一般人だ。

落雷の直撃程度では服が焦げるくらいである。

首元の羽毛に腕を回すと、実際の太さは丸太くらいのサイズであった。

鳥類は羽を毟れば意外とガリなのだ。

食材に感謝の気持ちを忘れずスリーパーホールド。

最近は筋トレの成果か、全力を出せば鋼鉄の柱もねじ切れる自信があったのだが、中々に頑丈な頸骨をしている。

暴れる暴れる。

次第に翼のはためきもビクンビクンになってきており、このまま地面に叩き付ければ流石に殺せるだろう。

良い感じで大地が近づいてきた。

轟音と共に爆発した地面は、地中貫通爆弾（バンカーバスター）が直撃したような状況になっていた。

すり鉢状に抉れた爆心地の底には、土を被った巨鳥が無惨にも息絶えている。

幸いにもかまぼこ型の兵舎が遮蔽物となり、飛び散った石土や砕けた木々の飛散物による怪我人はいなかった。

男子も女子も、その場に居る全員が腰を抜かしてへたり込んでいたが。

だが、ずるり、ずるり、と心胆を寒からしめる不吉な音が穴の底から響いてくる。

人の背丈ほどもある怪鳥の頭部、人間を一呑みにできる凶悪なクチバシ、恐怖に硬直した蜜柑たちを映し出したガラスのような狂眼。

男子たちは一目散にベースを捨てて森の中へ逃げ出していた。

危機察知能力は彼らの三級線（サードライン）ランクほど鍛えられている。

穴の底から這いずり上がった巨鳥の首は、明後日の方向にひん曲がっていた。

「む。蜜柑先輩たちではないですか。どうかしたのですか？」

「あっ、あっ……と、叶馬くん？」

危ういところでお着替えが必要になりかけた蜜柑が、腰を抜かしたまま巨鳥を担いでいる叶馬を指差す。

「……これには深い事情が」

「それって、まさか」

「ええ、あくまでこれは正当防衛なのです。いくら俺でも美味そうだという理由で天然記念物を狩ったりし

ません」

普段から無口なタイプが多弁になるのは、後ろ暗いことがある故である。

「そうじゃなくて、叶馬くんが空からキョエーって降ってきてドッカーンって」

「高所からの落下については、きちんと受け身を取ればダメージを相殺できます」

「……色々と突っ込み所はあるんだけど。うん、まあ、ちゃんとピンチの時にやってくるヒーローしてくれ
たかな」

立ち上がってスカートの土ぼこりを叩いた凛子が、叶馬に駆け寄る部員たちに頬を緩めた。

◉ 第43章 拠点を構築せよ

に肘をついていた。

椅子も机も、ちゃちゃっと先輩たちが作ったハンドメイド品である。

周囲の木々はすっかり伐採され、ちょっとした広場のようになっている。

広場の中央では梅香先輩が音頭を取って、既に何本もの柱が建てられていた。

梅香先輩の『要塞建築士』は、『職人』系でもかなりのマイナークラスらしい。

比較的メジャーな『建築士』の亜種というか原型というか、大規模建造物のクリエイトに向いたクラスら
しい。

「まあ、遅刻したのは許してあげようかな」

トテカントテカンと賑やかなバックミュージックを背に、丸太チェアーに腰掛けた凛子先輩が丸太デスク

伐採した樹木の製材は部員のみんなが協力して行っている。

『職人』基本スキルの『加工』が使われると、雑木丸太があっと言う間に板材へと変わっていく。

全員が『強化外装骨格』を出して作業をしているので、丸太をまとめて運ぶとかいうのも楽勝っぽい。

というか、見る見る小屋らしき建屋ができていくのが凄い。

こうして先輩たちの『強化外装骨格』を改めて見ると、色々なタイプが居るのが分かる。

スマートで背が高かったり、首がなくて腕が張り出していたり、ゴリラのように上半身だけ逞しいスタイルだったりと色々だ。

「聞いてるのかな。叶馬くん?」

「大体は」

だが、ちょっと待って欲しい。

合流する約束とか、前もって相談とか聞いていないのですが。

こことは別のレイドクエストに紛れ込んでしまったら、どうするつもりだったのだろう。

同じ麻鷺荘に住んでいるのだから、事前に誘ってくれるか、一緒に行動すれば良かったのではないだろうか。

「……そのつもりだったんだけど、静香ちゃんがね」

「ごめんなさい」

反射的に頭を下げざるを得ない。

俺を補習に行かせまいとする妨害活動に巻き込まれた模様。

「先輩方も全員、赤点でしたか」

「うっ……まあ、そうだけど、なにか文句があるのかな?」

「あはは。やっぱり私たちって戦うのはちょっと苦手だからね」

蜜柑先輩が苦笑しながら頬を掻いていた。

上級生のダンジョン実習テストは、一年生とは違って色々な試練があると聞く。

相談してもらえればお手伝いしたのだが、もう過ぎた話か。

次のテストでは助力させてもらおう。

今は取りあえず、『轟天の石榴山』クエストを共同攻略だ。

「そういえば、叶馬くんは初めてレイドクエストに参加するのかな？」

「ええ」

「普通にお散歩するみたいな装備でビックリしたよ。叶馬くんには、アレ・が・あるのは分かってるけどね」

空間収納スキルについては、蜜柑先輩たちにも教えてある。

多分ラノベ的なテンプレスキルだと思っているのだろう。

使用者からすると、何かちょっと違うような気がするのだが。

それはさておき。

先輩たちが持ち込んだ荷物には、色々な生活用品がある模様。

蜜柑先輩がティーポットからマグカップに注いでくれたのは、淹れ立ての紅茶だった。

石を積んだだけには見えない立派な竈は、最初に出来上がってヤカンと鍋が設置されていたりする。

先輩方の生活力が高すぎる問題。

ちなみに、意図せず半壊させてしまった攻略前線基地は、学園の共用施設であったらしい。

歴代のレイド参加者たちが、少しずつ資材を持ち込んで作るそうだ。

そういう基地は他にも幾つかあるそうなので、一つくらいぶっ壊しても誤差だと思う。

俺たちは離れた別の地点に、新しい拠点をゼロから建築している。

PK［パーティキラー］対策とか色々あるらしいので、蜜柑先輩たちにお任せだ。

「モンスターの襲撃より、生徒に襲撃される方が厄介だしね。女の子だけのグループだと拉致って強姦しようってグループが絶対くるかな。いや、拠点が侵略されたらそのまま居座って、私たちは性奴隷としてご奉

仕を強要されちゃうかな」

「うん。叶馬くんは独占欲強いもんね。ハーレムを守るために頑張って」

「叶馬くんの、エッチ……」

ニマニマする凛子先輩の隣で、上目遣いになった蜜柑先輩がお顔が真っ赤にされている。

ハーレムの主人というよりも、先輩たちの種馬的扱いになりそうな予感。

蜜柑先輩のエッチ攻撃に視線を逸らすと、周囲は伐採が進んで広場が広がっていた。

なにやら岩場から石材を切り出し始めていたりもする。

仮設拠点はログハウス風のコテージみたいな感じで、組み合わされた丸太がどんどん積み重なっていく。

余った木材は先端を尖らせ、拠点を囲うように外向きで杭打ちされていた。

あれは逆茂木だろうか。

大型モンスターが突進してきても串刺しにできそう。

先輩方、ちょっと本気を出しすぎだと思う。

「ん～、ちょっとセーフティポイントから外れてるし。用心に越したことはないかな」

紅茶に口をつけた凛子先輩も、作業をサボっている訳ではない。

凛子先輩のゴーレムも蜜柑先輩のゴライアス君と一緒に、梅香先輩の指示に従ってえっちらおっちらと拠点建築の手伝いをしている。

セミオートマティックみたいな感じなのだろう。

二人とも『鍛冶士』に『鑑定士』という、拠点構築作業には向かないタイプである。

他にも、俺が絞め落とした『百雷鳥』などは、『調理士』の久留美先輩が羽を毟っている最中だ。

こちらもあまりダンジョン攻略には向かないクラスのような気もするが、モンスターの解体や素材獲得能力

に優れているという話である。

晩ご飯は鶏肉祭りになりそうなので期待したい。

「大っきいもんね。骨とか羽とか、素材もすっごいレアっぽいから装備も色々作っちゃおうー」

「お肉も大量に確保できたね。燻製にでもして保存できれば食料問題も解決かな」

スモークチキンとか好物である。

お米や調味料は、先輩たちが手荷物として持ち込んでいるそうだ。

「そういえば、倒したモンスターがクリスタルにならないのですね」

「うん。そっか、叶馬くんは初めてのレイドクエストだもんね!」

ドヤ顔で得意そうに説明を始める蜜柑先輩ウザ可愛い。

先輩アピールができて嬉しいのだろう。

蜜柑語を翻訳しつつお話を拝聴する。

レイドクエストフィールドの場合、通常のダンジョンとは幾つかの設定が異なっているとのことだ。

討伐したモンスターについては、死骸が瘴気に還元せずにそのまま残るそうである。

モンスタークリスタルは還元した瘴気が濃縮結晶化したものなので入手不可。

素材の加工ができない一般生徒には面倒なだけかもしれないが、職人系クラスにとってはお宝取り放題のボーナスステージだ。

そして重要なポイントとして、モンスターを倒せば食料の確保にもなる。

何故重要なのかというと、レイドクエストというのは長期間監禁型ダンジョンダイブになるからだ。

監禁というのはその名の通りで、設定された時間内は外に出ることができない。

死亡からの復活というセーフティは機能しているものの、復活場所は羅城門ではなく同レイドクエストフィールド内になると。

62

どういうシステムになっているのか分からないが、復活の際にも記憶の初期化がないそうだ。

これがレイドクエストが嫌がられている、最大の理由らしい。

痛かったり苦しかったりする記憶なら、全部忘れてしまいたいというのが本音だろう。

今回、俺たち補習組に課せられた補習日程は、丸々三日間。

生き残りサバイバルというほど長くはないが、短い時間ではない。

通常の放課後ダンジョンアタックは、最長でも五時間程度なのだから。

「あ。えっとね、それなんだけど……」

蜜柑語の翻訳間違いかと思ったら、凛子先輩を見ても無言で頷いている。

どうにもファンタジーっぽいのだが、レイドクエスト中の時間は地上の時間経過とは異なるそうだ。

『時空圧差』と呼ばれている現象で、授業でも習うらしい。

これはレイドクエストに限った話ではなく、ダンジョンの深層に向かうほど時間の流れが圧縮されていく

そうだ。

十階層くらいだと一・一倍程度だが、二十層になれば一・五倍、三十層になれば二倍以上に時間の流れが

加速しているると。

例えば中で一時間活動して外に出ても、三十分しか経過していないという感じ。

微妙に腕時計の時間が狂っていた原因は、コレっぽい。

深層ほど時差が大きいということは、つまり時差が大きいフィールドに棲息するモンスターほど強力とい

うことになるのか。

「ふむ。『轟天の石榴山』の場合、どれくらいの時差なのでしょうか?」

「うん。えっとね、そのね。九倍っていわれてるの……」

「まぁ、現状学園で確認されてる最大難易度、『極級』レイドの一つだからねぇ」

成る程、分からん。

取りあえず時差が九倍ということは、三日が二十七日まで引き延ばされるということ。

まるで浦島太郎のようだ。

というか、約一ヶ月近くも極限状態で監禁されるとか、余裕で精神に異常をきたすレベルと思われる。

「実際にイッちゃう子も出るかな。一応学園からのお情けで、コレの中に精神安定剤という名称で気持ち良くなっちゃうお薬が配布されてるんだけど」

凛子先輩が手にした小さなポシェットは、『轟天の石榴山』に参加する全員に特別配布されたファーストエイドキットだそうだ。

怪我や病気に対する応急処置用、の筈なのだが向精神薬っぽいのが混じってるらしい。

他のレイドクエストに比べ長時間、高難易度のレイドに対する学園の配慮だろう。

何故か俺は貰っていない理不尽。

だが、この手のお薬はダメ、絶対。

「みんなから没取しておいて下さい」

「じゃあ夕食の時にでも回収しようかな。叶馬くんが面倒見てくれるから、こんなの要らないよね」

どんな聖人君子であろうと魔が差すのが人間なので、最初から破棄しておいた方がいい。

「叶馬くんのエッチ……」

蜜柑先輩のエッチ攻撃による精神ダメージ。

「のべつ幕なしにセックスされちゃうのかな。全員パンツ穿くなって命令されちゃって、所構わずみんなの前でも関係ねーって、片っ端からずぶっずぶって」

建造中のログハウスは屋根にまで到達した模様。

丸太が組み合わさってる角っことか、アルプスの少女感がある。

アームドゴーレムのパワーとマルチハンドは、建築用重機よりも使い勝手が良さそうだ。

杏先輩たちが出来上がった小屋に入って内装の仕上げをするかたわら、梅香先輩は引き続き部屋を拡張するために丸太を組んでいた。

ブロック状に切り出された石材も、丸太の攻性防柵の内側に城壁みたいな感じで積まれていく。

智絵理先輩の『強化外装骨格』が地面に穴を掘っているのは、もしかして井戸掘りしてるのだろうか。

四角いワンルームの山小屋を想像していたのだが、既にちょっとした要塞である。

「対モンスター、対人用どっちも対策は必要だし？　ああ、心配しなくてもベッドルームは一つかな」

「はう、叶馬くんエッチすぎ……」

凛子先輩と蜜柑先輩のコラボレーションによりエッチ攻撃がコンボ。

エッチっていう子の方がエッチなんです！　と反撃して蜜柑先輩をはぅはぅさせたい。

＊　＊　＊

「それじゃあ、拠点の完成を祝して……カンパーイ！」

蜜柑がマグカップを掲げると、円卓を囲んだメンバーが音頭に唱和した。

腕時計の針は、もう晩餐には遅い時刻を指している。

だが、窓から見える空は、この異世界に入った当初から変わらぬ夕暮れ色だ。

『轟天の石榴山』では時間が経過しても、昼にも夜にも変わることはない。

例えば、アンデッドモンスターがボスの異世界では永遠の夜が続くように、レイドフィールドでは時間帯や季節がボスに最適化された環境に維持される。

真新しい木の匂いに充たされたリビングルームには、中央に木製の円卓、人数分の椅子は丸太を削って作

られた簡易な物が並んでいる。

まだまだ手を入れるところがあるにしろ、雨露をしのげるログハウスに二重の防御壁と、半日と少しでゼ

ロから築き上げたベース拠点だった。

まさにクラフター系クラス集団の真骨頂といえるだろう。

ミネラルウォーターが注がれたマグカップは各自が持ち込んだ代物でも、皿などの備品は現地生産品だ。

テーブルの中央にドンと鎮座している大皿は、久留美の自信作であるタルタルプラズマサンダーバード南

蛮である。

野菜類がないので彩りは寂しいが、炊き立てご飯との相性は抜群だった。

彼女たちが持ち込んだのは野戦食ではなく、調味料や米、小麦粉といった原材料だ。

自分たちで調理するといった発想は、他のレイド参加者たちにはない。

一般的な参加者が持ち込んでいる食糧は、そのまま食べることのできるレーションだ。

高カロリーで保存性に優れ、調理の手間が掛からず簡単に摂取できることを第一としていた。

マズイとはいえないが、決して食べ続けたい味ではない。

余裕がある生徒はハードビスケットに缶詰やレトルトの野戦糧食セットを、懐が寂しい生徒は大量のプロ

テインバーやインスタントラーメンで鞄を膨らませる。

一応『轟天の石榴山』には多くの可食性モンスターが確認されており、攻略前線基地には井戸も掘られて

いるので自給自足は可能になっている。

仮に食糧が尽きて餓死した場合でも、レイドにログインした状態に復元されて復活はした。

ただし、もっとも避けたい死に戻りシチュエーションとして知られている。

「わぁ……すっごく美味しい」

幸せそうにカツを頬張る桃花の台詞に、頬を染めた久留美がふんっとそっぽを向く。

他のメンバーも久留美を褒めながら箸が止まらない。

クラスが『調理士』であるとはいえ、スキル一発で自動的に料理は完成しない。

『加熱』『撹拌』『熟成』などの過程をスキルとして簡略化できるだけで、味付けや調理については本人の

センスが必要になってくる。

仲間内での晩餐だったが、やはり騒ぐ者はいなかった。

レイドクエスト中という環境に緊張しているわけではない。

元より『匠工房』時代から、大人しい性格の集団であったのだ。

基本的に内向的なタイプが多く、得意分野には積極的になれるがコミュニケーションは苦手。

ある種の職人体質な彼女たちが『職人』のクラスを得たのは必然だ。

彼女たちも『神匠騎士団』のパワーレベリングで、全員が第二段階クラスにチェンジしていた。

蜜柑……『鍛冶士』

凛子……『鑑定士』

杏……『裁縫士』

久留美……『調理士』

桃花……『調合士』

市湖……『彫金士』

梅香……『要塞建築士』

智絵理……『錬金士』

柿音……『機関士』

朱陽……『植栽士』

芽龍‥『菓子調理士(パティシェ)』

鬼灯‥『調香士(パフューマー)』

現在は十二名それぞれが違うクラスに就いている。

上位クラスへのチェンジがない分、第二段階クラス(セカンド)の種類が多いのが『職人(クラフター)』系と『文官(オフィサー)』系の特徴だ。

第三段階のクラスカテゴリーは存在しないが、次のクラスチェンジでは新しいセカンドクラスを獲得できる。

「それで、梅っちは大丈夫なの?」

「スキルの使いすぎだから休めば大丈夫。ちょっとばっかし張りきり過ぎちゃったみたいかな」

部員の中では活発なタイプになる久留美に、診察した凛子が答える。

情報閲覧(インターフェース)で『SP』として表示されるポイントが枯渇した影響だった。

叶馬のように直接視認することはできなくても、経験則としてSPの存在は知られていた。

SPはスキルの使用で消費したり、モンスターからの攻撃を防ぐバリアとしても使われている。

一般的に学園の生徒からは、魔力やオーラ、マジックポイントなどと呼ばれていた。

消費してもダンジョンの中にいる限りゆっくりと回復していくが、一度に大量消費すれば目眩いや倦怠感などのバッドステータスを引き起こすこともあった。

「叶馬くんが付き添ってくれてるから大丈夫だよー」

「それって逆に危なくない?」

「どうなっちゃうのが危ないのかな、っていう話」

「そっ、そんなの決まってるでしょ……」

言葉に詰まった久留美の頬が真っ赤に染まる。

68

それは久留美だけではなく、円卓を囲んだ全員が同時にだ。

一様に顔を伏せ、気まずそうにチラチラとお互いを確認する。

ビクッと顔を震えたり、気まずそうにチラチラとお互いを確認する。

「だ、だから……要するに、こうなっちゃうんじゃないかってコト！」

顔を真っ赤にしたままの久留美が握った拳をプルプルさせる。

「あ、あはは……もー、叶馬くんはしょうがない子だなぁ」

「まあ、今更かなっと。どうしても嫌な子は『組合』を解除するってことで」

困ったように照れ笑いする蜜柑と、ニマニマ笑いでテーブルに肘をついた凛子が対照的だった。

「ホント、ちょっと時と場合を考えなさいよ。あのエロ猿……やんっ！」

悪態のついでに可愛らしい嬌声を漏らしてしまった久留美が、机に突っ伏して耳たぶまで真っ赤になる。

そのまま何かを堪えるように、両手の拳をプルプルとさせていた。

『職人(クラフター)』の基本スキルの一つに、『組合(ギルド)』リンケージという永続型の半パッシブスキルがある。

職人同士の情報共有ネットワークリンケージを構成するスキルであり、対象は一対一ではなく複数人数が同時に参加可能だった。

この『組合(ギルド)』ネットワークにより、拠点構築の時のような作業の効率化や情報の共有が図れる。

更には熟練値ともいうべき感覚の追体験による技能取得、EXPの分散獲得というクラフタークラスの真髄ともいうべき有用スキルだった。

もっとも彼女たち自身も、『組合(ギルド)』スキルの重要性に気づいてはいない。

『組合(ギルド)』のリンケージとはプライバシーの共有化という意味であり、信頼と親愛がなければ難しい。

実際『匠工房(デブリワークス)』時代には、彼女たちですら『組合(ギルド)』を使おうとはしなかった。

恩恵が大きいスキルに違いはないが、思春期の彼女たちには中々受け入れがたいペナルティを伴うのも確

かなのだ。

尿意を我慢しているなどという感覚まで共有されるのは羞恥心がかき立てられるだろう。

共有する感覚はある程度任意でコントロールできるが、我を忘れてしまっているような状況では全てが筒抜けになってしまう。

例えば、現在の梅香のように、我を忘れてベッドの上で喘いでいるような状況である。

ただし、『組合』ネットワークの参加不参加については、各自に主導権があった。

シンクロを受け入れたくなければ、いつでもギルドから脱退できる。

お互いを牽制するように視線を交わしている彼女たちは、全員がネットワークをオンにしたままで、その現状もお互いには筒抜けだ。

久留美が憤慨しつつもプルプルと何かを堪えているのも、つまりそう云うことだった。

麻鷺荘に引っ越して以来『組合』ネットワークは構築されたままになっている。

たわけで、自分を含めて十二人分もの追体験があっ誰も表だってはいわないが、感覚を共有していれば二日に一度、自分を含めて十二人分もの追体験があった。

個人的なわがままも言いづらいし、お務めにも順番というものがあった。

全員が叶馬のパートナーになったものの、人数が人数だ。

先抜けのチキンレースではなく、解除していないのは自分だけじゃないという安心感を得ている。

* * *

ほぼ完成している居住施設には生木の香りがしていた。

内部もワンルームではなく、用途別に部屋が分かれている。

俺たちがいるのは寝室だが、流石にまだベッドやタンスなどの家具はない。

「梅香先輩、無理をしてはいけません」

「うぅ。けどね、叶馬くん」

頑張りすぎて、バタンキューしてしまった梅香先輩である。

『要塞建築士』という聞き慣れないレアクラスを持っている梅香先輩だ。

今の状況は、まさに絶好の活躍の機会であることは分かる。

だが、ＳＰを使い果たしてしまい、パタリと倒れ込んだ時には焦ってしまった。

基本的にクラフターというクラスは、戦闘でＳＰが枯渇するほどスキルを使用したりはしない。

そんなスキル酷使に慣れていない先輩が、限界まで頑張ってしまった結果といえる。

「俺だけでなく、みんなも心配しています」

「う、うん。……っていうか、みんな気を使いすぎだよぉ」

他のメンバーは今頃、夕食の席についているはずだ。

決して俺がのけ者にされたわけではない。

出来立ての料理が冷めるのは勿論ないので、先に食べてくれるようにお願いしたのだ。

俺が梅香先輩の付き添いをしているのは、君から認めてもらうために頑張ったんだからちゃんと褒めてあげて、と凛子先輩に後押しされたからである。

今はペラペラな敷布の上に梅香先輩を寝かせて、俺が膝枕をしているスタイル。

俺の膝など寝心地が悪いだろうし、申し訳ない気持ちになってくる。

「うぅん！全然そんなことないよ。こういうシチュエーションって、ちょっと憧れがあったの」

「然様でしたか」

デヘへ、と恥ずかしそうに頬笑む梅香先輩が可愛らしい。

額に手を乗せると、んぅ〜っと唸って目を細める。

熱はない、というかSPの枯渇は精神的なものだ。

怠くなるというか、気分が悪くなるというか、体調を崩して発熱したりはしない。

ただ、一気に消耗すれば立ち眩みのような感じで気絶することがある。

そのまま頭を撫でていたら、途中までゴロゴロ甘えていた梅香先輩が不機嫌っぽくなってきた。

「……もしかして、叶馬くんも私のこと子供扱い、するの?」

「そのようなことは」

普段から元気の良い子なので、やんちゃな妹属性かな、と思わなくもない。

だが、実際は他の先輩メンバーと同じように、女性として扱っているはず。

「ひゃう」

うなじをソッと撫でると、子猫みたいに鳴いた先輩が首をすくめた。

十分に大人の反応なので、大人として扱うことにする。

それに消耗したSPの補充には房中術が効果的だ。

「はぅ……大人、扱い、されちゃうの?」

「します」

小振りな乳房を揉んでいる俺の手に、先輩の手が重ねられた。

制服を脱がせても梅香先輩の抵抗はない。

ちゃんと自分から協力までしてくれる。

全裸に剥いた梅香先輩を抱え込み、ダイレクトな部分に指を這わせて準備を整えていった。

最初から身体を開いて受け入れてくれたので、あっという間に蕩けてしまった。

太股に挟まれている俺の手には、梅香先輩の両手が添えられている。

ヌルヌルとした指先が浮き沈みするたびに、少しずつ閉じられていた股が弛んでいく。

指の間にねっとりした糸が絡むようになると、先輩の足は完全に開いていた。

トロンと呆けている梅香先輩のお顔は、完全に大人の牝顔である。

これを子供扱いするような無粋者はいまい。

「あぅ、中に、ヌルぅ……って、入って」

「まだ先っちょです」

「ふにゅう。ズルズルぅ……って、奥にゆっくり入って、くる」

唇から舌を出している梅香先輩が、俺の腕を掴んで頭を反らせた。

職人組の先輩たちとは、もう何度も肌を重ねている。

梅香先輩とも当然、麻鷺荘に引っ越してからは夜伽も続けていた。

「はぁ、はぁ……んにゃ、ぁ」

俺を受け入れている先輩は、どこまでも無防備だった。

上に乗っている俺にしがみつき、突き込みのタイミングに合せて揺すられている。

身を委ねて甘えている仕草が可愛らしい。

「はふぅ、ぐりゅって中で硬いのが、回転して」

先輩の片足を抱えて背後に回った。

スタイルとしては背面側位というやつだ。

フルフルと揺れている乳房を揉みながら、太股を抱え込む。

火照った梅香先輩の身体が、俺の動きに合わせて柔らかく踊っている。

弾む尻肉はとても心地よいクッションだ。

焦らずにじっくりと気を高めていく。

そうやって互いの波長を合わせながら、肉の交わりに別の意味を加えていくのだ。

とはいえ、俺もそこまで自分の性情をコントロールはできない。

肉の快感に流されている自覚がある。

そして、俺以上に流されているのが梅香先輩だった。

休まず叩き込んでいる腰使いに、先輩は今にも昇天しそうになっていた。

「ぁ、だめ……大っきいの、くる。みんなに、伝わっちゃ、あうッ！」

梅香先輩の臀部がビクビクッと痙攣した。

とても気持ちよさそうに達した先輩に、ここで残念なお知らせが。

房中術によるSPチャージは、供給側が精を注がなければ成立しません。

「あっ、だめぇ。イッてる、まだイッてるからぁ」

こちらにも都合があるので。

大人の女性として包容力を期待します。

*　*　*

さて、レイドクエスト二日目だ。

とは言っても、あまり朝っぽい気分にはなれないが。

「ふう」

昨日、智絵理先輩が掘っていた穴に真新しい木桶を落とすと、パシャンという水音が聞こえた。

底を覗き込むと水面が見えるので、地下水の水位は高いようだ。

穴の周囲は土壁っぽく見えるが崩れる様子はない。

掘削と同時に何らかのスキルで固めてあるのだろう。

桶を引っ張り上げると、中の水はまだかなり濁っていた。

久留美先輩あたりなら浄水できるスキルを使えると思うが、顔を洗う程度なら問題ない。

おもむろに全裸になって洗顔行水。

昨夜は汗だくになってしまったので、身を清めるのがエチケット。

時計が示す時間は早朝になっているのに、相も変わらぬ夕暮れ空が気持ち悪い。

生活パターンを守らないと早々に体調が崩れてしまいそうだ。

軽くストレッチをして身体をほぐす。

覚悟も決められぬままスタートしてしまったレイドクエスト。

これだけ長時間のダンジョンダイブは初めての経験だ。

幸いにも夜襲はなかったが、先輩たちを守るためにも気を引き締めて臨むべき。

にゃんにゃんがにゃんにゃんしてにゃんにゃんするようなエンドレスミッドナイトは慎んだ方が良いのではなかろうか。

昨夜は結局、みんなが合流して一緒の部屋で寝ることになった。

すると当然のように、みんなで肌を重ね合わせることに。

一人で終わるはずもなく、次々と入れ替わって、という流れ。

いや、先輩たちも極限状態にストレスを感じているのだろう。

健全な青少年として応えるのが甲斐性。

ただ、みんなからパンツを渡されても、扱いに困る。

特殊な健康法でも試されるのだろうか。

取りあえず空間収納（アイテムボックス）で保管しているが、雪ちゃんも扱いに困ると思う。

「よし」

程よく身体がほぐれてきたところで、防御柵の周りをランニング。

資材として伐採されたスペースは見晴らしがよく、拠点からの監視に丁度いい。

ただ、切り株から生えた新芽が、もう小枝になっていたりする。

植物がおかしいのか、ダンジョンの土壌がおかしいのか、どちらにしろ普通ではない。

ついでに朝食にするべく獲物を探してみる。

タンポポの綿毛みたいに膨らんだリスっぽいなにかとか、二足歩行でヒタヒタヒタと横切っていくアザラシっぽい謎の小動物やらはあんまり美味しくなさそう。

情報閲覧ではどっちも『Ｎｕｌｌ』と表示されている。

脅威度が低そうな手合いだが、モンスターの一種なのだろうか。

ちょっとガッしてみるかなと手を伸ばしたら、リスっぽいのがブワッと膨らんでふわふわ空へと逃げていった。

すぐにでっかいムカデとトンボを足して割ったみたいな奴がスーッと飛んできて捕食していく。

一応、食物連鎖らしきものがある模様。

三メートルくらいの長さがある、節足タイプのムカデトンボだ。

昆虫食は女子ウケしない気もする。

ガチガチと牙を鳴らして飛んできたムカデトンボに、白い霧のような物が絡みついた。

木々をへし折りながら森の奥から出てきたのは、腹部だけで軽トラサイズの蜘蛛っぽい何かだった。

射出された糸に絡みつかれたムカデトンボが、あっと言う間に引き寄せられて蜘蛛っぽい奴にブチブチと食い千切られる。

頭部は牛っぽく、身体はタランチュラみたいな感じ。

草食動物っぽい顔をしている癖に雑食な蜘蛛である。

こいつには『牛鬼』という名称がついていた。

モゥモゥと涎を垂らしながら寄ってきたので、有無をいわさずシャイニングウィザードで首を折った。

コツは斜め上へ、抉り込むように膝をブチ込むことだ。

蜘蛛は茹でると蟹みたいな感じでイケルし、ビーフっぽくてもそれはそれで美味そう。

竈場まで引き摺っていったら、朝食の準備をしていた久留美先輩から悲鳴を頂いてしまった。

＊　＊　＊

異世界『轟天の石榴山』攻略前線基地ナンバーⅣ。

レイド内時間で二日目にもなると、参加者の多くは拠点までたどり着いていた。

事前のオリエンテーションでも各レイドの攻略状況や、内部拠点の説明はされている。

これが初めてのレイドクエストとなる一年生にとっては必須の情報だ。

だが、何度も補習を経験しているような上級生には今更だった。

レイドインすると真っ先に基地へと向かい、自分の席を主張する。

そして、手慰みとなる性奴隷を確保する。

その後は、安全地帯である基地に引き籠もったまま補習期間を満喫した。

レイドに監禁される補習クエストも、慣れてしまえばバカンス気分の小旅行になる。

「あッ、あッ、あッ」

ガシガシと貪るように腰を打ち付けてくる男子の下で、ベッドの支柱を掴んだ女子が首を左右に振っていた。

『発情（ラット）』と『誘惑（テンプテーション）』は『遊び人（ニート）』系上位クラス、『男娼（エルフ）』と『娼婦（ニンフ）』共通の定番セックススキルコンボだ。

まだ学園に染まっていない一年生の女子であっても、簡単に牝犬になった。

発育のいい乳房が弾み、掲げ上げられた足がプラプラと揺れる。

「あッ、あッ、あッ」

リズミカルに搾り出される喘ぎ声は、他のベッドで犯されている少女たちとアンサンブルになっていた。

厩舎に流れているのは、ただ発情した動物が盛っている鳴き声だ。

すえた臭いの充満する閉鎖空間で、汗だくで腰を振っていた男子が呻いた。

仰け反って股間を押し付けながら欲望の塊を注ぎ込んでいく。

脈動の余韻が終わるまで膣内に留まってから、精子に塗れたペニスを穴から引っこ抜いた。

精子塗れの穴と、勃起し続けている肉棒から、むわっと臭い湯気が上がっていた。

隣のベッドでも終わらない交尾が続いている。

「はぅ……あぅ……はぅ」

強力な『オークの媚薬』を投与されたロリータ体型の女子は、関取のごとき巨体の男子に跨がっている。

ラブポーションを膣粘膜に塗り込まれた瞬間から、羞恥と拒絶の意思は吹っ飛んでいた。

小振りな尻を両手で鷲づかみにされ、力任せにぐしゅぐしゅと上下に振られている。

オナホールのように尻を使われながら、舌を出してアヘ顔を晒していた。

いやらしく弛んだ顔の男子は、自分も媚薬の影響を受けながら延々とペニスを勃起させていた。

どのベッドでも、ベッドではない場所でも、行なわれているのは性行為だ。

肉体が活性化するダンジョンの中では、性欲も昂ぶる。

特に補習を受けるような落ちこぼれは、ダンジョン深層にも等しい極級レイドの環境に慣れていない。

昂ぶるテンションのまま本能を暴走させていた。

「おおぅ……いいぜ、お前。おフェラ上手だな」

「んぅ、ちゅ……ちゅるる」

奥のスペースに陣取っている男子は、跪いた女子三人にペニスを舐めさせていた。

二人が左右から肉棒を舐め上げ、一人は先端に吸いついている。

褒められたのは亀頭を咥えている少女だった。

唇で先端の括れを吸引し、口内では鈴口に舌をねじ込んでいる。

「お前は俺のフェラ専用だ。ケツに挿れてる時以外は、俺のチ〇ポをしゃぶってろ。いいな?」

トロンとした目付きの少女が、咥えたまま器用に頷いている。

基地の男子メンバー全員から輪姦されているより、リーダーの男子一人から独占されている方が楽だった。

「おら、ご褒美だ。ケツを向けて掲げろ」

人間が集団になれば、自然とヒエラルキーによるカーストが生まれる。

レベルとクラス、戦闘能力によって、自然と格付けがされていた。

学園の教室と同じように、ここでもカーストの上位者は全てを独占できる。

下位者に命令し、食料を献上させ、気に入った女も好きに扱える。

この基地における上位者は三人の男子だった。

優男の『女衒(インキュバス)』、関取の『凶戦士(ベルセルク)』、そして特徴のない『遊撃手(パルチザン)』の男子だ。

「そろそろ腹が減ってきたなぁ」

床に手足ついて腰を掲げた女子は、ベッドに腰かけた男子の股座で尻を弾ませていた。

今更、準備も前戯もない。

基地に連行された女子は、ほぼ絶え間なく男子メンバーから輪姦されている。

絶え間なく注入される精気に、飽和状態となった肉体は強制発情を続けていた。

「ンっ、あっ、あっ」

80

男子と同じようにイッても鎮静することなく、絶えず肉の疼きが下腹部を炙っている。

何度射精されても勃起は弛まず、少女の尻も動きを止められない。

「えーっと、今は何時だっけ？」

「知らんわな。そもそも次は朝飯だっけ、昼飯かな」

優男は赤毛少女のポニーテールを手綱のように掴み、背後から腰をパンパンと打ちつけている。

彼は基地にいる女子八名を、一人ずつローテーションで交尾していた。

「つーか、腹が減らなくなる草とか、吸う？」

優男が咥えているのは、現地調達した紙巻きタバコだ。

毒を分泌するモンスターや、ダンジョンに植生する未知の植物については、とりあえず吸ってみよう、という生徒有志による実体験情報が共有されていた。

裏BBSにも専用スレが存在している。

大半の書き込みが「死んだｗ」や「PTMによるとブッ飛びすぎて脱糞したらしいｗ」などのカオスなスレッドである。

かなりアレな連中の巣窟であったが、妙なプライドを拗らせており、死に戻りによる人体実験は自分を使うのを鉄則にしている。

「要らんわ」

「そうイエス。それって餓死草（ハッピーデッド）だろ」

「草を食って飛ぶのは卒業したんだよ。身体に悪いし、健康的なセックスで十分飛べるし」

「他にも混ぜてるオリジナルブレンドだぜ」

「女街からすれば、飯を食うのも牝をコマすのも変わんねぇけどな」

スパァン、と尻を鳴らされたポニテ少女が、頭を反らしてオルガズムする。

「まあ、んでもなにか食っとくかないとマズイか。おーい、そこでマスかいている一年コンビ」

「ういっす!」

「は、はいっ」

優男が声をかけたのは、兵舎の入口すぐを使っていた一年生の男子たちだ。

この基地ではヒエラルキーの最下位になる。

彼らに監禁されている女子を使う権利はない。

たまにお情けで回されてくる女子を共有しているくらいだ。

「お前ら適当に、なんか食える物を採ってこい。石榴山は食える果実がいっぱいあるからよ」

「えっ、でも、まだレーションは」

「了解しました。俺ら二名、食料調達に行ってきまっす!」

元気のいい返事をした男子が、口ごもった方の腕を引っ張った。

「おう。役に立ったら、また女を回してやるからな」

「あざっす」

「途中で女を拾ったらちゃんと保護してこいよ」

ペコペコと頭を下げながら兵舎の外へと出た。

「何なんだよ、し」

「おっと、誰が聞いてるのか分からねーんだから名前はいうな。先輩たちだって禁句にしてんだろ。後腐れなくレイドを楽しむためのルールみてーなもんだぜ」

「……分かったよ。はぁ、なんで俺たちが補習レイドなんかに」

「馬鹿、教えてやっただろ。レイドクエストってのは美味いんだよ。何もしなくても参加するだけでレベルが上がるんだ。寮の先輩から聞いたんだから間違いねーよ」

「だったら、自分だけ来れば良かっただろ」

「おいおい。今更だろ、偽善者ぶるなっての」

「いや、俺は、そういうの」

「んじゃ宝探しに行こうぜ！　うろついてる女子を見つけたら、その場でお楽しみだぜ」

バーティの女子メンバーを巻き込まなかった分だけ、良心が残っているのだろう。

クラスメートで普段からパーティを組んでいる悪友の性格は、彼も理解していた。

心細いとか、死なば諸共とか、大体そういう感じの理由である。

じっとりとした視線を向けられた方は、顔を逸らして口笛を吹いた。

＊　＊　＊

新しく設置された石窯から、パンの焼ける香ばしい匂いがしてくる。

火入れのついでに焼かれた試作パンを貰ったが、皮がパリパリの中がモチモチであった。

どうして焼きたてのパンはこんなに美味しいのか。

何人かでキャッキャとパン生地を捏ねているのが微笑ましい。

かと思うと、柵の中の地面を耕した朱陽先輩が、種まきした場所にジョウロで水を撒いていたりする。

無理をしないように約束させた梅香先輩は、早速拠点の増築を再開していた。

多分、梅香先輩が一番ヤル気にあふれている。

頑張りすぎるようなら一番強制的に休ませなければならないだろう。

久留美先輩と桃花先輩は燻製室を作っていた。

サバイバル二日目だというのに、拠点がどんどん充実していく。

みんな手際がいい。

普段よりも生き生きとしている感じ。

無人島とかに行っても生きていけそう。

「そういうのも楽しそうだねっ」

「叶馬くんのハーレム建国宣言かな？　じゃあ将来の選択肢の一つで」

「無人島って、買うと幾らくらいするんだろ……」

「日本じゃなくて海外でもいいんじゃないかな」

野外の作業用テーブルに陣取っている蜜柑先輩と凛子先輩が、妙に前向きだった。

テーブルの上に乗っているのは、パーツごとに分解された肉塊、というかモンスターの生体器官らしき素材だ。

解体の腕が良いのか、それほどグロテスクという感じはしない。

生臭さもなく、シリコン製の玩具っぽい。

どうやら『百雷鳥』と『牛鬼』の残飯らしい。

「残飯って……。えっとね、モンスターは食用がメインじゃないと思うんだ」

「然様で」

「ご馳走様した後に見せられた牛鬼には、騙されたって思ったかな」

ステーキに蟹スキという、ヘビーな朝食であった。

とても美味しかったです。

脚が蟹で、腹部がビーフとか、もはや食用に飼育するべきご馳走モンスター。

肉は熟成させないと美味しくないのだが、久留美先輩が『熟成』というスキルを使っていた。

戦闘の役には立たないとか謙遜していたのだが、超有用なスキルだと思う。

少なくとも俺の『椅子の脚を折る』スキルよりずっと使える。

「うん。でも、コレは凄いわ。両方とも見たことすらなかったけど、本当ならどれだけ深層にいるモンスターなのかな」

「単独で完結してる器官みたいだし、コレだけでマジックアイテムみたいな物だよ。名前をつけるなら『能力器官（スキルオーガン）』だね」

「うん。こんな凄い素材を百パー確保できるなんて、こんなチャンス滅多にない……のが普通なのよ？　叶馬くん」

凛子先輩がさり気なく俺をディスる。

俺の場合、空間収納（アイテムボックス）スキルを使った裏技っぽいテクニックが使えるのだ。

殺害したモンスターが瘴気に還元する前に、死骸を空間収納（アイテムボックス）に放り込むのである。

実は動いている状態でも放り込めるのだが、雪ちゃんから怒られるので禁じ手にしている。

ただ問題なのは、モンスターが瘴気に還元しないということは、ＥＸＰも稼げないということだ。

このクエストは先輩たちのレベリングに丁度いいと思ったのだが残念だ。

「確かにレベルは上げられないけど、パワーアップはできるかも？」

ニヤリと頬笑んだ凛子先輩が、筒状のぶにぶにした謎パーツを手に取った。

「鑑定士（オーセンティケイター）」クラスの目には、どのような情報が視えているのだろうか。

「ちょっと細かい作業をしたいから、叶馬くんは少しだけ自重しててね」

「何のことでしょう？」

恥ずかしそうな蜜柑先輩にセクハラ攻撃を敢行。

あーとか、うーとか可愛らしいエモーションを堪能する。

実際の作業中に悪戯するほど意地悪ではないので安心なさってほしい。

「叶馬くん、普通に仕事中でも悪戯してくるでしょ。朝ご飯作ってるクルミちゃんにバックアタックしたり、

寝過ごしちゃってたカキネちゃんにお目覚めアタックしたり、水汲みしてたメロンちゃんを青空アタックとか。午前中だけで全員に種付けアタックする勢いかな」

「叶馬くんのエッチ……」

悪戯が全部ばれてしまっている模様。

そして久留美先輩と芽龍先輩はともかく、柿音先輩は仕事中と言っていいのか微妙。

一応弁明を許していただけるのならば、先輩たちの謎ブームであるノーパンティスタイルが原因だと思われる。

チラリズムというか、ノーパンを意識して恥じらっている仕草が俺に効きます。

「……効果は抜群かなっと」

「と、とにかく！　手元が狂っちゃうから悪戯はダメなんだからねっ」

蜜柑先輩の厳重注意をいただいたので、しばらく他の先輩たちの手伝いに回った方が良さ気。

「えっと、だからぁ……他の子に悪戯されちゃってもビクってなっちゃうんだってば」

「んーぅむ。みんな抜けるどころか、逆に『組合』の結束力がすんごい高まっちゃってるんだよねー……。

今は寝る時もみんな一緒だし、もう開き直っちゃった感じかな？」

「良く分からないが悪戯は自重しなければ駄目っぽい。

「まー、ちょっと狩りにでも行ってて。できれば牛鬼っていうモンスターの、お尻の部分を採ってきて欲しいかな」

「えっと、無理はしないでね」

「帰ってきたら、またみんなのコト好きにしてイイよ？」

先輩たちを残していくのは不安なのだが、安全を確保する意味でも拠点の周囲をクリアする必要があるか。

第44章　バージョンアップ

白い二つの膨らみは白桃のようだった。

その谷間になっている割れ目から、ヌルッとペニスが引き抜かれる。

初々しい果実は、まだ男慣れしていない一年生の尻だ。

捕獲された一年生の女子生徒は、石榴の木にしがみついたままじっと堪えていた。

「うし、イク、イクッ……はぁ。もう、大丈夫だからな。俺たちが保護してやるから」

肉棒の先っちょだけを膣口に填め直し、根元を自分で扱いている男子が腰を震わせていた。

物足りないし、ヤリ足らなかったが順番がつかえていた。

すぐさま二人目の斥候メンバーが、野良女子の尻を抱えて腰を振り始めていた。

「この様子じゃ、まだまだ野良がいそうだな」

「まーな。さっきの半壊してたベースの件もあるし。絶対いるっしょ」

「この子みたいな一年生て、初めてのレイドでどうしていいか分からんらしいぞ。なんかその場でじっとしてたっぽい」

ジャンケンで一番乗りを済ませた男子が、倒木に腰掛けたままペニスを勃起させ続けている。

彼らが属する攻略前線基地では女子の数が不足していた。

斥候＋食料調達に出されるような下っ端までは、中々順番が回ってこなかった。

欲求不満の男子三人組がフリーの迷子を発見したら、当然こうなる。

「おおっ、おおっ。出る、出そうだ」

「はい乙。つかみんなハエーな。おいこら、イッちまったの分かってんだからいつまでも腰振ってんじゃ

ねぇ。替われ」

　三人組は一年生のクラスメート同士で、当然レイドクエストも初参加になる。

　だが、既にどっぷりと学園の流儀に染まっていた。

　出会って即、投薬をきめられた女子は、背後から抱き締められて尻をパンパン打ち貫かれる感触に舌を出

してアヘり始めていた。

「かーわいいねぇ。コレ絶対に先輩に持ってかれますわ。マンマンもスンゲー締まるぅ」

　ヤリ下げられて回ってくる基地の性奴女子に比べれば、とても新鮮な味わいだ。

　ブラウスも脱がせて乳房を揉み、背後から押し付けた腰をグリグリと旋回させた。

「獲物を狩ってレイプしまくりとか、エロFPSゲームみてぇでガチ昂奮するんですけど」

「分かる分かる」

「ほっ、ほっ、ほっ」

　石榴の木に手をついた女子は、腰が浮くような突き上げに膝をガクつかせる。

　獲物として捕獲され、捕獲された直後にレイプされるような扱いでも、一人で森を彷徨っているよりは救

いがあった。

　絶対に敵わないモンスターから逃げ回ってサバイバルをするより、はるかにマシだ。

「ひっ、ひっ、ひっ」

「気持ちイイ？　俺のチ○ポ気持ちイイ？」

「ひっ」

「あーいく、イキそ。ヤッベ」

　オッパイを揉みながら背中に抱きつき、逃げられない体勢にしてから射精のカウントダウンを始める。

「チ○ポ溶ける、あー、イク、イックぞー」

ぶびゅぶびゅと接合部から音が漏れるほど、大量の精子が注入されていく。

「あー駄目だ、我慢できねー。このままもう一発ヤラせてくれ」

「いいんじゃね。急いで基地に戻る意味もないだろ。俺も後三発くらいやっとく」

「連れてく必要ってあるか? 俺たちでこっそり囲っておくのもアリだろ」

「野営させるのはかわいそうだろ。いや、でも先輩たちからセックス漬けにされるよりマシ、かなぁ」

自分たちが楽しむ算段をしている彼らは忘れていた。

ここが通常ダンジョンの中よりも危険な、異世界であることを。

「! ……クソ、マジヤバイ、お前ら動くな」

物音に振り返った男子が硬直していた。

放たれた警告に、前後から女子を挟んでいた男子二人も動きを止める。

遠く、地響きのような振動。

木々がへし折られる悲鳴に、欠ける並木。

倒木の影に身を隠すように伏せた彼らは、木々の隙間から赤と黒が斑になった巨体を覗き見ていた。

八本の節足、膨らんだ腹部、牛のようにも見える頭部。

そこに愛嬌はなく、まるで悪夢から抜け出した戯画だ。

トラックに匹敵するような巨体から放たれるプレッシャーは、それだけで状態異常を引き起こすレベルだった。

ただ怖ろしい。

歯が鳴るのを、必死に食い縛って堪える。

女子が真っ先にプレッシャーで気絶したのは、彼らにとっても幸いなことだった。

おぞましい異形の化け物は、日本ダンジョン独特の『妖怪』と呼ばれるカテゴリーのモンスターだ。

モンスター『牛鬼』は、彼らの存在に気づかなかった訳ではない。

排除するほどの脅威でもなく、餌にするには『格』が低すぎる、ただの羽虫として無視されただけだ。

「……ヤッベヤッベ。何だよありゃあ」

「洒落になんねー。ヤバすぎだろ、このレイドクエスト」

「ゲームならクソゲ認定の難易度だっつーの」

ミシミシ、ベキベキと森が踏みにじられていく響きに、踞っている彼らが唾を呑む。

圧倒的な『格』の差、即ち世界に影響を与え得る『存在力』の違いを、生物としての本能が悟っていた。

すぐ側にある、死の恐怖そのもの。

生存本能に直結した性衝動が、縮こまったペニスをバネ仕掛けのように勃起させる。

身を伏せた時に抱え込んでいた女体へと、反射的に肉棒をねじ込んだ。

びくっと震えた女子の口が開いたが、掌でふさいで昆虫のように腰を振りまくる。

背後からずり寄ったもう一人の男子も、女子の尻肉を剥いて後ろの穴へと物を突っ込んだ。

端から見れば滑稽な逃避行動でも、本人たちは恐怖から逃れようと必死になっていた。

だが故に、彼らはソレには気づかなかった。

重なり合う石榴の枝の上、すぅ、と滑るように空を飛ぶ人影に。

周囲を真っ白に染めた閃光。

地響きをともなう轟音。

そのまま失神した彼らが覚えているのは、その二つだけだった。

＊　＊　＊

拠点周辺の威力偵察では特に問題がなかった。

食用になりそうなモンスターはいたが、脅威となりそうなエネミーモンスター（アイテムボックス）は見当たらず。

撲殺したりヘソスナッチで倒した食用モンスターは全部、空間収納行きだ。

残念なのはチキンカツの食材が襲ってこなかったことだ。

多分レア食材だったのだろう。

一応、学園が設置したという拠点も何ヶ所か見つけた。

アーミィの前線基地っぽい感じが無骨で格好良かったが、恐らく先輩たちが建てた拠点のほうが快適だと思う。

パトロールはこれくらいでいいか。

もやっと雲に乗ったまま、俺たちの拠点へと引き返した。

帰還した時に先輩たちがなにか言いたそうな顔をしていたが、乗りたいなら一人ずつでお願いしたい。

浮力はあるが足場が狭いのだ。

GPを注ぎ込めばもっとデカイ雲になりそうな気がするものの、安全面からみんな一緒は危ないと思います。

先輩たちはまだ空を飛べないので、雲から足を滑らせたら大変である。

「じゃじゃーん！　新しい武装が完成したよー」

蜜柑先輩がちっちゃなお胸を張ってお出迎え。

指を指しているのはずんぐりむっくりなゴリアス君ではなく、スマートなフォルムをした『強化外装骨格（アームドゴーレム）』のアテルイだ。

ロボットというより、甲冑を着たサイボーグといった立ち姿。

このアテルイ君は凛子先輩のアームドゴーレムである。

名前をつけることにより存在が安定するらしく、先輩たちのゴーレムには全部名前が付けられている。

「……うん。イケル、かな。ちゃんと融合してる。違和感はないね」

凛子先輩が自分の左腕を前方に突き出す。

指を開いたり手首を捻ったりすると、背後に立っているアテルイ君も動作をトレースする。

『強化外装骨格』のオプション装備インストールに関しては、蜜柑先輩と凛子先輩が自分たちを使って検証をしている。

他の部員メンバーに対しては、成果のフィードバックを提供する形だ。

二人の責任感は尊敬に値する。

「スパイダーネット射出」

地面と水平にレフトアームを伸ばし、手の甲を見せるように手首を捻る。

手甲部分がグバッと開閉して射出口となり、白い霧のような糸がバシュッと飛び出した。

散弾銃のバックショットのように、放射線状に広がったのは糸で編まれた網だ。

カカシ人形に絡みついた網の根元は、アテルイ君の左手に繋がっている。

糸は粘ついているのか、結構しっかりとくっついている感じ。

強度もあるらしく、アテルイ君が引っ張るとカカシ人形の根元がへし折れた。

アテルイ君側で糸をパージすれば、投網として行動阻害目的にも使えそうだ。

どうやら『牛鬼』の蜘蛛糸を放つ器官をインストールした模様。

「アームドゴーレムにはスピードが足りないけど、パワーは十分にあるもんね。モンスターを足止めしちゃ

えれば戦える、はず!」

これは先輩たちのような職人クラスにとって新機軸になるだろう。

続けて突き出した拳に、ググッと力を込めた凛子先輩が指を開いた。

「プラズマディスチャージっ」

バリバリとアーク放電するアテルイ君の腕が発光し、スパイダーネットを伝ってカカシ人形を感電させていた。

これは『百雷鳥』の発電器官だろう。

「おー」

黒焦げになったカカシ人形が発火して煙を上げていた。

必殺技のようなコンボ攻撃がスタイリッシュ。

ただ、アテルイ君のSPがごそっと減少しているので連発はできない模様。

「どーお。ビックリした？」

ドヤ顔でムフフーしている蜜柑先輩ウザラブリー。

モンスターの生体器官をゴーレムに取り込んで特殊能力を発動させる。

蜜柑先輩が『能力器官』と名づけていたが、ぴったりの名称だと思う。

「ふぅ……。プラズマ発生器官はギリギリ発動できる感じかな。本当ならもっと威力を上げられるんだろうけど」

「能力の起動はゴーレムのエネルギーを消費しちゃうもんね」

それはモンスターが特殊能力を使う時も同じなのだろう。

強力なモンスターの器官を組み込んでも、ゴーレムに発動させるだけの燃料がなければ使えないということ

とか。

狩ってきたモンスターを空間収納から出したら、邪魔になると久留美先輩から怒られた。

『牛鬼』の他にも『山嵐』やら『野槌』やら『婆沙婆沙』などが採れている。

どいつもこれまで見たことがない、少しばかり毛色の違ったモンスターだ。

何というか、ネーミングからして和風っぽい。

『山嵐』はハリネズミというかヤマアラシというか、全身に棘を生やしたモンスターだ。

『野槌』は口しかない太っちょな蛇みたいな奴で、苔やら蔦やらと同化していた。

『婆沙婆沙』はバサバサ翼を動かしながら、森の中を疾走していた鳥だ。

飛べよ、と突っ込んだら火を噴いてきたのでニワトリじゃないと思う。

こいつらがみんなラージサイズなのだ。

というか、ラージサイズのモンスターしかいない感じ。

蜜柑先輩のゴライアス君より二回りくらいデカイ。

ミニサイズの謎生物も棲息しているようだが、大体『Ｎｕｌｌ』だった。

そんな獲物を朱陽先輩の畑の側に並べたら、ログハウスの屋根よりも高く積み上がってしまった。

確かに邪魔だと思う。

モンスターの死骸が消えないのも善し悪しだ。

こういうモンスターの解体に関しては『調理士』の久留美先輩が一番得意らしい。

皮剥から部位の切り分けまで、あっと言う間に熟してしまう。

ただ、食事の支度も久留美先輩が中心になっているので負担が大きい。

「もっ、ホントに、忙しいのにっ……。アタシばっかりねちっこくぅ、この馬鹿ぁ。淫獣ぅ」

これは悪戯ではなくて慰労だ。

昨日ダウンしてしまった梅香先輩もそうだが、みんな責任感が強くて限界まで頑張ってしまうのだ。

強引に作業を中断させてレッツご休憩。

お姫様抱っこで生木の匂いがする仮設倉庫へとご招待だ。

今のところ消費より供給量の方が圧倒的に多いので、未加工状態の素材や食材が山積みになっている。

「やぁ、抱っこでいきなり……!」

久留美先輩は言動が一致しない『誘い受け』というタイプらしい。

なので、基本的には無理矢理スタイルでスタート。

最初の頃、拒否される度に諦めていたら、久留美先輩と仲のいい桃花先輩や杏先輩から怒られた。

なんでも自己嫌悪で落ち込んでてかわいそうだから、ちゃんと空気を読んで襲わなきゃダメとのこと。

朴念仁な俺に、女心を察しろといわれても無理です。

仮設倉庫は杭打ちした丸太で囲まれただけの青空スペースだ。

立ったままズボンを下ろし、正面から抱っこした久留美先輩をユサユサと揺する。

両方の太股を小脇に抱えて、完全に抱き上げている。

こちらの首に手を回してしがみついてる久留美先輩が、俺の男心をくすぐるのは事実。

このレイプごっこみたいな無理矢理感が、安定のイヤイヤっぷり。

朝一でお尻フリフリお料理している久留美先輩に、毎度野獣のごとくバックアタックしてしまうのもやむを得ない。

レイドクエスト中は毎朝の日課になりそう。

「へんたい、へんたい、へんたいィ……!」

思春期の男子と一緒にいるのに、ノーパン制服という誘惑スタイルをしているほうが変態です。

そうネチネチと言葉責めすると、耳たぶまで真っ赤になる久留美先輩であった。

これで明日もノーパンだったら、心置きなくモーニング合体を続行だ。

ググッと中で反り返った陰茎の先っぽに、唇を噛んで仰け反る先輩が愛らしい。

小振りだが引き締まった臀部を両手で鷲づかみ、奥から入口にかけてねっとりストローク。

ゆっくりと愉しみながらタイミングを計り、ワンツーフィニッシュ。

腰の後ろに両足をクロスさせ、ぎゅぎゅーっとしがみついている。

うーってしながらくっついたままの久留美先輩を、しばしイチャイチャとあやしていた。

＊　＊　＊

「ぁ、……はぅ……」

横倒しにしただけの丸太椅子の上で、太腿を捩り合わせていた智絵理が脱力する。

スカートの奥、今は全員がノーパンツ状態の股間は、触れてもいないのにぐっしょりと茹だっていた。

隠しようもない芳香として漂うツンとした性臭も、みんなが同じであれば恥ずかしいという気持ちも薄れる。

隣で座っていた柿音も机に突っ伏し、どこか見えない場所で達した久留美のオルガズムを追体験してピクピクと痙攣している。

深い位置まで貫通している逞しい肉棒は、実際には存在していないのに感触だけがしっかりと下腹部に感じられていた。

これは今現在、『組合』スキルに参加している久留美が、膣に受け入れているペニスの感触だった。

その感覚を共有しているのだ。

「……はぁ」

ぽーっと余韻に浸っていた柿音が顔を上げる。

テーブルの上に乗っているのは、極彩色のナマモノであるモンスターの素材だった。

腑分けされた素材は処理済みになっており、グロテスクさはない。

『錬金士』の智絵理が素材を錬成して、『機関士』の柿音が『強化外装骨格』用に調整して最適化する。

モンスターの素材を彼女たちが加工して、能力器官として試行錯誤を続けていた。

まだ未知の技術であったが、彼女たちは嬉々として調整していた。

だが、現状は少しばかり作業が滞ってはいる。

「あ、っ」

中から肉棒を引っ張り出される感触に、柿音の股間が開く。

がに股になって抜かれていく感覚を味わい、幻覚のペニスが抜け出た後もヒクヒクと余韻でアソコを痙攣させる。

伝達されてくる共有感覚は一〇〇％ではなかったが、それだけでオルガズムに達するくらいには快感だった。

智絵理と柿音は何となく顔を見合わせ、照れの入った気まずい笑みを見せ合った。

乱交やスワッピングなど、今までの学園生活で慣れさせられてしまった彼女たちだ。

だが、自分から望んで叶馬に可愛がってもらうのは、何故か少しだけ恥ずかしかった。

叶馬に甘えている様子を、余すところなく仲間たちに知られるのは恥ずかしい。

恥ずかしくても、共有の輪から抜けるつもりはなかった。

自分の浅ましい姿をみんなに知られるのと同じく、みんなの幸せをお裾分けされている。

一人の男をみんなでシェアしている自分たちにとって、これほど都合のいい状態はなかった。

これでメンバーの誰かが見知らぬ男に身体を委ねるようなら、その不快感は堪えられなかったはずだ。

だが、今の状況は堪えるようなものではなく、みんなが望んで感覚の共有を深めていた。

「……ひゃ」

隣の部屋で夕食の下拵えをしていた、芽龍の悲鳴が聞こえてくる。

98

だが、智絵理が感じたのは、期待と甘酸っぱさが入り混じった感覚だ。

拒絶する感覚など、これっぽっちも伝わってこない。

柿音も同じように机へ突っ伏し、同時に椅子の上で尻を震わせる。

今度は後ろから挿入された幻覚ペニスの感触に、尻をもじらせて自然と股が開いていた。

ズルッと奥まで割り入ってくる肉棒は、久留美の肉体で受ける感触とは異なっていた。

膣の中を内側から押し開かれていく感触は、それぞれが異なっており新鮮に感じられる。

彼女たちは芽龍と一緒に叶馬を受け入れる。

受け入れている身体は別でも、智絵理たちには連続でセックスをされているのに等しい。

あっと言う間に馴染んだ性器が、ずくずくと掻き回されている感触が伝達される。

それはそうだろうと智絵理も思う。

今ここに叶馬がやってきて自分の尻へ挿入しても、きっとこれ以上ないくらいに準備はできている。

むしろ、そうなって欲しい。

直接、生で挿入された方が、もっと気持ち良くなれる。

「あ、叶馬くんは……本当に絶倫、だね」

「う、うん。そうだね……あっ」

ギルドの共有深度が、また少し深まっていった。

溺れた者が藁にも縋るように、彼女たちは仲間と叶馬に縋っている。

この拠点は彼女たちにとって、誰にも邪魔されない望みのパライソだった。

EXミッション：レイダーデイズ

さて、『轟天の石榴山』に来てから体感時間でそろそろ一週間か。

空が夕暮れのまま変化しないので、実に時間の変化が分かりづらい。

ホームシックになるほど柔な神経はしていないが、地上にいる静香たちが心配だ。

いや、静香だけだな。

海春夏海コンビや沙姫は問題ないだろうし、誠一と麻衣のバカップルも勝手にやっているだろう。

静香は精神的に不安定というか、かなり追い詰められていた。

だがまあ、地上時間ではまだ一日も経過していないはず。

時間の流れが違うと聞けばファンタジーに思えるが、実際は科学的にもありふれた現象らしい。

光速に近づくほど、その物体の時間は遅くなるというやつだ。

『ウラシマ効果』だったろうか。

過去の時間に戻るのは無理でも、未来の時間には飛べるという感じ。

原理については理解できんが。

補習を受けることになった俺が悪いので、お土産でも持ち帰って機嫌を取ることにしよう。

クエスト期間は残り二十日ほど。

先輩たちが建造している砦は、もはや要塞になりつつある。

まず周りは丸太杭の防壁で囲われ、外側には先っちょを尖らせた逆茂木が並び、手前には空堀が掘ってある。

もう少し深く掘ると水が出そうだが、意外と地盤が硬かったらしい。

異世界の構成物質は『格』が高いほどに頑丈だとか。

砦の中央にはログハウスの母屋があり、リビングや食堂や寝室もここにある。

後は別棟のログハウス小屋に、食料貯蔵庫や燻製室と、工作室もできたばかりだ。

100

先輩たちはサボったり休もうとは考えないらしい。

今も現在進行形で新しいなにかが作製されている。

決して俺が働かせているわけではなく、逆に限界を超えて倒れないように見守っているくらいだ。

先輩たちはこういうＤＩＹ的なクラフト作業が楽しいのだと思う。

水を得た魚のように活動を続けていた。

「ふん。暇してるみたいじゃない。これでも踏んでなさいよね」

リビングの丸太ベンチに座ってお茶を飲んでいたら、キッチンで作業していた久留美先輩に怪しい袋を渡された。

「これは？」

暇というか、そろそろパトロールに行こうと考えていました。

日に何度か、拠点周囲のパトロールも続けている。

流石に一週間も続けると、拠点の周囲からはモンスターが駆逐されてしまった。

またしばらくすると湧いてくると思うのだが、ここ数日はモンスターの襲撃も途切れている。

「あ、ちゃんと靴は脱ぎなさいよ。袋には入れてあるけど食べ物なんだから」

ツンの薄れた久留美先輩が、可愛らしい笑みを浮かべていた。

麻袋の中にはビニールで包まれた白い物体があった。

「お昼ご飯のウドン生地よ。コシのあるウドンが食べたかったら、精々頑張って踏むことね。ふふん」

環境が落ち着いたからだろうか。

「な、なによ！　そのレイプしてやろうって目は。け、ケダモノっ」

「誤解が遺憾です」

微笑ましい感じで見守る眼差しは、どうやら俺には無理らしい。

いや、これも久留美先輩による、誘い受けのサインだろうか。

エプロンを押さえて、うーっと睨んでくる久留美先輩は明らかに期待しておられる、気がする。

「……なるほど。ウドンを足踏みで捏ねる場合、より重量があった方がいい、と」

「な、何のこと、ひゃあ！」

まずは抱っこする。

二人分の体重、とはいえ久留美先輩は軽いものだ。

真っ赤になっている先輩の耳元に囁いた。

「火の始末は」

「……今は、へーき、だけど」

ログハウスなので竈の火は適切に管理しなければならない。

俺の不注意で火事になってしまったら、先輩たちに申し訳が立たない。

「私を、お、犯すつもりなの？」

「はい」

まあ、犯すというか、レイドインしてからは先輩たちとのパンパンフェスティバルが開幕されているので

すが。

久留美先輩とも当然、毎日致しております。

他のメンバーと比較して回数が多かったりもします。

今朝も炊事場でパンパンしている。

今もこうして抱え込んで身体に触れていても逃げたりはしない。

「ひゃ、ぅ」

生地を踏まねばならぬので、体位は駅弁にならざるを得ない。

「……えっ、あっ。ま、待って」

トロンとした目をしていた久留美先輩が、我に返ったように慌てていた。

「ここでお預けは俺もキツイのですが」

「あ、後で好きなだけさせてあげるわよ。ってなにを言わせるのよ、馬鹿！　こんなコトしてる場合じゃないの。拠点が襲撃されてるみたいなの！」

「むっ」

言質は頂戴しておくとして、外で騒ぎが起きたらしい。

ログハウスから出ると、外で作業していた先輩たちがアワアワとパニックになっていた。

牛鬼でも突っ込んできたのだろうか。

「や、もう馬鹿っ。降ろしなさいよ」

「失敬」

俺の背中に手を回して、ギュッとしがみついている久留美先輩が訴えてくるが、安全確認が優先だ。

重さなど無いに等しいので気にしないで欲しい。

肩に手を乗せてくる久留美先輩の尻を、下から掲げ持つようにして正面から。

「蜜柑先輩。何があったのですか？」

「あっ、叶馬くん！」

「来たね。でも、まずはクルミちゃんを降ろしてくれるかな。今は、ほら、アレだから」

物見櫓には蜜柑先輩と凛子先輩が昇っていた。

櫓の上からは丸太防壁越しに、周囲の伐採された空き地を見渡すことができる。

まだ、幸いにも防壁は突破されていないようだ。

「……うう、ゴメン。リンゴ、なるべく抑えようと思ったんだけど」

「大丈夫。クルミちゃんが悪くないのは分かってるかな。ほとんど伝わってこなかったし」

「それで、襲撃してきたモンスターはどこに？」

周囲の森にも空にも、モンスターの影は見えなかった。

ジトッとした目を向けてきた凛子先輩が溜息を漏らす。

「頬っぺたを抓ってあげたいところだけど、今はそれどころじゃないかな」

「えっとね、あのね。襲ってきたのはモンスターじゃないの」

困ったような顔をしている蜜柑先輩に首をかしげて見せた。

「一度下に降りようか。しばらく戻って来ないと思うし。多分あれは威力偵察だったんじゃないかな」

「ならば相手は」

「うん。襲撃してきたのは人間。同じ補習クエストの参加者かな」

＊　＊　＊

攻略前線基地ナンバーⅣ。

その兵舎の扉前には、竈やテーブルなどの野営セットが設置されていた。

それらは代々の利用者が残していった物だ。

もっとも椅子やテーブルなどは、倒木を適当に切って並べてあるだけだった。

「それで、どうだったんだよ？　マジで人工物だったのか」

「ああ、見間違いじゃねーよ。ここよりデカくて立派な基地だったぜ」

偵察から帰ってきたばかりの男子が首肯する。

「学園が新しい基地を作ったとか、そんな情報なかったんだけど」

嫌な予感がするなぁ。それって『作った』んじゃなくて、自然に『発生した』んじゃない?」

「おいおい、石榴山はずっと昔から『王権』型レイドだぜ。『伝承』や『付喪』タイプじゃないんだからよ」

疑っているのはレイド慣れしている上級生メンバーだ。

異世界の仕組みも理解しており、それなりに場数も踏んでいる。

だからこそ、それがクラフター集団によって建造された一夜城であるとは思いもしない。

「そんなことより、そこには先客がいたんだろ?」

「ああ、それも確認してきたぜ。ちょっとばかし強めにノックしたら、慌てたカワイコちゃんたちがワラワラと顔を出してきたからな」

ニヤッと笑う男子の顔は、とても下卑ていた。

そして他のメンバーも同じ笑みを浮かべている。

「いいじゃねえか。狭苦しい缶詰生活にはうんざりしてたところだ」

「そろそろコイツらにも飽きてきたしさぁ」

彼らの足元には、それぞれに全裸の女子が跪いていた。

彼女たちは座っている男子の股間に顔を埋めてペニスに吸いついている。

初日から延々と淫行に使われている彼女たちは、流されるまま肉欲に溺れ続けていた。

「んぅ、ぷはぁ……」

頭に乗せられていた手で顔を上げさせられる女子は、口の中でしゃぶっていた肉棒を吐き出す。

そして、男子の股の間でもそもそと後ろを向き、臀部を掲げてみせた。

命令されるまでもない。

今までずっと兵舎の中で、たまに外に連れ出される間も、ずっと淫行は続けられていた。

口でしゃぶるか、手や乳で扱くか、尻を使われているか。

相手を問わず、入れ替わり立ち替わりで誰かに使用されていた。

「その新しい基地と、ついでに囲ってる女たちも、まとめて頂いちまおうぜ」

「女房と畳は新しいほうが良いって言うしな」

そう言った別の男子も、しゃぶらせていた女子の尻を抱えてパンパンと腰を振っている。

女房扱いされた女子は、開いている唇から舌を出してアヘっていた。

朝起きたら男子をフェラチオで起こし、そのまま尻へと生挿れ生出しされる。

朝食の後は昼までセックス、昼食の後は夕方までセックス、夕食の後は寝るまでセックス。

その間にも抱かれる相手は次々と入れ替わる。

寝床では抱き枕として使われ、寝ている間も自重しない男子メンバーから自由に交尾される。

そんな生活を一週間ほど続けている彼女たちは、既に考えることを止めていた。

「まさかとは思うけど、その基地を使ってる奴らって、レイドの攻略組じゃねーよな?」

「ないない。極級の石榴山をガチ攻略しようなんて倶楽部はないだろ。それに今は補習クエスト中だぜ」

「そりゃそうだ。取りあえず、襲撃の準備は念入りにしとこうぜ」

補習クエスト参加者である以上、自分たちと同じようなレベルであることに間違いはない。

同じクエストに参加しているレイダー同士の小競り合いも、珍しいものではなかった。

むしろ長丁場のクエストでは丁度いい暇潰しになる。

補習クエストの常連からすれば、対人戦闘も陣取りゲーム感覚だ。

久し振りに装備を身につけた彼らが、出発前に基地を振り返った。

「んじゃ、留守は任せたぜ。女どもは一応いつも通りに洗っておけよ。また使うかもしれねーからな」

「好きにヤッてもいいが、襲ってくる連中がいたら死ぬ気で守れよ」

実際、留守を任せる一年生コンビが対処できるとは思っていない。

奪われたら奪い返すだけだ。

「は、はい」

「了解っす！　先輩たちも頑張ってくださいっ」

食料調達から食事の準備など、雑用に使われていた二人だ。

先輩たちの姿が森の中に消えると、一人が溜息を吐いて椅子に腰かける。

もう一人は早速全裸になると、井戸から水を汲み上げていた。

「おい、何をボーッとしてんだよ。せっかく許可されたんだから、さっさとおっ始めようぜ！」

「お前はホント元気だよな……」

桶を抱えた一年生は、全裸で放置されている女子メンバーに舌舐めずりする。

先輩メンバーが戻ってくるまで、女子全員とヤル気マンマンになっていた。

まずは犯されていたポーズのまま、四つん這いで尻を掲げている女子の臀部に水をかけた。

「ん……あっ」

「おらっ、俺のブラシで中までゴシゴシしてやっからな」

冷たい感触に呻き声を漏らす女子にボディーソープを塗り、素手でマッサージするように尻肉を揉んでいた。

「ん、あ、ぁんっ」

「お～おう。一日中ヤラれてるだけあって、中がトロトロに茹だってやがるぜ」

「後がつかえてんだからサクッと種付けしてやるぜ。散々エロいセックスを見せつけやがって。溜ってんだ

よ、こっちは」

家畜を洗浄するように臀部を水洗いし、膣の中も肉ブラシで掻き出してから自分の子種を再注入する。

「お前も早く……って、何だよ。おしゃぶりの方が好きだったてか？」

「ち、違うってば。これは彼女の方から咥えてきたっていう」

「今更カマトトぶるなよ、このムッツリスケベが」

二人目の女子を泡立てながら、ニヤニヤと笑う一年生が股間を反り返らせている。

「うっし。あ〜、ツルッと入るわ。コイツも弛ガバのトロマンになってんじゃん。もうマジでアイツら帰ってこなくていいわ。人使い荒いし、ウゼーしな」

＊　　＊　　＊

緊急会議ということで、全員がログハウスのリビングに集合だ。

だが、人数が欠けている。

「杏先輩と桃花先輩は、どちらに？」

不安そうな顔をしている先輩たちに問いかけた。

その中で、落ち着こうと胸に手を当てている蜜柑先輩が教えてくれた。

「えっとね。杏ちゃんと桃ちゃんは、拠点の外まで採取に出てるの」

「ちょっとタイミングが悪かったかな。でも、帰還の合図は出してるから、すぐに戻ってくるはず」

そういえば、拠点周囲のモンスターは掃除したと伝えたばかりだった。

一声かけてくれれば護衛したのだが。

「そんなに心配しなくても大丈夫かな。二人とも無事だって、私たちには分かってるから」

苦い笑みを浮かべている凛子先輩が、変な含みのある言葉で保証してくれた。

108

疑うわけではないが、帰りが遅くなるようなら捜しに行こう。

今は先に、これからの方針について定めておくべき。

団体行動においては、情報共有と意思統一が大切だと思う。

「それで、襲撃してきた相手についてですが」

「うん。見張りをしていたのは鬼灯ちゃんだったけど……」

蜜柑先輩と同じくらいに小柄な鬼灯先輩は、顔を真っ青にして震えていた。

部員メンバーの中でも、特にナイーブな先輩さんなのだ。

放っておくと倒れてしまいそうだったので、肩を支えながら頭をポンポンと優しく撫でた。

俺がこのような真似をすると、大体において恐怖されるか、泣き出すかのパターンではあった。

だが、何故か懐いてくれている鬼灯先輩は、ぽてっと額を俺の胸に押し付けてくる。

目を閉じてグリグリと額を擦りつけている仕草は子猫のようだ。

他の先輩たちも目を閉じて、首を左右に振っているのが謎。

「それで」

「あ、うん。えーっと、最初は、多分だけど魔法スキルみたいなのを撃ち込まれたんだって」

ふむ、問答無用の先制攻撃か。

戦術的には正しいが、こちらも問答無用で相手を殲滅する理由ができた。

やったことはやり返されるのが道理だ。

闘争におけるルールとは、即ち自分を守るための制約でもある。

「森の中に隠れてこなかったみたいだけど、人影らしきものは確認できたみたいかな。まあ、モンスターならそのまま突っ込んでくるだろうし、様子見して一度退くなんてのは人間で間違いないと思うか

な」

「なるほど。確認なのですが」

ダンジョンの中で生徒同士の争い、対人戦闘やパーティｖｓパーティのバトルが稀に良くあるとは聞いていた。

だが、俺はまだダンジョンで他の生徒に遭遇したことがなかった。

特殊なレイドという環境だが、初めてのパターンになる。

「……そうだね。生徒同士の争いは珍しくないかな。今回みたいな補習クエストはともかく、普通のレイド攻略は早い者勝ちの競争だしね。実際にバトルが殺し合いになることもあるかな」

越えてはならない一線を越えてしまうのは、ダンジョンと死に戻りシステムの影響だろうか。

人を傷つける行為や、殺害への忌避感が薄れているのだろう。

「すぐに攻めてくると思う。目的は私たちが作った砦の略奪と……ついでに私たち自身かな」

俺の胸に寄り掛かったまま、ぽーっとしていた鬼灯先輩がビクッとする。

先輩たち自身とは、つまりそういうことだろう。

「それは、許される行為なので？」

「許されるもなにも。咎める人はいないし、助けてくれる人だっていなかった」

話をしているのは凛子先輩だけであったが、他のみんなも同じ表情をしていた。

やるせない、だが諦めるしかない、そういう顔だ。

「特別な『力』も『後ろ盾』もない私たちが、今までどういう目にあってきたのか。叶馬くんには最初に説明したよね。あれは嘘でも冗談でもない。ただ、本当にあったことで、この学園では当たり前のこと」

「……なるほど」

「それで、叶馬くんはどうするつもりかな？　私たちのことが面倒になったのなら、ここに放置したまま逃げ出すのもアリだよ。私たちも別に拷問とかされるわけじゃないし、地上に戻ったら身体には傷一つだって

残らないしね」

身体には残らなくても、心には傷跡が残る。

それは先輩だけでなく、俺の精神にも取り返しの付かない損傷を負わせる。

まあ、そんなあり得ない妄想で俺を試すのは止めて欲しい。

鬼灯先輩とか、俺の服をギュッと握り締めてプルプルと震えているので。

「では。遠慮は無用で」

「っ……そ、そっか。うん。別に叶馬くんを恨むことはないよ」

凛子先輩がハキハキとした言葉づかいになっている時点で、かなり無理をして取り繕っていると分かりま
す。

それに、ここで先輩たちを見捨てて逃亡など、己の金玉をもぎ取ってしかるべき所業。

「遠慮は無用です。敵は全て、殲滅しましょう」

「えっ、あっ、叶馬、くん？」

「――良いのです。やり返しても良いのです。それは圧倒的に正しいことなのです。やられたらやり返す、
やったらやり返される、それで良い。それが正しい。報復とは、誰が相手でも、どんな時代でも世界でも、
誰にも奪えない正統な権利だ」

ポカンとした顔の凛子先輩、蜜柑先輩、他の先輩もみんな呆然としていた。

長文を喋ると自分でも途中で意味が分からなくなる。

だが、伝えたいことはシンプルに、最初の一言だけ。

良いのだ。

誰にも奪えない正統な権利だ。

我慢しなくても良いのだ。

先輩だけが我慢して、ただ理不尽を堪える必要などないのだ。

誰かの帳尻合わせのために、先輩たちが踏みにじられる側にならなくとも良いのだ。

報復が過ぎだと教えられてきたのなら、俺がその批判を踏みにじろう。

報復が過ぎだというのなら、ヘラヘラと笑いながら甘んじて踏みにじられるがいい。

俺が認めよう、彼女たちの正しき報復を。

「え、あれ……？　なんで、私こんな」

目尻を拭っているのは凛子先輩だけではなかった。

くっ、何故か泣かせてしまった。

誠一にでも見られたら、トントンとステップを踏みながらハッハッと俺をディスってきたに違いない。

「と、叶馬くん……本当に、良いの？　やっちゃっても、本当に私たちがやり返しちゃってもいいの？」

ダウナーが入っている先輩たちの中で、一人だけ目をキラキラさせているのは梅香先輩だった。

職人組メンバーは内気属性なタイプが多いので、梅香先輩の元気の良さは眩しいくらいだ。

そして、まだ長い付き合いとはいえないが、色々とやらかしている姿も拝見している。

凛子先輩いわく、トラブルメーカーの素質があるらしい。

少し危険な予感がしたが、男に二言はないのだ。

「はい。俺が許可します」

「あ……そうなんだ。やっちゃっても、良いんだ」

しみじみと呟いた梅香先輩が、椅子の上でくったりと脱力する。

「では、襲撃された時の迎撃について」

「あっ！　待って、叶馬くんっ」

ホワイトボードが欲しいと考えていたら、ビクッとした蜜柑先輩が悲鳴のような声をあげた。

アワアワと慌てている様子は可愛らしい。

「いや、他のメンバーもスイッチが入ったようにアワアワし始めたので、みんなまとめて可愛らしいが。

「ど、どうしよう。杏ちゃんと桃ちゃんが、捕まっちゃった！」

＊　＊　＊

「もたもたしてねーでちゃんと歩けよ」

「いやっ」

「やめて、ください」

「おいおい。ケツ引っぱたいただけでピーピー喚くんじゃねーよ。お嬢様か、テメェら」

石榴の生い茂る原生林に道はない。

藪を掻き分けながら彼らの基地へと向かっていた。

パーティ構成は男子が八名に、彼らから囲まれるように連行されている女子が二人だ。

新しい拠点を占領するべく遠征にきていた彼らだが、予想以上に頑丈そうな防壁と防衛施設に尻込みをしていた。

そもそも彼らの目的は略奪行為であり、戦い自体は好きでも得意でもない。

苦労や痛い思いをするくらいなら、あっさりと掌を返して逃げ出し、それを気に病むこともない。

補習を課せられるような生徒は、そういうタイプの人種だった。

遠目に要塞を眺めながら顔を突き合わせ、これは諦めて帰るか、と相談しているところに獲物が転がり込んできたのだ。

「しかし、なんだこりゃ？　棒切れに葉っぱに、蜘蛛かなにかの糸か？」

「バックに入ってるのはゴミばっかだな。苔とか土は食えないだろ、流石によ」

『裁縫士』の杏や、『調合士』の桃花には貴重な素材だった。

極級ランクの異世界は彼女たちにとって、レア素材の宝庫だ。

我慢できずに拠点の外へ出てしまったのは、少し浮かれている気持ちもあったのだろう。

合図を受け取って拠点へと向かっていた杏と桃花は、運悪く略奪者のグループに捕獲されてしまった。

「俺たちの基地に戻ったら、じっくりと聞かせてもらうぜ。お前らの飼い主と戦力についてな」

「そんなに睨むなよ。俺らは紳士だから暴力を振るったりしねーぜ」

ニヤニヤと笑っている彼らを、杏と桃花は震えながら睨み付けていた。

それは拒絶の意思だ。

たとえ嫌なことがあっても、目を背けて我慢する。

嫌なことを押し付けられても、頭を垂れてやり過ごす。

現実を見ないようにすれば、辛いことを認めなければ、自分は傷つかない。

そう思い込まなければ、弱者に優しくない学園生活を耐えられなかった。

だけど、言ってくれたのだ。

それは違うと、教えてくれたのだ。

抵抗しても良いのだと、我慢する必要はないのだと。

その場所にいなかった自分に、その『言の葉』は聞こえない。

そのはずだった。

自分たちを繋いでいる『組合』スキルの共有感覚は、それほど強力でも便利なものでもない。

感覚や情感が伝わってくる程度のシンクロだ。

それ以上先に進んでしまえば、自分という個性が融合して自我を保てなくなる。

それでもはっきりと聞こえたのだ。

初めて好きになれた人の声が。

それは例えるなら、空から聞こえてくる『託宣』のように。

「面倒臭ぇな〜。とっとと犯っちまおうぜ」

舌舐めずりをする男子を、別の男子が制止する。

「……まあ、焦るなって。素直じゃない女を歌わせるには段取りってのが大事なんだよ。あんまりイジメすぎて逃げられても困るしな」

「ハッ。コイツらに自殺する根性はないだろ」

アンデッドシステムの影響下であれば、自殺でも死に戻りは機能する。

レイドクエスト中であれば、ランダム地点での復活となり脱出の手段にもなる。

記憶の初期化もない以上、死に際の痛みや恐怖も持ち越しだ。

少なくとも彼らが基地で飼っているような、現状を当たり前として受け入れている女子が選べる手段ではない。

だが、杏と桃花の二人からは、それをやりかねない雰囲気を感じたのだ。

「任せとけって。特製のヤツがあるんだよ。一発でブッ飛べるブレンドだぜ」

「ちゃんと加減はしろよ。ぶっ壊れたらヤッてても面白くねーからな」

彼女たちを戦利品で、ただの玩具としか考えていない。

もしも強引に犯されることになったら、杏も桃花もギルドから脱退することを覚悟していた。

不愉快な感覚を、大切な仲間に伝えることはできない。

いざとなったら覚悟している手段であったが、今はまだ共有を解除しない。

自分たちを繋いでいる『糸』は、居場所を伝えるための目印になる。

そして死に戻りを選ぶことも、まだできない。

仲間に死を疑似体験させるわけにはいかないし、ギルドから抜けてランダム地点へと飛ばされたら、恐らく合流することはできなくなるのだから。

攻略前線基地ナンバーⅣ。

木々に埋もれた兵舎は森に溶け込みカモフラージュになっていた。

「ちょっとばかし、コイツらを監視しておけ。なに、すぐ戻るからよ」

「牝どもは中に入れてあるんだろうな？」

基地に到着した彼らは、留守を任せていた一年生コンビに声をかけた。

労いの言葉もなく、虜囚も装備も放りだして兵舎へと入っていった。

目的は性欲の発散だ。

これから始まる尋問でヤリ過ぎないため、適度にヌイておく必要があった。

いや、実際には理由などどうでも良く、遠征中に溜ったムラムラを手っ取り早くヌクためだ。

開けっ放しの扉から、すぐに幾つもの喘ぎ声が響いてきた。

「チッ、あっさり帰ってきやがったぜ。ヘタレ連中が」

「おい、おい。聞こえたらマズイって」

ヘコヘコと頭を下げて出迎えていた一年生が悪態を吐き、もう片方がなだめている。

お互い性格は違っていても、友人と呼べる関係に違いはない。

「んだよ。こっちはお楽しみの最中だったんだぜ。ずらっと並べてケツを向けさせた女によ、こっちに突っ込んでパンパン、あっちに突っ込んでパンパンって鳴かせて、ハーレムコンサートを堪能してたってのによ」

「……いや、ホントマジで羨ましい性格してるよ」

「カマトトぶるなって。お前だってパコってただろうが」

「いや、こういう学園だってのは知ってたから。うん、はぁ……」

「へへっ。このレイドに参加して正解だったろ？　俺ら一年はまだ学園のしきたりを分かってねーからな。こうやって経験を積んでって、俺らのクラスにいる女子もまとめて食ってやろうぜ」

「な、なにを言ってんだよ？」

「トロトロしてると他の連中から持って行かれちまうからな。さっさと唾つけて、ヤリ倒して、パートナーにしちまうんだよ」

「もういいってば」

口ごもった彼の頭に浮かんだのは、パーティを組んでいるクラスメートの女子三人だ。

それぞれに違ったタイプの可愛らしい少女たちだった。

教室にいる彼女たちの姿と、この兵舎で犯されている女子たちの姿を重ねることは難しい。

いや、正直にいえば、想像したくなかったのだ。

「つーか、もうクラスの女も何人かヤッてるぜ。一人落とせば、後は芋づる式で釣れるし」

溜息を吐いた彼が手を掲げる。

悪友ほどアグレッシブにはなれそうもなかった。

「チッ。帰ったらお前にも紹介してやろうと思ったけど、止めた」

「おい、どこに行くんだよ？」

「ションベンしてくる。見張りなんか一人でも十分だろ」

彼はしばらく前から、ふらりと姿を消してサボるようになっていた。

変に真面目なところのある自分には真似できない自由さ。

それを羨ましいと思う。

また溜息を吐いた彼は、もぞもぞと動いて移動している物体に気づいた。

基地の先輩たちが拉致してきた、二人の女子生徒だ。

手足を縄で縛られ、猿轡も填められている。

そんな状態でもお互いを庇いながら、芋虫のように地面を這って逃げようとしていた。

その必死な姿は、無様とも惨めとも、彼には思えなかった。

「あっ……その、あの」

彼の役割は、彼女たちの監視だ。

見逃すわけにはいかない、本来ならば。

「ごめんなさい。　縄は解けないけど……」

「……ぷは」

呼吸の苦しそうな二人から猿轡を外していた。

だが、引き摺って元の場所に戻したりはしない。

中途半端な良心と罪悪感は、まだ彼が学園に染まりきっていない証だった。

結果的にその優柔不断が、彼を地獄から逃がしたことになるのだろう。

「えっと、俺も小便にいってくるから、その、そういうことで」

杏と桃花の二人に、彼の葛藤など分からなかった。

自分たちを拉致した一味の、見張りが立ち去った。

それで十分だ。

「……杏ちゃん、今の内に」

「う、うん。チャンスだよ、桃ちゃん」

猿轡で口を塞がれていたのには理由がある。

超常の能力であるスキルを発動させるには、トリガーワードの発声が必須だといわれているからだ。

「あ、アームド……」

「おいおい。あの餓鬼ども、どこに行きやがった？」

のそりと兵舎から男子が顔を出したのは、まるで見えていたようなタイミングだった。

彼が特別に早漏というわけでもない。

「あん、あん、あっ、あっ」

彼のクラス『強盗』のパッシブスキル、『無作為な幸運』の囁きだった。

はっきりとした予知とは違うが、地味に助けられてきた予感だ。

だが、今回彼が感じたのは、ゾッとするような悪寒だった。

まるで致命的なミスをしてしまったような、そんな取り返しのつかなさ。

案の定、逃げ出そうとしていた二人に安堵し、軽々と貫いている女子を抱えたままヌコヌコと近寄ってく。

「……駄目だろう？　もうちょっと大人しく待ってろよ。良い子にしてたら、お前らもコイツみたいに気持ち良くなるだけのメスにしてやるから」

全裸の女子を腰の前に据えつけ、今も尻にパンパンと腰を打ちつけている。

芋虫になっている二人の前にしゃがみ込むと、舌を出して喘いでいる女子の顔も晒される。

「ひっ」

「あ、やあ」

なにも考えていない、与えられている快感に陶酔しているだけの、幸せそうな蕩け顔。

杏と桃花が顔を逸らしたのは、彼女の姿が今までの自分とダブったからだ。

「仕方ねーな。逃げられても困るし、少しばかり辛抱堪らなくなるヤツを使ってやるよ。ほら、分かるだろ？　オーク印のラブポーションだ。俺らがヤッてる間、オナニーもできねー状態で悶え苦しんでろ」

「や、やだ」

「やめ、触らないでください……っ」

「ハッ、ハハハハッ！　何だよお前ら、ノーパンじゃねーか。悪い悪い、ヤル気マンマンだったんだな！　でも焦らしやがった罰だ。ラブポをアソコに塗られたままアヘ狂ってろ」

スカートを捲られた二人に、素早くラブポーションが塗り込まれた。その間中も彼のペニスは、抱えている女子の尻から抜けていなかった。

「よーしよし。お前らのオナニーショーを見ながら、コイツのケツで抜きまくるか。お、そうだ。最初に我慢できなくなった方とヤッてやるぜ。もう片方はお預けだからな」

「楽しい余興を思いついたとばかりに、外のベンチで腰を降ろした。

「ツマラねーから簡単に落ちるんじゃねーぞ。ハハッ。おーい、お前ら出てこいよ！　面白ぇゲームを始めるぞ」

「何なんだよ、つーかなにやってんだよ」

「ったく、もう二、三発ヤルまで待ってろって」

楽しそうな呼び声に応えて、兵舎の中からカップルが出てくる。

全員が肉体的に結合している男女ペアだ。

彼らの晒し者になっている杏と桃花は、ギルドから抜けることを覚悟して頷き合っていた。

「ごめんね、みんな……ごめん、とうま、くん」

「あ、う、やだ……た、助けて」

その泣き言さえも、彼らにとっては見世物で。

120

「どこの誰がお前らを助けてくれるってんだよ。あ、神頼みか?」

「マジウケる。我を助けたまえってか。なにが起こるか見せてくれよ。三分間待ってやる」

「たすけて……叶馬、くん」

彼らには聞こえない、それは小さく重なる呟きだった。

下品な笑い声に埋もれた願いは。

「ハロー」

確かに届いていた。

 ＊　＊　＊

「と、叶馬くん。飛んでる、本当に飛んでるよっ?」

「ええ」

もやっと雲には興奮している蜜柑先輩が同乗していた。

人を乗せたのは初めてだが、雲を踏めずに落下することはない模様。

実は少しだけ、蜜柑先輩だけが雲を擦り抜けて落ちるというギャグシーンが見られるかと、期待があった

りもした。

最初はヒャーっとビビッていた蜜柑先輩も、今はキャッキャとはしゃいで興奮している。

危ないので落ち着いて欲しい。

「方向はこのままで?」

「う、うん。大丈夫。桃ちゃんも杏ちゃんも一緒にいるよ。距離もそんなに遠くじゃない」

もやっと雲が出せる速度は駆け足くらいである。

相手も徒歩で移動したのだろうから、十分に追いつけるだろう。

蜜柑先輩は囚われている二人の位置を、何となく察知できるらしい。

詳しくは教えてくれなかったが『職人』スキルの能力だそうだ。

俺の右手に埋まっている静香石と同じ感覚だろうか。

「あ、それは駄目っ」

「なにか？」

「叶馬くん、急いで。二人とも覚悟しちゃってるみたいなの！」

良く分からないが、良くないことが起こっているようだ。

蜜柑先輩を抱えて地面を走った方が速そうだが、俺は少しばかり方向音痴だった。

障害物のない空を直進するのが正解のはず。

はずなのだが、気が急く。

やはり飛び降りても良いのではなかろうか。

蜜柑先輩を抱えてスカイダイビングしても、ちゃんと守護れる自信はあった。

「あっ、ひどいっ。二人がエッチなことされちゃいそう！」

「では、近道をしましょう」

猶予がないので仕方ない。

蜜柑先輩が示したポイントには、人工物らしきものが見えている。

あれが目標地点で間違いないだろう。

「ふえ？」

蜜柑先輩を抱きかかえて、もやっと雲の弾力を確認する。

では、発射オーライだ。

もやっと雲をカタパルトにして、弾丸のように空へと飛びだした。

風を切る音と悲鳴がコラボレーション状態。

目的地までは少し届かないが、即席ミニもやっと雲をホップステップジャンプだ。

着地も雲をクッションにしたので、クレーターを作らずに済んだ。

だが、スムーズに着地しすぎてリアクションがない、というか気づかれていない。

目的地では、男女がペアになって愉快なパンパンフェスティバルが開催されていた。

それ自体は気にしない。

性的な嗜好は人それぞれなので否定はしない。

だがしかし、杏先輩と桃花先輩を縛って転がし、それをご神体として拝みながらパンパン祭りをしている

のは実にいただけない。

本意ではない証拠に、二人は涙目になっておられる。

問答無用で全員吹っ飛ばしても良いのだが、一応挨拶だけはしておこう。

「ハローエブリバディ」

紳士的な挨拶を敢行する。

愉快なポーズで振り向いたカップルが、愉快なポーズのまま硬直した。

「なん」

「シーユーレター」

一人の顔面をフルスイングすると、愉快な顔になった男子が水平に吹っ飛んでいった。

良く飛んだな。

首だけ吹っ飛んでいかないように加減はした。

支えを失って地面に倒れた女の子も、スプラッターなシャワーを浴びたくはあるまい。

木の枝に引っ掛かっている男子も消滅していないので、恐らくまだ生存判定であるはずだ。

自覚できなかったが、どうも俺は少し怒っていたらしい。

今も自覚できないままなので、残りも首だけ飛ばさないように注意しよう。

「つまり、通常の打撃技とは逆です。衝撃を一点に絞り込むのではなく、面として拡散させれば」

「うん。蜜柑ちゃんの慰めにはなってないから、少し黙るかな」

凛子先輩からお叱りを受けてしまった。

うーっと涙目で睨んでいる蜜柑先輩は、ちょっとアクロバットな抱っこ機動にお漏らしをしてしまいました。

同時に失神されていたので、騒ぎになったのは拠点に戻ってからです。

無事に救助できた二人からフォローしてもらったのですが、今は杏先輩も桃花先輩もお姿が見えません。

「本当に叶馬くんはデリカシーが足りないかな。でも、ちゃんとヒーローしてるし、格好良いし、空気読ま

ないところも大好きなんだけど」

なにやらディスられつつも褒められたような。

だが、凛子先輩本人は驚いたように自分の口元を押さえている。

「……これ、もしかして二人に共感しすぎたせい、かな」

「先輩？」

「も～、叶馬くんはちゃんと二人を慰めてあげて。杏ちゃんも桃ちゃんも、叶馬くんを待ってるんだから」

プリプリとオコっている蜜柑先輩が、ぐいぐいと俺の背中を押した。

「二人を慰めてくれたら、デリカシーのない叶馬くんを許してあげる。……なんて、嘘だけどね。ホントは

124

全然怒ってないの。私たちを助けてくれてありがとう。杏ちゃんと桃ちゃんをお願い、ね」

後ろからギュッと抱き締められてから、部屋の中に押し込まれた。

窓を小さく、薄暗くしてあるのは、夜のない世界で安眠するためだ。

改装が続いている拠点なので、ベッドルームも少しずつバージョンアップしていた。

最初は床に寝袋を並べただけだったが、今は木枠のベッドにクッションとなる枯れ草などを敷き詰めてある。

そうした内装のコーディネートに熱心だったのは、ベッドの上で横になっている杏先輩と桃花先輩であった。

俺が部屋に入ってきたのは気づいているはず。

なのに二人とも、顔を枕に押し付けたまま身動ぎもしない。

さて、困った。

蜜柑先輩はフォローを期待しておられるようだが、朴念仁の俺には難しすぎる。

一発芸でも披露して場を和ませてみるか。

それともウィットにとんだジョークを発射して、会話のキャッチボールを期待してみるか。

叶馬さん、人間には向き不向きというものがありまして、と静香にジト目を向けられた俺のウィットセンスだが、試して見る価値はあると思う。

取りあえずベッドに腰かけると、二人がビクッと震えた。

「先輩、隣の家に塀が……」

「叶馬、くん」

そう、名前を呼んだのは、どちらだったのか。

顔を上げてくれたのは同時で、同じくらいに顔を火照らせていた。

鈍い俺はようやく、慰めて、という意味を理解した。

怪しいご神体にされていた二人である。

ギリギリで間に合ったと思っていたが、怪しい処置でもされていたのだろう。

手加減などせず、派手に首を飛ばしてやるべきだったか。

「俺で良いのですか?」

二人の頬にそれぞれ手を添えると、二人とも甘えるように頷いていた。

「うん……叶馬くんが、いい」

もっと撫でろとばかりに顔を寄せてくるのは杏先輩だ。

日頃からぽわぽわとした笑みを絶やさない、優しい性格の先輩であった。

裁縫が得意な杏先輩には、破れたりボロボロになった制服の修繕でもお世話になっている。

大きくて柔らかなオッパイには母性が詰まっていそう。

「はい……叶馬くんじゃないと嫌、です」

目を細めたまますっとりと身を委ねているのは桃花先輩だ。

小柄なタイプの多い職人組の中で、凛子先輩と同様に発育の宜しい少数派だ。

ぱっと見は頼りになりそうなお姉さんだが、実はヘタレ気味の受け身体質だったり。

オッパイは杏先輩よりもビッグな巨乳である。

ペアで採取に出ていたことからも分かるように、仲良しさんな二人はルームメイトにもなっている。

麻鷺荘の夜伽タイムでも、二人同時にお相手するわけで。

性癖についても仲良し、というか似ておられる二人だった。

「は、あうっ」

「んんッ、いっ、あ」

二人の頭を膝の上に乗せて、それぞれの乳房に手を伸ばしている。

強引に胸元をはだけさせ、ブラの中に這わせた指は乳首を抓んでいた。

コリコリとした手応えのある果実を扱き、引っ掻くように乳首を抓る。

痛みにもなりそうな刺激に、二人は同じく陶酔した表情を浮かべていた。

ぶっちゃけていえば、杏先輩も桃花先輩にも少々マゾっ気があった。

少しばかり強引に責められるのが好きらしい。

「やんっ」

「んっ、あっ、あっ、はうんっ！」

四つん這いになった二人の尻が並んでいる。

後ろから桃花先輩の尻をパンパンと貫きながら、杏先輩の尻をスパンキングする。

もちろん力加減は大事だ。

尻肉にダメージを与えないようにしつつ、なるべく高い音が響くようにスナップを効かせる。

杏先輩の尻はとても良い音が出るので、外にまで響いていると思う。

そのように指摘すると、何故か自分の耳を塞いで尻をさらに掲げた。

「やだぁ……あんっ！」

より最適な角度になったのか、とても良いスパァン音が出た。

貫かれている最中の桃花先輩も、何故かスパァン音に合せてアソコを収縮させる。

「んんぅ〜……はぁう」

桃花先輩の中から抜いた肉棒には、どろっとした粘液が絡みついて糸を引いていた。

挿入は交互に、そしてフィニッシュは遠慮せずに中出しすると決めている。

赤く染まっている杏先輩の尻に手を乗せ、ずぶりっと奥まで貫く。

こちらも膣肉が茹だるように熱く蕩けていた。

シーツに突っ伏す桃花先輩も、腰を掲げたポーズを崩さない。

むしろ背筋を反らして尻をしっかりと俺に向けている。

抜いたばかりの尻肉を撫でてから、ゆっくりと手を振り上げた。

「はぁうっ！」

打楽器になった桃花先輩の音は、杏先輩より深みのある響きを奏でた。

尻ソムリエとして評価するなら、重厚なバスの響きはシューベルト作『春の信仰』を彷彿とさせる。

そんな下らないことを考えていないと、二人を相手に興奮を抑えるのは難しい。

肉棒で貫かれている杏先輩の尻も、スパァンスパァンと良い音をさせながら弾んでいる。

突き込む度に、キュッと搾られる中はねっとりと絡んでくる。

「あ、はぁ、はぁ……とうま、くん、やぁん！」

枕を抱き締めている桃花先輩も休ませるつもりはない。

赤く染まってきた尻肉を再び響かせる。

背筋を反らせる桃花先輩が、全身をビクンッと痙攣させた。

ふわっと醸された甘酸っぱいフェロモン臭に、尻叩きの刺激でオルガズムしたことが分かった。

貫かれたままの杏先輩も、引き摺られたようにビクビクと痙攣していた。

本当に仲の良い二人である。

こうして二人の後ろ姿を見下ろしていると、スタイルの良さがはっきりと分かってしまう。

具体的には、背中側からはみ出している乳肉を確認できる。

もちろん尻にもしっかりと肉が乗っているので、抱き心地も申し分なかった。

どちらもハードなプレイを受け入れることのできる身体をしています。

「はう、あぅ……あんっ、やぁ」

まだヒクヒクしている杏先輩の様子を見ながら、腰の動きを加速させていった。

枕を抱き締めている杏先輩は、尻肉を震わせながら甘い声で悶えている。

「ひゃあぅぅ」

中に入っている肉棒がしゃくり上げて、杏先輩に精液を注ぎ込んでいく。

尻肉を掴んで思い切り引き寄せ、奥の深い場所へと最後まで注入を果たした。

ずるずると肉棒を抜き取っていくと、これほど深くまで入っていたのかと今更ながらに驚くほどだ。

これを受け入れることのできる女体の神秘、する間もなく桃花先輩へと再挿入。

「はあぅん」

ぽーっと惚けて無防備を晒していた桃花先輩は、とても可愛らしい声で歓迎してくれた。

二人が満足するまで、じっくりと可愛がっていくことにしよう。

＊　＊　＊

日付も越えた時刻。

彼女たちが自分で作り上げた拠点にも、ようやく静寂が訪れていた。

今夜のベッドルームは叶馬たち三人の貸し切りだ。

残りのメンバーは思い思いの場所に籠もって、大切な仲間の想いを共有していた。

色々と共有している彼女たちにも、最低限のプライベートは必要になる。

「はぁ……やっと終わったね」

疲れ果てた声は、シャツ一枚になっている久留美だった。

顔を出した場所は、食堂にもなっているリビングルームだ。

「蜜柑は寝ちゃってるか。今回はちょっとハードっていうか、あの馬鹿ホントに遠慮しないんだから」

テーブルに突っ伏して寝ている蜜柑は、それでも満足そうな微笑みを浮かべていた。

「杏ちゃんと桃ちゃんの組み合わせだと、どうしてもね。あの子たちは特にそういうプレイが好きだから仕方ないかな」

蜜柑の背中に毛布をかけた凛子が苦笑する。

リビングにいるのは久留美に凛子、そして寝ている蜜柑のみだった。

「クルミちゃんは……ああいうの苦手だったかな?」

「もうっ、リンゴ。分かって聞いてるでしょ」

ふんっとそっぽを向いた久留美は赤面しているが、とても艶々になっている。

それは凛子も似たようなものだ。

まるで事後の余韻に浸っているように、まだ顔も身体も火照っていた。

「まぁ、蜜柑ちゃんにはちょっと早かったね。早々に失神しちゃったかな。うん、私たちの旦那様は本当に絶倫くんだ」

「だ、旦那様って」

「その愛称が一番しっくりこないかな? ふふっ、沙姫ちゃんに影響されたのかもね」

優しい笑みを浮かべた凛子がポットとカップを用意した。

二人分の珈琲の香りが立ちこめる。

「こんな時間にカフェインを摂取すると、眠りが浅くなるわよ」

「かな。でも、話があるんでしょう?」

小首をかしげる凛子に、む〜っと唸った久留美が椅子に座る。

差し出された珈琲に垂らされたミルクが、マーブル模様を描いていた。

しばらく待っていた凛子も、あ〜とかう〜とか呻いている久留美に苦笑してしまう。

「……察するに、叶馬くんのことかな」

「ま、まあ、関係なくもないんだけど」

ふぅ、と一度溜息を吐いた久留美が口を開いた。

「……実は私ってさ、男の子を好きになった経験がなかったのよね」

「うん」

「この学園に来てからは、もうホントマジで男って生き物に失望してたし。私もこんな性格だったからさ。男の子と交際してラブラブになってる自分とか想像もできなかったし。私が誰かを好きになるなんて、この先もずっとないんだろうなって」

「う、うん？」

凛子から見ても確かに、久留美は簡単に心を許さないタイプだ。

だが、一度心を許してしまえば、コロッと男にほだされてしまいそうにも見えていた。

少なくとも男性恐怖症になっていた自分より、ずっと正常だろう。

「でもさ、なんていうか、その……」

「ああ、うん。言いたいことは分かった、かな」

それは凛子も薄々感じていたことだった。

「その感情が、借り物じゃないか、って不安なんだよね？」

「べ、別に不安じゃないけど。だけど、この『組合』スキルは私たちが思ってるより危険なのかもっていうか」

感覚や経験を共有するなど、本来ならばあり得ない状態だ。

それがどのような影響を及ぼすのかも知られていない。

「禁忌、とまではいかないけど、このスキルが失伝したのには理由があるんだろうね」

彼女たちが探し出してきた『組合』スキルの資料は、図書館の奥で埃を被っていた代物だった。

それに元より職人のスキルは、それほど重要視も研究もされていない。

職人のスキル群は、現代の科学技術でも再現できる現象、そのように考えられていたからだ。

「ギルドメンバー同士で『感情』の共有はしないはずなんだけど、うん、理由は何となく分かるかな」

「な、なんでよ?」

身を乗り出すほど不安そうな久留美に、ああ、と凛子は言葉に出さず納得した。

それだけ大切に思っているのだろう、自分が叶馬に抱いている感情を。

凛子にとってそれはとても微笑ましくて、羨ましかった。

「感覚の共有は肉体的なものだよね。それは生理的な反応も含まれるはず。例えば、魅力的な男性を前にした女の子が、鼓動が速くなったり体温が上がったり発汗したりする。情動反応っていうんだったかな。それは本能的に好ましいと思える相手に生じる感覚だから……」

そのような感覚を共有すれば、きっと恋をしている自分の身体が思い込む。

それはきっと心の補助輪のようなサポートで、背中を押してくれるきっかけにすぎない。

仲間たちの叶馬を好ましいと思う感覚が重なり合って、自分のようなもう恋を諦めた女でも叶馬を愛しいと思えるようになれた。

「……つまり、アイツに惚れてるメンバーが増えるほど、アイツを好ましく感じちゃうってことじゃない」

「うん。きっと、そうかな」

「それってズルくない? 強引に好きにさせられてるみたいでムカツク」

両手をカップに添えている久留美が頬を膨らませていた。

その可愛らしく拗ねた表情に凛子が頬笑んだ。

多分クルミちゃんは大丈夫、という言葉は伝えないことにした。

ギルドを結成する前から、彼女が叶馬に好意を抱いていたことに間違いはなかったから。

借り物だったのは、幸せのお裾分けをされたのは、きっと凛子の方なのだから。

＊　＊　＊

エスエムちっくな情事が終わる頃には、杏先輩も桃花先輩もとても満足そうなお顔で失神しておられた。

トラウマとなりそうな記憶が飛んだようでなにより。

二人を抱えたまま翌日の朝までぐっすり熟睡タイム。

俺たち三人でベッドルームを占領する形となり、他の先輩方には申し訳ないことをしてしまった。

拠点も充実しているので、眠る場所には困らなかったと思いたい。

とはいえ、親しき仲にも礼儀あり。

目覚めたらすぐに謝罪するべく、他の先輩たちを捜していたのだ。

「……久留美先輩？」

「な、なによ」

まずは確実にキッチンにいるであろう、久留美先輩をターゲットに選んでいた。

実際に、こうしていらっしゃった訳だが、リアクションがちょっとおかしい。

出会い頭のツンツンモードがなく、最初からデレデレモードを発動している。

具体的には腕を組んでベタベタ甘えてきてます。

「これは仕方ないのよ」

134

「なにゆえ？」

「だ、だから仕方ないの。これは私が悪いんじゃないの。みんながこうだから仕方ないの」

なるほど、理解できない。

だが、何か勘違いしていらっしゃる予感がした。

「もうっ、ホントはこんなことしたくないんだけど仕方ないのよ。ほら、座りなさい。お腹が空いたんでしょ？　朝ご飯まで待ってろって言いたいんだけど、仕方ないからなにか作ってあげるわ」

「イエスマム」

上機嫌すぎて怖いです。

「サンドイッチが良いかな。それともオニギリが良い？　甘辛い肉そぼろを具にして、浅漬けにしたレタスで包んで」

フンフンと鼻歌を奏でる久留美先輩が調理台に向かう。

エプロンの帯がお尻でフリフリ揺れていた。

ふむ、これは新しい趣向のお誘いではあるまいか。

「どうしたの？　待ちきれないの……って、な、何を大っきくしてるのよ。へ、変態っ」

「味見をしようかと」

背後に忍んだ俺は、先輩のお尻にソッと右手を伸ばした。

やはりというべきか、久留美先輩もノーパン健康法を続けておられた。

すべすべのお尻を撫でながら、谷間に指を滑らせた。

スカートを穿いているとはいえ、お尻がチラ見えするシチュエーションはあるわけで。

拠点で作業している先輩たちは無防備なので、そういうあられもない姿を拝見する機会はけっこう多かった。

「もう、ホント頭チ〇ポなんだからっ……少しは、我慢、できない、のっ」

「我慢はしていますが」

こうして背後から痴漢しつつ、久留美先輩がオニギリを作るのを待っています。

いつもの悪態が戻った先輩だが、俺の痴漢フィンガーからは逃れられない。

ナデナデモミモミと続けていたら、指先がクチュクチュに変化してきました。

今は包丁を使わないクッキングなので危険度もセーフティーだ。

左手でスカートを捲ってお尻を観察しながら、右手でじっくりと下ごしらえを終わらせた。

「もっ、ばかぁ、ホント、ばかっ……硬いの、押し付けないでぇ」

「美味しそうなオニギリですね」

お皿の上には、歪な形となってしまったレタス巻き肉そぼろオニギリが完成していた。

幸いなことに、オニギリなら多少冷めても美味しくいただける。

できたてのホコホコになったご馳走を先にいただくべき。

久留美先輩も調理台に手をついたまま、今か今かとその時を待っている。

「……うん。別に邪魔をするつもりはないんだけど、流石にお腹が減ったかなって」

「あ、あは」

背後から聞こえてきた声に、ビクッと久留美先輩が硬直した。

扉のない入口には、先輩たちが頭を並べるようにして覗き込んでいた。

みんなの目が切なそうに潤んでるというか、お腹の虫がクークー鳴る音が聞こえてきそう。

「えーっと、昨日は色々あって晩ご飯をたべる余裕がなかったし。今朝は今朝でなんか急に胸がときめいちゃって、みんな同時に目を覚ましちゃったかな。そしたら、お腹空いた感も増幅されちゃってね」

代弁者となった凛子先輩が説明をくだされた。

136

「ち、違うのよ、これは。ええっとね、だから仕方ないっていうか」

「うん。クルミちゃんの事情はみんな分かってるから大丈夫。でも、ごめん。本当にお腹が空いちゃってるかな」

「おっと、テーブルを前に力なく座り込んだ先輩たちが、お腹の虫を合唱させている。

仕方ないのでレタス巻き肉そぼろオニギリを分け合うしかあるまい。

「もうっ、ホント、このバカっ。他人事みたいに……」

「た、大変です〜っ！　事案です〜っ」

慌てながらパタパタとリビングに駆け込んできたのは梅香先輩だった。

これで全メンバーが勢揃いである。

「ふにゃ、梅ちゃん。なにを慌ててるの？」

半分にしたオニギリを、もふもふと頬張っていた蜜柑先輩が小首をかしげた。

両手をパタパタ上下させる梅香先輩は、空腹を感じないくらいに興奮している模様。

「敵襲です。敵がまた攻めてきました！　ゴーレムの視覚共有情報に敵影アリ、ですっ」

「……ふむ。こっちでも確認したかな。スタンドアローン起動でのセントリー運用がさっそく役に立った

かな」

遠隔操作しながら五感を共有できるのは便利すぎる。

どうやら先輩たちは、それぞれの『強化外装骨格』を歩哨にして索敵しているようだ。

「これは昨日とは別のグループだね。やっぱり目立つのかな、この基地は」

「迎撃しましょう！　敵は殲滅しなきゃです」

「うん。梅ちゃんは少し落ち着くかな。腹が減っては戦ができぬ。って諺もあるからね」

「新しい武器……うん、兵器を作らないと」

「攻撃は最大の防御……」

「はぁ、もう仕方ないわね。ご飯はいっぱい炊いてあるから、取りあえずオニギリを山ほど作るわよ。メロンも手伝って」

「あいあいさーです」

ぱたぱたと動き始めた先輩たちは、何というか、ちょっと楽しそうであった。

レイドクエストの攻略を始めるのは、もう少し先になるらしい。

◉ 第45章　石榴山の主

さて、レイドインしてから大体二週間ほどになる。

残りクエスト期間もようやく半分だ。

「新しい倉庫を増設しようかと思うんですが……」

「それは欲しいかも。食料がもうパンパンなのよね。燻製しても溜まっていく一方だし」

朝食後にテーブルを囲んで、恒例となったティータイムな感じ。

各自の活動報告というか、まったりティータイムでもある。

それだけの余裕が出てきた証拠でもある。

「枝豆が食べ頃になりました。トマトは完熟してますので井戸水に浮かべておきますね」

『植栽士《ガーデナー》』の朱陽先輩の頑張りで、食卓がベジタブルになってきた。

既に拠点にある広場が菜園である。

種を撒いて、ん〜っとすると芽が出てくるのは中々のお伽話感だった。

みんなが飲んでいるお茶も、摘み立てのフレッシュハーブティーというやつだ。

ダンジョンの土壌に合った品種改良とかし始めているらしいが、そこまでしなくてもいいと思う。

「えっと、新しいベッドができました。自信作ですっ」

杏先輩がぐっと拳を握ってお胸を張る。

最初寝床にしていたのは、各自が持参していた寝袋であった。

みんな一緒に雑魚寝だったので、袋は開いて布団のような感じで使用していた。

そんな代物では疲れが取れるはずもなく、どんどんと改良が重ねられてバージョンアップが続いている。

落ち葉のベッドやハンモック式、モンスターの羽を毟って布団にしたり、ウォーターベッドにチャレンジしてみたりと杏先輩が大活躍。

今のバージョンでも寮にあるベッドより安眠性能が高かった。

更なる改良が続いているのは、主にナイトシーンでのオプション機能を充実させているからだ。

これは杏先輩が特別にエッチなわけではなく、他のメンバーも協力的だと聞いている。

「鬼灯ちゃんの装備ができたから後でインストールしよ。スッゴイんだよ、トゲトゲがビシーッて出るんだから」

バンザーイする蜜柑先輩に、鬼灯先輩がコクンと頷く。

鬼灯先輩は蜜柑先輩並みに小柄で、多分部員の中でも断トツで内気さんだ。

あまり凶悪な武装だと使うのをためらってしまいそう。

既に他のみんなの『強化外装骨格』もパワーアップカスタマイズされ、実戦もボチボチ慣熟していた。

やはり機動力がネックになり、基本的には迎撃スタイルとなる。

ゴーレムの形状は人それぞれだが、装甲はぶ厚くて頑丈でありパワーも申し分ない。

そんなゴーレムに搭載された新兵器が、想像以上に凶悪だった。

牛鬼の蜘蛛糸を射出する能力器官は、遠距離から相手を拘束できる。

ゴーレムのパワーで引き寄せれば、相手の機動力も意味をなさない。

加えて蜜柑先輩がコツコツと、モンスター素材から追加武装を作っていたりする。

「基礎の補強が終わったので、もう一階分塔を高くします」

梅香先輩がぐっと拳を握って燃えていた。

ちなみに現在、みんなでお茶している場所は拠点の一階フロアだ。

当初のログハウス拠点は、襲撃してきた生徒たちによる魔法攻撃で焼失している。

梅香先輩は悲しむどころか逆に火がついてしまったらしく、より頑強な城塞塔を建築してしまった。

切り出した石と煉瓦っぽく焼き固めたブロックが建築材だ。

今は地下を含めて三階建ての塔になっている。

さらに丸太杭で作られていた防壁も、分厚い石積みの城壁へと進化した。

城壁の上には監視用ゴーレムの通路、登攀防止のネズミ返しトラップ、熱した油を降らせるギミック、対攻城兵器用の投石機なども設置された。

もはや立派な迎撃要塞である。

思い出したように襲撃してくる生徒など、もはや問題にもならない。

モンスター牛鬼が襲ってきた時などは、俺が手を出さずとも先輩たちだけで撃退に成功したくらいだ。

「そろそろ、また誰か襲ってこないかな……。新しいトラップも準備してあるのに」

ニヤリと笑った凛子先輩が、卓上に組んだ手に頬を乗せた。

迫力はないが、ちょっと悪そうなニヤッと笑いを浮かべる。

SPという一種のバリアがある生徒やモンスター相手では、ダメージトラップは致命傷にならない。

だが、直接ダメージを与えられずとも意味はある。

落とし穴で足止めしたり、水に沈めて窒息させたり、火の中に叩き込んでやれば火傷だってしてる。

最初の襲撃では泣きそうなほど怯えていた先輩たちも、自分たちが戦えると分かってからは必死に頑張っていた。

必死すぎて手加減できず、全力で殺しにかかっているのが吉だと思う。

対モンスター戦とは違い、対人戦で厄介なのは心理的な忌避感だ。

まあ、少しばかり吹っ切れすぎのような気はする。

もしかして、俺が煽ったせいなのだろうか。

「ホント、懲りないよね。アイツら」

フンと鼻を鳴らした久留美先輩が腕を組む。

「長期レイドクエストは食糧も限られているしね。自分たちで調達するより奪った方が早いって思ってるのかな」

「先輩たちは以前にも補習レイドクエストで酷い目にあっていたらしく、助け合おうなどという温い意見は出ない。

「死ねばいいのに……」

「うん、あの人たちは絶対イヤ」

「……目、やらしいの、嫌い」

むしろ恨み骨髄な感じ。

「まあ、ここにも目付きがやらしい男子は居るけどね?」

凛子先輩が俺をディスる。

嫌い、と言っていた芽龍先輩が、慌てたようにぷるぷる首を振っているのが可愛い。

「叶馬くんにとってはハーレムクエストを全力で堪能してる感じかなー。狩りに出てる時以外はず～っと誰

かとエッチしてるものね。拠点のアッチコッチで作業してる子を捕まえて、アッチでエッチ、コッチでエッチだし。夜は夜で、全員に種付けしてからじゃないと寝かせてくれないし。オス度高すぎで、ホント感心しちゃうかな」

赤くなった頬を掻いてほにゃっと苦笑いしている蜜柑先輩を含め、みんな赤くなったお顔を逸らしておられる。

「蜜柑ちゃんや鬼灯ちゃんも、叶馬くん専用になるまで馴染ませちゃったしね。責任を取ってあげる必要があるかな」

ニヤニヤ笑いしている凛子先輩の方が、やらしい目をなされていると思う。

「……ところで」

「何かな？新しいベッドの使い心地をみんなで試したい？」

馬鹿じゃないの……と小さく呟いた久留美先輩を筆頭に、みんながちょっと乗り気になっているのがエマージェンシー。

朝食の腹ごなしにしてはヘビーすぎます。

「拠点も完成しつつあるので、レイドクエストの攻略に乗り出すべきかと」

生活環境がどんどん快適になっていくのは助かるのだが、肝心のレイド攻略が置き去りにされている現状。足場は固まったので、そろそろ攻勢に出る頃合いだろう。

タイムスケジュール通りの生活パターンを守っているとはいえ、ずっと夕暮れという空模様はやはり気持ち悪いものだ。

「あー、うん。えーっと……。叶馬くん、もしかしてレイドクエスト攻略するつもりだった？」

顔を見合わせた先輩方を代表して凛子先輩が曖昧な聞き方をする。

そもそも俺たちが『轟天の石榴山』に送り込まれたのは、レイドの攻略が目的なのではなかろうか。

142

確かに補習として参加している他の連中のレベルは低いが、人海戦術的なマンパワー攻略作戦だと思っていた。

「もうアンタってホント馬鹿ねー。そんな簡単に攻略できるんなら、何十年も『極級』指定になんてされてないわよ」

呆れたように溜息を吐いた久留美先輩が手を振る。

もしかして、攻略を前提にしていないクエストということなのだろうか。

それならば補習で俺たちを送り込む意味が分からない。

「理由は一応、レイド内モンスターの間引き、って言われてるレイド内モンスターの間引き、って言われてるそう教えてくれる蜜柑先輩の言葉もあやふやだ。

「納得してないみたいだね。んー、じゃあ叶馬くんは『レイドクエスト』について、もう授業で習ったかな？」

習ったかもしれないが覚えていないので、凛子先輩の臨時講義を拝聴することにした。

まずは『レイド』という言葉について、学園では『軍戦（レイドクエスト）』という意味で用いているそうだ。

これは『個』ではなく『群』、軍勢での戦いを示す。

『軍戦試練（レイドクエスト）』という言葉の他にも、『軍戦推奨敵（レイドエネミー）』の討伐といった使われ方もするそうだ。

要するに、みんなでタコ殴りというキーワードなのだろう。

「ま、まあ、そういう感じかな。それだけ常識外れの化け物を相手にするって意味なんだけど」

「然様で」

「そして『レイドクエスト』、つまり今私たちが参加しているやつだね。これはダンジョンの中にできたダンジョン、『異世界』と呼ばれてるダンジョンの特異点を攻略するためのクエストを指すの」

既に俺の理解を超え始めているが、こういう時は不動のポーカーフェイスが良い仕事をする。

「本来ならあり得ない特異点の存在は、ダンジョンのバグだと考察されてるかな。『レイドクエスト』はこれを攻略して消滅させるのが目的。通常ダンジョン内に出現した『軍戦推奨敵』を討伐する緊急クエストもレイドクエストって呼ばれたりするけど、本来の意味ではないかな」

指を立てて楽しそうに解説を続ける凛子先輩以外は、また始まった……みたいな感じで溜息を吐いておられる。

頭のいい理系タイプに説明好きな人が多いらしい。

そーっとみんなが席を離れていくのは、俺を見捨てるつもりなのだろう。

が、俺も一緒に連れ出してくれないだろうか。

ニコッと頬笑んでフェードアウトされると切ないのですが。

「今のところ学園で分類されているレイドクエストのタイプは五種類。『王権』『付喪』『根源』『伝承』

『侵略』かな」

お茶のお代わりを淹れてくれる芽龍先輩はお優しい。

「レイドクエストの攻略は、特異点の『核』を攻略するということなの。特異点の核というのは、つまり——

——」

『王権』タイプは、特異点の核となっているボスモンスターを中心に形成されたダンジョンとのこと。

シンプルにボスを討伐すればクリアなクエストである。

『付喪』タイプは、特殊なアイテムが核になって発生したダンジョンとのこと。

アイテムをゲットすればクエストクリアであり、スーパーアイテム入手のチャンスということで競争率も高いらしい。

『根源』タイプは、ダンジョン内の元素精霊バランスが臨界まで偏ると発生するダンジョンとのこと。

内部で濃縮されたエレメントアイテムを回収していけば消滅するらしい。

対応する単一エレメントに特化した装備があれば難易度が低く、複数回の攻略が必要だが地味に美味しいクエストだそうだ。

『伝承』タイプは、過去の概念が投影されたダンジョンとのこと。

ダンジョンの外から中へと流れ込んだ情報が、オーバーフローすることによって生成されるそうだ。

難易度、入手アイテム、攻略方法もトリッキーな物が多いらしい。

レイドの難易度には知名度が関係しているとか、説明を聞いてもこれが一番良く分からなかった。

『侵略』タイプは、モンスターとは異なる別世界からの侵略とのこと。

ちょっと他とは違う感じのレアなクエストだそうだ。

滅多にないらしいが、確認された時点で強制クエスト扱いとして総力戦になるようだ。

取りあえず、今回の補習クエストを分類すれば――

『餓者髑髏城』が『付喪』タイプ、『テュイルリー興廃園』が『伝承』タイプ、『轟天の石榴山』が『王権』タイプになると。

「……つまり、ボスを捜してボコれば良いわけですね」

「そういうことかな。謎解きや変なトラップもない、シンプルな力押しクエストになるね。でも、だからこそボスの強さがクエストの難易度とイコールになってる。『極級』指定の『轟天の石榴山』は、発見されてから誰にも攻略されていないかな」

自分でも野獣かな、とは思ったが、講義で溜まったフラストレーションは、その場で凛子先輩に解消していただいた。

ストレスの発散というべきか。

ブ躾教室。

原因でもある凜子先輩は、それが当然みたいに俺を受け入れてくれた。

性的な箍の外れている自覚はあるが、先輩たちが受け入れてくれるのでついつい甘えてしまう。

通常のダンジョンでも妙な興奮状態になりやすく、それはレイド領域でも同じだった。

小賢しい女を躾けたいのかな、とか見透かして挑発してくる凜子先輩をテーブルに乗せ、ハードなラブラブ。

遠慮なく、立て続けにストレスを発射させてもらった。

二人で汗だくになるまでエンドレスな感じ。

食後の腹ごなしにはハードすぎである。

ちなみに、食料には余裕があるので、食事の内容は豪勢で量もたっぷりだ。

それに久留美先輩の料理の腕はプロ級なので、ついつい食べ過ぎてしまう。

だが、摂取したカロリー分は確実に消費されている感じ。

むしろカロリー摂取が足りなければ燃え尽きてしまったかもしれない、交尾運動で。

俺だけでなく、先輩たちも同様である。

日に日に遠慮がなくなってきたので、プレイが濃厚でハードに、さらに時間も延びてきた。

食べることが好きな桃花先輩なども、ハードな汗だくレスリングでぽちゃ気味ボディが引き締まってきた
レベル。

何故か桃花先輩とは毎回、選手とコーチごっこでお仕置き＆ご褒美プレイになってしまう謎。

そして、どこからともなく杏先輩が登場し、二人を相手に特訓プレイが開始されるという流れがスタン
ダード。

杏先輩だけでなく、プレイ中に誰かが合流してくるのは珍しくなかったり。

本人が望んでいなかったとしても、やはり先輩たちは学園生活で色々と開発されてきたのだろう。

性関係についての忌避や倫理感は、既に大きく歪んでいた。

幸い俺にはそんな先輩たちに応えるだけの体力と精力がある模様。

健全で健康な青少年として、全力で受け入れるのみだ。

事の善悪については、正直どうでも良いと思っている俺がいる。

貞操概念などというものは時代や地域によって異なるものだし、宗教や支配機構の都合が良いようにプロパガンダした結果だ。

特に現代は貞操を神聖化しすぎて少子化問題まで引き起こしている有様だ。

要するに、割とどうでもいい。

凛子先輩の躾が盛り上がってしまい賢者モードになっていただけである。

レイドクエストに来てからというもの、少しばかり甘えてくるようになった凛子先輩だ。

本人も戸惑っている感じが可愛らしく、つい熱が入ってしまう。

何も考えられなくなるまで昇天させた後は、それこそ生まれたての子猫みたいににゃんにゃんと甘えて、

と、コレくらいにしておこう。

今は日課のパトロール中である。

もやっと雲に乗ってインザスカイだ。

ある程度の高度まで上がらないと、地上から蜘蛛糸や棘が飛んでくるので油断してはいけない。

上空から改めてこのレイドエリアを見渡す。

茜色の空に広大な森。

レイドエリアへの入場時に空から見下ろした限り、この領域は円盤状のフィールドになっていた。

森の端は霧に包まれたように溶け込んで見えない。

それがこの異世界の果てらしい。

『王権』の力の増大に従い、年々少しずつ拡大しているそうだ。

現状でも果てが一望できない広大さ。

この中からボスを見つけるのはしんどそうだが、実は分かりやすい目印らしきものが存在している。

多分レイドエリアの中心であろう場所には、見上げんばかりの岩山が突き立っていた。

何というか中国の武陵源のように仙人が住んでいそうな山である。

これが『轟天の石榴山』の由来なのだろう。

もう見るからにボスが潜んでいそう。

蜜柑先輩たちからは危ないので近づかないように念を押されている。

レイドクエストにおいても羅城門のアンデッドシステムは作動するそうだが、記憶の巻き戻りなしで即時にレイドエリア内へ再生されるそうだ。

通常のダンジョンで死に戻りする場合、死と、死に伴う苦痛の記憶は忘れる。

だ・が・そ・の・た・め・、PTSD（心的外傷後ストレス障害）に陥ることなくダンジョンに挑み続けられるのだろう。

だからこそ、重傷を負った場合などは苦痛から逃れるために、敢えて死に戻りを選ぶ、もしくはパーティメンバーが介錯するのが『正しい』と授業でも教えている。

まあ、俺たちのパーティに限っては禁じ手である。

先輩たちにとっても死に戻りを続けさせるのは、何となく良くないような感じがするので、コツコツとダンジョンで死なないようにと思考誘導している。

大っぴらに宣伝すると変な顔をされるので、闇でネチネチ責め立てながらのプレジャーブレインウォッシュ。

だが、限度を超えた肉体の苦痛というものは、死を選んでしまうほどに堪え難いものだ。

そのせいでダンジョンを怖がるようになってしまったが、それくらいが正しいスタイルだと思う。

しかし、それを許容できるのであれば、レイドクエスト仕様の『死に際の記憶を維持したまま死に戻りできる』というのは恩恵になりえる。

難易度の高いデストラップや格上ボスとの戦いは、いわゆる『死んで覚える』というゾンビアタックスタイルになるらしい。

まあ、俺なら途中で心が折れる自信がある。

EXPは稼げずとも、バトル経験を頭と身体で覚えることはできる。

心が折れなければ無限にコンティニューできるのだから、まさにチート状態だろう。

きっと人間はそれに耐えられるようにできていない。

先輩たちは最初から攻略を諦め、つつがなくレイド監禁期間をやり過ごすつもりなのだと思う。

実際にこのまま問題なく、快適に生活していけるのだろう。

襲撃してくる生徒やモンスターを適当にあしらいつつ、朝から晩までセックス三昧。

思春期の男子にとっては桃源郷の如き闘争＆快楽空間。

残り期間などあっと言う間に過ぎてしまいそうだ。

思うに煩悩とは捨て去るのではなく、昇華させるべき業なのではなかろうか。

一心不乱に邁進し、極めた後の賢者モードこそが悟りだ。

もやっと雲の上で結跏趺坐しつつ、左手に重ねた右手を握る。

ここではない彼方から、誰かに呼ばれた気がした。

「ふむ」

考え事をしながら飛んでいたら、随分と岩山へ近づいてしまった。

ここら辺は拠点のテリトリーからも離れすぎている。

ギャアギャアと鳴いている羽の生えた蜥蜴っぽいモンスターが、雲を纏わせた岩山の合間を飛んでいた。

羽を広げた翼開長は一〇メートルくらいだろうか。

群れをなして飛んでいるので、アレがボスということはないだろう。

ボスが群体とか面倒すぎる。

戦闘を避けるために高度を落とし、岩山の根元にランディングした。

初見のモンスターなので味見用に一匹狩ってみるべき。

準備をしようとした俺だが、なにやら視線を感じて周囲を見回した。

「……客がきたんは久し振りだべ」

岩山の岩壁に埋まるように、どこかで見たことのある店構えな露店があった。

カウンターについた手に顎を乗せて俺を睨んでいるのは、年齢不詳の女店主さんだ。

精霊と名乗っていたスケさんに容貌がそっくりである。

だが、着物に煙管と瀟洒な遊女スタイルだったのが、ネズミ色のトレーナー姿に丸眼鏡と凄く垢抜けてない感じに。

イメチェンでもしたのだろうか。

「お久しぶりです？」

「オメと会ったことなんかねぇぞ、オラ」

「ふむ。失礼しました。スケさんと似ておられたので」

どうやら別人、というか別精霊さんらしい。

「ああ、『＊＊＊＊＊＊＊』だか。随分と懐かしい名ば聞いたべ。オラたつぁ同一の雛形から生まれた精霊だがらな。似てんのが当り前だぁ」

「然様で」

「んだ。……名ば聞ぎ取れるつごとは本人から教えられだが、随分気に入られただな」

フン、と鼻を鳴らした精霊さんが腕を組む。

「ほいじゃあ商売すっか。売りだが、買いだが？」

「いえ、それは……」

偶然通りかかっただけなので別に必要なものは、あったな。

「卵と胡椒が少々欲しいのですが」

久留美先輩がもっといっぱい持ってくれれば良かったと落ち込んでいた。

大量に確保できる肉類の調理には、やはり胡椒が欠かせない。

これでスパイス不足が解消である。

それにカツを揚げたりする時には卵も必要だろう。

香草のブーケガルニなどは朱陽先輩が現地生産しているが、やはり焼いた肉にはがっつり胡椒を効かせて欲しい。

「ダンジョば中で露店精霊相手さ、んな物を注文すた馬鹿は初めてだべ」

呆れた溜息を吐かれてしまったが、カウンターの上には篭で山積みされたLサイズ卵と、胡椒が入っているらしき小袋が乗せられる。

探した様子もなく、手品のようにカウンターの下から取り出した感じ。

恐らく露店精霊さんのスキルかなにかなのだろう。

「そういえば、すみません。支払いの通貨はドル……ユーロで？」

精霊さんはルックス的に日本人っぽくないので、多分ヨーロッパとかアッチの出身じゃなかろうかと山勘。

「……んなもん出さっても困るべ」

そもそもどっちも持っていなかった、というか学園通貨の銭も使えそうになかった。

プリペイドの使えるキャッシャーがあったら逆にドン引きである。

「一応ダンジョンの中で通貨代わりさなんのは、オメらがクリスタルってぇ言ってるやつだべ」

成る程、それは参った。

このレイドエリアの中ではモンスターを倒してもクリスタルになってくれない。

「ま。等価交換はしてやるだよ。モンスターさ倒して持ってくるべ」

「成る程。では早速」

道中で狩ってきたばかりの牛鬼をドスンと店の前に出した。

何故か脚が一本減っているのは、多分雪ちゃんがまたもいで茹でてしまったのだと思う。

結構食いしん坊さんなのだ。

「こりゃ空間収納（アイテムボックス）かぁ。良くまあこんなけったいなスキルさ覚えられたなだ」

流石にびっくりしてる精霊さんだったが、スキルを貰ったのは同業者のスケさんからである。

「まあ、んだべな。こんな成立したての欠陥スキル、宝珠もまだ成ってね。領域食いすぎで最適化（デフラグ）すっで

も危なっかしくて使えねぇ。何を考えてるだよ、アイツは」

「これはこれで便利です。情報閲覧（インターフェース）よりは余程使えるスキルかと」

ぶっちゃけどっちもβ版っぽいのでバージョンアップして欲しいところ。

じっと睨むように俺を見据えた精霊さんが、また溜息を吐いた。

幸せが逃げそう。

「……確かにオメなら使えっぺな。ただま、スキルさ頼り切るのは善し悪しだべ。所詮スキルは補助輪みて

なもんだ。そいづが持ってる潜在能力ば強引に具現化しでるばっつ、ちゃんど修行すねど力さ振り回される

だけだべ。特に権能は気いつけるこった」

「成る程」

精霊語は蜜柑語のように難解だ。

「ちった最適化も進んでるべがら更新はしてやるべ。ケツ拭いの意味もあるがらな。アフターサービスだべ」

ひょいと伸ばされた手に掴まれた牛鬼が、カウンターの中へとしまい込まれた。

サイズ的に絶対無理な大きさであり、手品でも見ているようだ。

脚が足りないのが査定に響いたのか、卵の数が少し減らされてしまった。

精霊さんは無慈悲なお方だ。

「馬鹿なこつ言ってねで寝ぇ出すべ」

言われるまま精霊さんのお手々を握ってコネクトオン。

電流でも流されたようなピリッと感が懐かしい。

前回がインストールだとすれば、今回はアップデートパッチという感じだろうか。

身体の内側を書き換えられるような違和感はそれほどでも、痛い。

バヂッ、という衝撃が俺と精霊さんの手を弾いていた。

拒絶反応というか、強引にシャットダウンされた感じ。

精霊さんのビックリしたように見開いた目が、俺の斜め後ろに向けられている。

「…！　…！　…！」

振り向くと、上半身をにゅっと空中から出した雪ちゃんが激怒しておられた。

両手を振り上げてプンプンと猛抗議である。

良く分からないが謝罪しつつ宥めてみる。

「……オメ、なんてモンを空間収納さ棲み憑かせてんだ。どっから掠ってきただ、その神さん」

嫁さんとは、また人聞きの悪いことを仰る。

まるで俺が幼女を誘拐監禁して、無理矢理に幼妻にしているかのような物言いではあるまいか。

大体、雪ちゃんは空間収納の出入り自由なので、たまには実家に帰っていたりする筈、多分メイビー。

まだ頬っぺたを膨らませ、激オコが治まらない雪ちゃんを飴玉で懐柔。

他人から見れば誘拐犯だと誤解されそうな気はする。

「眷属さ権能ば受託してんなら最初に言っとかねばならねべ、馬鹿かオメは」

「申し訳ない」

『異世界』の管理ば全部その神さんさ任せてしまえ。オメがやるよか余っ程上等にしてけっぺ」

八割くらい何を言っているのか分からないが、俺をディスっておられるようだ。

ナデナデとオヤツの効果で機嫌を回復させた雪ちゃんが、同意するようにコクコクと頷いていた。

今のままでも特に大きな問題はない。

中がどうなっているのか少し気にはなるが。

空間収納は俺を起点に発動しているスキルらしく、俺だけは中へ侵入することができないのだ。

「ま、情報閲覧の方は……言わずとも分かるべな。ソレが本来、オメが掌握可能な閲覧権限の全てだべ」

「視界が数字で埋まって、目がチカチカするのですが」

寿司コードが流れる、サイバーパンクのハリウッド映画な感じ。

視界に映っている全ての物に対してプロパティデータが表示されているが、認識して把握できなければ活用のしようがない。

要するに、意味のない詳細データまでベロベロと垂れ流されても困る。

「本来ほとんどはオメが無意識下で選別してる情報だべ。要らねデータば同ずように消しちまえば良か」

つまり慣れろと仰りたいのだろうか。

こういう方向のバージョンアップではなく、『本当に良いですか?』的な機能を求めていたのだが。

「馴染んだらさっさとボスば倒しさ征げ。ボスば倒しちまえばこの『異世界』も消えるべ。こさ填まって

「やがまし。サービスしてやったんだがら、きっちりボスば倒してくるべさ」

「……察するに、自力で動けないのですか?」

「いい加減、この眺めは飽ぎだ」

がら数星紀さ経ってるだよ。

柱のように乱立した岩山を、壁を這うように垂直方向へ昇っていく。

時折襲ってくるモンスターにさえ目を瞑れば、絶景といって良い。

観光名所として村興しが期待できるレベル。

岩山に纏わりつくような雲を突き抜けて、羽の生えた蜥蜴が強襲してきた。

ゴゥ、と風を切り、ノコギリのように牙が並んでいる顎が俺をロックオンしている。

「ヘソスナッチ」

足下のもやっと雲からバチィ、と雷撃が飛び、感電痙攣した『蛟竜』が墜落していく。

既に丸々と太った個体は確保済みだ。

墜落している残りは、帰り際にまとめて回収すれば良いだろう。

最初は縄張りに入ってきた俺を執拗に襲ってきた『蛟竜』も、片っ端からヘソスナッチ連射で迎撃されて警戒している感じ。

ヘソスナッチを使いすぎると、もやっと雲が縮んでいくので俺も助かる。

先輩たちとのにゃんにゃんでGPは補充され、かなり大きなもやっと雲には成長していた。

もやっと雲スキルには持続時間というやつがないので、ダンジョンに潜りっぱなしの現状では随時回復したGPを注ぎ込んで成長させるプレイも可能だ。

大きな低反発枕みたいな感触なので、ナイトシーンでも先輩たちに大人気だった。

156

蛇足だが、そーっと蜜柑先輩を誘拐して、拠点上空にてジェットコースター合体をしたらお漏らしさせてしまい、後でみんなからスッゴイ怒られた。

岸壁には他にも『狒々』というモンスターが棲息してるっぽいのだが、『蛟竜』が蚊のようにのにビビッたのか出てこなくなってしまった。

確か、レベルの高いモンスターの個体は長生きしているということであり、知恵を持つ個体が出てくるので用心が必要だと習った。

『蛟竜』も『狒々』も個体のレベルが高く、用心深いようだ。

バージョンアップした情報閲覧で『蛟竜』を見ると、今までより詳細な表示が出ていた。

名称、『蛟竜』

種族、妖怪

属性、水

階位、１１７

能力、『飛翔』『竜因子』『統率』

存在強度、☆☆☆

フレーバーテキストがないが、モンスターカードの表記と同じ感じだ。

こんな表示が視界いっぱいになっても邪魔なので、通常は今まで通り名称だけをオンにしてある。

だが、初見のモンスターの特殊能力を確認できるのは便利そうだ。

かなり岩山の上の方へ来たが、中々頂上まで到達しない。

実際の見た目より高いのだろうか。

岩山の頂辺を隠している雲の層にも届かない。

上昇感はあるのだが、なにか謎のパワーで惑わされているような気もした。

こういう搦め手のトラップは苦手だ。

一度戻って先輩たちにでも相談するべきか。

「……」

もやっと雲の上で胡座をかいて悩んでいたら、雪ちゃんが肩におぶさるようにして存在をアピールしてきた。

引き籠り体質の雪ちゃんが自分から出てくるのは珍しい。

先程精霊さん相手にマジギレしていたので、テンションがハイになっているのかもしれない。

首元に頬摺りされて匂い付けされてしまった。

サラサラの白髪が少々くすぐったい。

久し振りのコミュニケーションに満足したのか、するりと回り込んで胡座の上に座り込んでしまう。

モンスターが襲ってくると危ないのではないかと思ったが、『蛟竜』も『狒々』もこの高度まで上がってこれない模様。

「……」

胡座にすっぽり納まった雪ちゃんが、両手を空に向けて、んぅ～っとした。

すると、頭上に広がっていた雲が裂けて頂辺が見えるようになった。

雪ちゃん、マジ魔法幼女。

そのまま雪ちゃんを同乗させて、雲の裂け目へと上昇していく。

やはり何らかの結界、バリヤーのような謎パワーに阻まれていたらしい。

158

ドヤ顔でむっふーしている雪ちゃんは、精霊さんが言っていたように空間に関してのエキスパートという

ことなのだろう。

帰ったら大量のどら焼きをお供えしてあげよう。

雲を抜けると無事、山頂に到着だ。

雲海から顔を出している岩山の頂辺は、まるで飛島のように点々としていた。

赤々と石榴を実らせた木々と、静謐な空気が満ちた世界に、自然と幽玄郷という言葉が浮かんできた。

取りあえず、周囲にモンスターらしき気配はない。

とはいえ、シチュエーション的にもボスが居そうな予感はビンビンする。

俺を座椅子にしたままキョロキョロしておられる雪ちゃんは、一度戻った方が良いのではなかろうか。

頭上に広がっているのは、雲一つない茜空。

どこか急かされるような、不思議なノスタルジアを感じてしまうのは人の、いや、日本人の本能だと思う。

ただ、遠くから響いているのはカァカァと鳴く鴉ではなく、ヒョウヒョウという変な鳴き声だ。

いよう、な感じ。

瞬間、バシッと視界が白く染まる。

青臭く、錆びたオゾン臭が鼻を突く。

どうやら放電攻撃を食らったらしい。

たまたま俺が電撃無効体質だから助かっているが、音より速い放電攻撃は回避が難しい。

ヘソスナッチ無双の由縁だ。

ちなみに『重圧の甲冑（ストリッサーアーマー）』は対物理防御力に優れており、逆に対魔法抵抗力は紙らしいのでフル貫通してく

る。

膝の上の雪ちゃんは、自分にお団子のような球状結界バリアを張っているので無傷だった。

いよう、いよう、の鳴き声に合せて雷撃がバチバチ振ってくる。

この程度の電圧なら『百雷鳥（ブリズオブサンダーバード）』と同じなので大したことはない。

ないのですが、俺を一緒にバリアしてくれても良いです。

なにやらオコな雪ちゃんがちっちゃなお手々を振り上げて、なにもない目の前をぺしっと蚊を振り払うようにスウィング。

ドゴォ、と隣の山頂雲島の辺りで破壊音が響いた。

同時に、ギャン、という哀れな鳴き声が聞こえてきて、バチバチも止まった。

ムッフーと鼻を鳴らした雪ちゃん、どうやら今日は虫の居所が悪いらしい。

カルシウムが不足しているのだろう。

どら焼きに煮干しをつけてあげるべき。

雪ちゃんの乗り物と化した俺は、命じられるままに雲海を渡って隣の浮島へ。

そこにあったのは、掌の形に陥没した岩肌と、その凹みの真ん中でピクピク痙攣している変な動物だった。

一見、虎っぽい。

多分ネコ科。

全身がもっふもふの毛皮、手足は虎模様。

にょろんと長い尻尾には、蛇のような鱗が生えていた。

特徴的なのは頭部で、歌舞伎や京劇のようなお面を被っているようにも見える。

白毛に赤毛で隈取られた派手な模様は、多分『猿隈（さるぐま）』とかいうタイプだったと思う。

どうやったのか分からないが、雪ちゃんからメッされたっぽい。

だが、お仕置きした当人は可愛く小首を傾げていた。

取りあえず手形跡に着地する。

名称、『鵺』

種族、妖怪

属性、雷

階位、3

能力、『雷公（サンダーロード）』『災厄（カラミティ）』『輪廻（リンネ）』『傲慢（プライド）』『王権（ダイアデム）』

存在強度、☆☆☆★★

随分とレアリティの高いやつである。

スキル数が過去最多だ。

そして、その割りにはレベルが低すぎである。

どう見てもコイツがボスっぽい。

雪ちゃんがベチッて倒してしまったので強さは分からないが、正直それほどプレッシャーは感じない。

放電スキルは厄介だろうが、俺なら多分殴り殺せる。

抱っこしていた雪ちゃんが、ん〜ってするので降ろしてあげると、トテトテと鵺に近づいて鼻っ柱をベチベチ叩き始めた。

鵺の体長は五メートル以上あるので、雪ちゃんとか一呑みにされてしまいそう。

一応棍棒を取り出してトドメを刺せるように身構える。

雪ちゃんが無慈悲な追撃を与えていると、パチリと目を開いた鵺が跳び退って唸りをあげた。

襲ってくるかと思ったら、どうも雪ちゃんに怯えている模様。

伏せ、とかさせてるので大丈夫っぽい。

びろ〜んと引っ張った鵺の耳元で、ぽしょぽしょとお話ししている雪ちゃんだ。

鵺語とか、どこで習得したのだろう。

大人しく頷いたり、いょう、と鳴いたりしているので、話は通じている模様。

最後に頷いた雪ちゃんが、んっと腕を伸ばしてきたので抱っこし直した。

ビクビクしている鵺は、チラリチラリと振り返りながら空中を駆けていく。

まるで俺たちが付いてくるのを待っているようだ。

雪ちゃんを見るとコクっと頷いていた。

一際大きな岩山の頂辺。

たわわに実った石榴に囲まれた場所にあったのは、小山のように大きな鵺の死骸だった。

体長にして三十メートルを超える巨体は、モンスターというよりアニメに出てくるような怪獣だ。

外見は子鵺にそっくりで、左目が断ち割られているように潰れていたのが違いといえる。

情報閲覧で確認すると、SPもGPもゼロになっていた。

死骸は腐らずにミイラ化しており、久留美先輩が言うにはレイドエリア内に腐敗菌が存在していないのだろうという話だった。

何らかの形でリサイクルはされているのだろうが、俺が考えても答えはでない。

親鵺に比べれば子犬のような鵺が、いょう、と鳴いて身体を擦りつけていた。

産んだのか分身したのかは分からないが、親と子ではなく『輪廻』スキルによる生まれ変わりらしい。

正確には同一体というべきか。

生まれ変わったばかりの子供になった鵺には分からないのだろう。

162

輪廻スキルを持つ者は、死んでも記憶を失い、また新しい命を得て蘇るそうだ。

記憶がリセットされる不死に意味があるのかは分からない。

とても哲学的な問題だと思う。

本人から直接聞いたわけではない。

だが、恐らく転生前の親鴉と、雪ちゃんは知り合いだったようだ。

もしかして、雪ちゃんのペットだったのだろうか。

どうやって知り合ったのか、雪ちゃんはロリババアなのだろうか、という疑問はさておく。

小山のような親鴉に手を合わせた雪ちゃんの背中は寂しそうだった。

引き籠りの雪ちゃんが外に出てきたのは、お墓参りのつもりだったのかもしれない。

「んで。その鴉の骸さ持ってきただか?」

「……正直、レア素材ゲットだぜ、という気持ちも無くはなかったのですが」

ジト目の精霊さんから顔を逸らした。

雪ちゃんと子鴉の気持ちを慮って弔ってしまった。

まあ、穴を掘って埋め、石榴の実を供えただけだが。

「ホント馬鹿だべ、オメは。こげん『異世界』さ作れるボスの骸さ、どんだけ価値あっだが分がらねぞ」

「然様で」

腕を組んで馬鹿にしたような顔の精霊さんだが、口元が笑っていた。

「んで、ボスば倒すてくる約束だが」

「イョウ?」

くりっと小首を傾げる子鴉を指差す。

「なすて此処さ連れでくるだ」

「懐いてしまったらしく」

早々に空間収納（アイテムボックス）へ帰ってしまった雪ちゃんの身代わりなのか、もやっと雲の後ろを付いてきてしまったのだ。

寂しいというか、暇だったのだろう。

確かに景色のいい場所だったが、ずっと一匹であそこに居たら暇を持て余す。

「ボスば倒されど、この『異世界』さ消えねっぺ」

精霊さんから睨まれた子鴉が、怯えるように俺の背中に隠れて身体を擦りつけてくる。

つぶらな瞳でじいっと俺を見ている、コレを俺が絞めろと。

ふむ、だが断る。

「食う目的か、俺の敵か、どちらでもない命を狩るのはポリシーに反します」

「……仕方ねえだな。馬鹿の一つ覚えみでにモンスターば殺す阿呆うではねが。ちったマシな挑戦者ばオメみでな奴ばっかだすな、ジレンマってやつだべ」

もふもふをバチバチ帯電させながらの甘噛みは攻撃じゃない、筈。

同類みたいに思われているのだろうか。

記憶がリセットされて幼くなっているのだろうが、なにしろ体格が大きいので猫パンチもメガトン級。

「すっかす参ったべ。『王権（ダイアデム）』はそいづさ引き継がれでるすな。『核（コア）』さなってるそいづが居る限り『異世界（レイド）』は消えねべ」

それは問題だ。

この『轟天の石榴山（ごうてんのざくろざん）』は成長しすぎており、放置するとデンジャーな事態になると言っていた。

子鳩の喉を撫でると気持ちよさそうにゴロゴロいっている。

転生する前なら分からないが、今のお馬鹿になっているこの子に何とかしてくれと言っても無理そう。

「そいつ言っても何ともならねべ。オメの『権能』の――」

上位スキルが『神の権能』だがらな」

良く分からないが空間収納のことだろうか。

というか、この空間を維持している『核』がこの子なら、別の空間に連れて行ってしまえば良いのではな

かろうか。

『異世界』は『核』ば中心にできでるべ。『核』さ動げば『異世界』も動ぐ。どうやっで……」

途中で口をつぐんだ精霊さんを尻目に、空間収納の中から雪ちゃんを引っ張り出してみる。

落ち込んでいるかな、と心配したが、襟を吊られてブランブランしている雪ちゃんは、赤く茹で上がった

蟹っぽい脚を美味しそうに食べておられた。

俺の物理的な召喚術に不満そう。

取りあえず、雪ちゃんに俺のアイディアを相談、というか確認。

蟹っぽい脚をしっかり確保しながら、雪ちゃんが子鳩を面倒くさそうに見やる。

ドライというか、本当に雪ちゃんはボッチヒッキー体質である。

だが、別に嫌というわけではないのだろう。

子鳩も拘りがないのか、何も考えていないのか、雪ちゃんの後を追うようにして俺の空間収納へと入って

いった。

「……オメはなんつうか、もう無茶苦茶だべ」

呆れを通り越して感心の眼差しになっている精霊さんだった。

世界の中心になっていた『核』が消えた影響か、『異世界』全体が小さく振動を始めていた。

「じぎに『異世界』全部が崩壊するべ。やっど外さ出られるだな」

お役に立てたのなら幸いだ。

仏頂面の精霊さんだが、心なし嬉しそうに見えた。

遙か昔からダンジョンの中で、露店と共に流浪し続ける精霊さんの気持ちは分からない。

それでも何百年も同じ場所で、同じ景色を眺め続けるのは、やはり暇だったのだろう。

それは、きっと子鴉も同じだと思う。

本人たちが望む、望まないにかかわらず、どうにもならないことは世の中にあふれているのだから。穿界迷宮ＹＧＧＤＲＡＳＩＬＬ、露店

「……フン。随分マヌゲ面だど思っだが、漢の面さも見せるでねが」

精霊ヘルフィヨトゥルが感謝すてやるべ」

「船坂叶馬と申します。ダンジョンの中でいずれ、また」

「ふっくっく。生意気な奴だべ。さっさど行っちまえ」

ハエを追い払うように手を振ったヘルさんに一礼して、もやっと雲に跨がった。

小さな振動は地響きのように、この世界全部を震わせていた。

これは一度従兄輩たちと合流するべきだろう。

もやっと雲の全速前進だ。

「──尻軽なスケッギョルドさ兎も角、オラが加護ばくれでやったんは何百星紀ぶりだべな。ホント生意気

な奴だべ」

「もー、ホーントびっくりだったんだから！ グラグラーってして、うわぁ地震だーって」

「ん。ああいう時は『組合』ユニゾンも気をつけなきゃかな。みんながパニックになっちゃうと連鎖しちゃ

麻鷺荘への帰り道。

一人の男子を先頭に、ワイワイと賑やかな女子のグループが続いていた。

大きなバックパックを背負い、幾分くたびれた格好になっているが足取りは軽い。

西の空が茜色に染まった逢魔が時。

彼らが羅城門を潜ってから明後日となる夕暮れは、留まることなくゆっくりと夜の帳に塗り替えられていく。

「帰ったら帰ったで、なんか先生たちもパニックになってたね」

「まー。それはそうなるかなっと。今まで誰もクリアできなかったレイドクエストがコンプリートされちゃったんだから」

レイドクエスト専用で使用される穿界錨泊第伍門、『極界門』は時空間座標を繋ぎ合わせる機能を持つ。

同一座標へと大人数を送り込むことに特化し、魂魄の消耗に対するセーフティレベルを下げる代わりにリスポーン機能を強化する決戦仕様になっていた。

また仕様上、帰還時のゲート開放は大人数が同時に戻ることになり、調整しないと羅城門から人が溢れ出ることになる。

ただし、今回のような『異世界』の消滅、レイドクエストのコンプリート時には強制帰還が発動してしまう。

次々と地上へ送り出される生徒たちに押し流されて、状況の確認もされなかった。

「フンッ。私たちがクエストをクリアするとは思ってもいなかったんでしょうね。ホントあったまきちゃう」

補習に設定したレイドクエストは全て、学園の難易度設定で『超級』以上。

鼻息の荒い久留美を杏が宥める。

「クルミちゃん、それは内緒だよ」

未・ク・リ・アが前提であり、不安定化している『異世界』を沈静化させるための生贄だ。教師からすれば自分たちで設定した開放時間まで問題なかったのだ。

「まー。『極級』指定だったしね。流石に叶馬くんが一人でボス凹っちゃいました、ってのは悪目立ち過ぎるかな」

「自壊したんじゃないかーって、先生たちが言ってたもんね。でも、私たちはちゃんと分かってるから!」

「……多少、認識に誤解が」

凛子と蜜柑の持ち上げっぷりに、叶馬が訂正を求めていた。

討伐されたと言われている『王権』ボスの鵺は、今ものんびり空間収納の中でイョウしているはずだった。

「まーまー、細かいことは気にしないかな。どうせ話を聞いても、なんじゃそりゃってなるに決まってるし。

補習もクリアして、私たちもパワーアップできたし言うことないかな」

「……そういえば、誰も、一回も死んでません」

彼女たちにとってのレイドクエストは、最低最悪の罰ゲームだったといっていい。

極限状態で監禁され、普段以上に理性を失った野獣集団から囲われるだけ。

絶対者として振る舞う上位者と、なけなしの尊厳すら踏みにじられる下位者が明確に分かれる階級社会だ。

逃げだそうにも即時復活死の恐怖と苦痛は心をへし折る。

「お風呂入ってのんびりしたい」

「うんうん」

「甘い物が食べたいです……」

「寮の改装も途中だったから、休みの間に──」

今は曲がりなりにも、こうしてみんな仲良く上を向いて歩けるようになっている。

茜色に染まった山陰を背景に、麻鷺荘の古びたシルエットが見えた。

「はー、着いたー」

「うーん。みんなで一緒に帰れるのも悪くないかな。もうすっかり麻鷺荘が私たちの家になったね……って?」

寮の門から駆けだした人影に凛子が首を傾げた。

トトッと必死に、だが気持ちだけが急いて、脚がもつれても止まらない。

髪は乱れ、下着同然のキャミソール姿は、とても人に見せられた姿ではなかった。

真っ直ぐに、倒れ込むように、静香は叶馬の胸へと飛び込んでいた。

「はぁ……はぁ……うっぐっ、あ、ぁ……っ」

息を整える間もなく、胸倉を掴むように服にしがみつき、顔を押し付けたまま嗚咽が漏れていた。

頬を掻いた叶馬が戸惑いながらも、その震える肩を抱いたのは及第点だろう。

蜜柑たちは黙ったまま頷き合い、叶馬たちを追い越して、また別の仲間たちが出迎える麻鷺荘へと足を向けた。

「お帰りなさいですー」

「お帰りなさいですー」

「お疲れ様、です」

「です」

「ぐすっ……はい。お帰りなさい、叶馬さん」

「……ただいま」

残された叶馬たちは逢魔が時が過ぎた夜の始まりの中、しばし一つの影となっていた。

● 幕間　学園掲示板

学園オフィシャル掲示板
【レア独占】 レイドクエスト情報交換スレ part26 【ゾンビアタック】

5: 名無しの陰陽師
>>1 乙

6: 名無しの騎士
ここが新しいハウスね

7: 名無しの強盗
>>1 乙
テンプレ貼るまで待てない早漏は氏ね

8: 名無しの闘士
一応立ててみたけど
このスレ要らなくない？

9: 名無しの侍
>>8
いやいや必要でござるw
レイドのイロハを知らない一年には「テンプレ嫁カス」でおkっwWっw

10: 名無しの騎士
おい忍者w
クラス間違ってんぞ、CC してこい

11: 名無しの女衒
(ﾟдﾟ) ウマーなネタは身内で回すしね
情報交換になってないという、、、

12: 名無しの初心者
すみません
レイドクエストについて聞きたいことがあるんですけど

13: 名無しの術士
テンプレ嫁カス

14: 名無しの戦士
糸冬... φ（°д°＊）

15: 名無しの死霊使い
サードクラスになってから出直してこい

16: 名無しの初心者
ごめんなさい、名前が初心者になっちゃいました

17: 名無しの闘士
いやいや、↑の名前は自動で付くし
カタリじゃなくてガチ初心者の一年かな？
生徒手帳のIDナンバーでログインしてるパソコンからアクセスしてると自動スクリプトで出る
いちお板は匿名になってるが、管理してる学園には筒抜けだから気をつけろよ

18: 名無しの強盗
個人鯖立ててる兵もいるけどなw
実際はあれも監視されてんだろうなぁ・・・

19: 名無しの騎士
アングラ鯖は晒しとアンチしかねーし
暇だから付き合ってやるぜ一年坊主
女だったら写メうp

20: 名無しの初心者
男子ですw
中間テストの補習でレイドクエストってのに参加してきたんですけど

21: 名無しの騎士

やる気 DOWN　（ ' 、3 ＿ ヽ ）＿

22: 名無しの陰陽師

即行放置で草
つーか、補習での強制レイドなんてのもあったなぁ
最近マンネリだし飛び入り参加もアリか

23: 名無しの精霊使い

補習だと強制監禁だしマジ怠いぞ
気に入らない奴がいると延々殺し合いになる

24: 名無しの侍

新鮮な気分で女漁りができるでござるｗ
今の時期なら新入のウブな小娘がよりどりみどりでござるぞｗ
エンジョイ組に混じって俺 TUEEEE 気持ちイイでござるｗＷｗ

25: 名無しの騎士

おい、赤点忍者ｗ

26: 名無しの初心者

途中送信しちゃいました
轟天の石榴山っていうクエストをクリアしたんですけど、何か貰えるんでしょうか？

27: 名無しの戦士

石榴山か、ご愁傷様
俺も去年入らせられた覚えがあるけど、一ヶ月くらい監禁状態なんだよな
セーフティーゾーンにもＡ級モンスター湧くし

28: 名無しの術士

極級の鬼ヶ島と石榴山はマジ洒落になってないよね
サバイバルゲーム状態ｗ

大体最後は現実逃避でアッパーキメてトリップ乱交、コレ経験すると人格変わる

クラスメートだった地味子ちゃんも立派なセックス依存症

今でも毎晩チンコ咥えて離さないｗ

29: 名無しの強盗

えっ、今日はチ〇ポ奴隷自慢していいんですか？

>> 画像

30: 名無しの騎士

フルレザースキンの性（男）奴隷は草は生えるからヤメロ

31: 名無しの女衒

いや、こんな過疎スレ覗いてる暇人はながらセックスじゃまいか

後輩クンに同級生の生ハメ撮り SS プレゼント

一匹目 >> 縞パン

二匹目 >> 水玉

三匹目 >> 純白

32: 名無しの初心者

えっと、二匹目の子、クラスメートっぽいんですけど

33: 名無しの女衒

おｋ

じゃあこの子は後輩クンにプレゼントしてやろう

明日『スレで見た』って言ってやればケツ出すように今から仕込んでやるよ

34: 名無しの初心者

マジっすか！

アザッス！

35: 名無しの陰陽師

さすが女衒さん痺れる憧れるゥ

あー俺もダンジョンでお持ち帰りすっかなー
補習参加すればよかった

36: 名無しの精霊使い
いつも通りの雑談スレになって草

37: 名無しの闘士
お前ら普通にスルーしてるから他のスレで調べてきたぞw
石榴山が消滅したのはマジっぽい

38: 名無しの騎士
はあ？
極級だぞ？
悠久庭園の連中でも乗り込んだのか

39: 名無しの強盗
ビンゴでも無理でしょ
石榴山はボスの強さ以前に、地形効果でボスまでたどり着けないレイドだわ
鵺と百雷鳥の空飛んでるダブルボスをどうやって倒すんだよ

40: 名無しの竜騎士
雑談スレからきました
雑談スレでレイドの話して、レイドスレで雑談してて草

41: 名無しの闘士
自壊したんじゃねーかって説が有力なのね
融合してボスが外に出てきてんじゃねーだろうな
極級ボスがそこらをうろついてるとか洒落にならんぜ

42: 名無しの強盗
ボス同士が食い合って異世界が臨界したとか？
マジメにヤバくない？

43: 名無しの精霊使い
次スレでテンプレのランク別レイドリスト更新しないと

第46章　スキル考察と新入部員

無事、レイドクエスト『轟天の石榴山』も攻略し、日常モードへと復帰である。

体感時間としては、ダンジョンの中で二週間以上過ごしたことになる。

外に出ても、まだ二日しか経過していなかったというのだから、ちょっとした浦島太郎の気分だ。

「……まさか、補習の課題が塩漬けレイドとはな」

少しシリアスモードになっている誠一が、腕を組んで舌打ちする。

「完全に俺らは捨て駒扱いかよ。やってくれるぜ」

「どゆこと?」

ポリポリとスナックを齧りながら、誠一の背中に寄り掛った麻衣が首を傾げる。

自分のベッドなので好きにすれば良いと思うが、食べカスはボロボロ落ちる感じ。

実は誠一が小まめにコロコロで掃除していたりする。

お母さん属性な奴である。

「レイド領域、まあ、異界って呼ばれてるダンジョンの特異点は、活性化するとダンジョンを侵食していくらしい」

凛子先輩もそれらしきことを言っていた気がする。

モンスターの強さは下層へと進むほど、次第に強力になっていくのがダンジョンの法則だ。

これが暴走、臨界だったかしてしまうと、異世界と接続したエリアには異世界と同じ高レベルのモンスターが出現するようになるそうだ。

「でも、ウチらにはあんまし関係なくない? マップ内のダンジョンがヤバーになっても、どこだか分かん

「……光りに集まってくる虫じゃないんだから」

そういえば、ダンジョンの出入り口は世界各地にあるらしい。

ヨーロッパ、中国、インド、アメリカ辺りにもあったはずだ。

授業でやっていたのだが記憶が曖昧である。

確か、文明と宗教がある程度発達した場所に出現して、それらが衰退すれば自然消滅してしまうとかなん
とか。

一番新しく確認されたダンジョンが、アメリカ産というのは覚えている。

「ただな。活性化した異界を放置すると、いずれダンジョンの外にまで影響が出てくるんだそうだ」

「なにそれこわ」

「地上をモンスターが闊歩してるとか洒落にならねえわな。昔話の化け物には、そういう奴らが混じってた
のかも知らんけどよ」

随分とファンタジックなネタ話である。

「そんな訳で、学園の方針として発見された『異界』は、即クエスト認定して潰してる。ただ、潰そうと
して潰せなかったレイドクエストは、超級や極級に認定されて監視される。活性化の兆候があれば、沈静化
するまで攻略者を放り込んでやる。って感じだ」

「ボス？　ってのを倒せなくても役に立つの？」

「理由は不明だけどな。それで何とかなってたっぽい」

子鴉みたいに暇してるボスを暴れさせ、ストレスを発散させる感じか。

「まあ、そうなんだけどな。基本的にレイド領域は、ダンジョンの出口に寄ってくる習性があるって話だし
ない　マップ外でバトってるんだし」

「よ」

「当然、生徒のセーフティについてはガン無視だな。お前じゃなきゃ何回死んじまってたか分からないだろうぜ」

安堵しながらも呆れた様子を隠さない誠一だ。

今回に限っては俺の運が良かったのだと思う。

ボスに関しては雪ちゃんがベシッとしてしまったし、生まれ変わる前の大怪獣だったら俺も勝てた気がしない。

やはり、まだまだ修行が必要だ。

「叶馬くんはその前に、ちゃんと静香のケアをしてあげてね」

「うむ」

先程からずっと、というか帰ってからずっとなのだが、静香がぎゅうっと抱きついたまま離れない罠。

俺にとっては二週間でも、静香にはたった二日間だけの別行動であった。

だが、静香の様子は、もう一週間くらい完徹したんじゃないかというくらいのヤツレ具合になっていた。

目の下には隈が浮かび、頬も痩せて衰弱してしまった感じが半端なかった。

沙姫たちも心配して色々と世話してくれたらしいが、完全に引き篭もり状態だったそうだ。

今までも一晩くらい別行動で離れていたことはある。

それくらいなら翌朝に拗ねてしまったくらいで問題なかった。

ダンジョンの中と外に分かれてしまったのが良くなかったのだろうか。

何となく、静香はセックスではなく、スキンシップに飢えておられる感じ。

今の静香は静香石に関係しているような気もする。

沙姫たちや先輩たちも気を使ってくれているので、マンツーマンで駄々甘やかしである。

テスト休みを終えた登校日には、月が変わっていた。

的なEXPが入るシステムだったらしい。

俺の再クラスチェンジのためにも頑張って欲しい。

どうやら、レイドエリア内でEXPを稼げない分、レイドクエストを攻略した時に参加者全員へボーナス

帰ってきてから気づいたのだが、久し振りに『雷神』のレベルが上がっていたのだ。

このままダンジョン狂いに誘導してしまおう。

まあ、前向きなのは良いことだ。

「レイドクエストは稼げるイベントだと思う。積極的に狙うべき」

ティブにダンジョンを攻めていくしかねえな」

「ああ、叶馬のお陰でクラスチェンジは順調だが、やっぱ装備や実戦経験が足りねえんだろう。もっとアク

ね」

「そうだよねぇ。ひょっとして三年生くらいとガチタイマンできそうとか考えてたけど、そんな訳ないよ

もする。

今回の補習クエストを要約すると、先輩たちとワッショイしながらグルメハントしていただけのような気

なにやら俺の台詞を深読みした誠一くんが納得しておられた。

かと勘違いしちまいそうだったぜ」

「……お前がそう言うんだったら余っ程だったんだろうな。もしかしたら、俺らって大分ツエェんじゃねえ

「今回は俺も至らなさを痛感した。更なる修練を積むべき」

静香にはもっと気を配ってあげるべきだった。

水無月、梅雨の季節となったが本日は快晴。

厚着から薄着へと変わる衣替えには丁度いい。

俺たち普通科の生徒はブレザーのジャケットを脱ぎ、胸ポケットに校章がプリントされたシャツ姿になる。

マッシブな上腕筋を評価されたい一部の生徒などは、既に半袖を着ている模様。

抜かったわ、俺も着替えてくるべきか。

くっ、何というキレの良い上腕三頭筋。

さり気なく袖口を圧迫するワイヤーロープのような筋肉に嫉妬。

「ムッ……君は」

普通科生徒との違いは、肩の位置にあるショルダーストラップから胸元に下げられた金モールの飾緒だろう。

スキニーな黒のスラックスに、皺一つない半袖シャツ。

「これは、先輩でしたか。ご無沙汰しております」

今日もキリッとキメたツーブロックに隙はない。

特級科生徒であり、生徒会副会長でもある先輩を、通学路で見るのは初めてだ。

特級科には専用寮があり、学舎も異なっているので、普段の学園生活で出交（でくわ）すことはないのだ。

「なに、偶（たま）さか生徒会からの通達事項があったまでだ」

「……なにも礼治（れいじ）様が自ら、このような場所にまで」

実はトレーニング施設に足しげく通っている俺だが、副会長先輩とは度々顔を合わせている。

それ以上に顔を合わせているのは、トレーニング施設に行くと大体おられるマッシブ子先輩だ。

ジムの主（ぬし）とか呼ばれてそう。

今はひっそりと副会長先輩の後ろに同行しておられるが長袖だ。

その肉体はもっと誇示していい。

「人の上に立つ者が労を惜しんではならない。そうではないかな？」

「しかし、このような無頼の者たちのいる場所でなにかあったら……」

「男子たるもの敷居を跨げば七人の敵がいるという。つまり常在戦場ということだ」

「ご立派でございます。礼治様」

彼女の今日もぶれない副会長絶対主義っぷりにホッコリする。

しかし、朝の通学路にそんなアグレッシブな襲撃者はいないと思われる。

紙袋をかぶった謎のマスクマンでさえ、ちょっとは空気を読む。

「だが、君は少し弛んでいるのではないか？」

鋭い視線を向けられた静香がビクッと身動き、一層ぎゅうっと腕に縋りついてくる。

休日中たっぷりとスキンシップを続けて大分通常モードに戻っていたのだが、先輩のマッシブな視線に怯えてしまったのだろう。

実際、補習にかまけて筋肉修練をサボっていたのも事実。

くっ、なにを言っても言い訳になりそうだ。

「……確かに男子たるもの、どこで誰が敵となるか分かりません。しかし同じように、どこで誰から愛を捧げられるかも分からぬもの」

「なるほど、愛か……。ならば良し！」

闊達と宣言し、颯爽と踵を返して去って行かれた。

「……おいコラ。何でお前は華組の、それも前生徒会長なんかと仲良くなってやがんだよ！」

後ろでこっそりマッシブ子先輩がガッツポーズしておられたのだが、なにか意識改革でもあったのだろうか。

「……うわぁ。超ビビッた。なにあれ、訳分かんない」

る。

　背景になり切っていた誠一と麻衣が騒ぎ始める。

　中々見事な隠形(おんぎょう)であった。

「うむ。先輩とは多少、筋肉について議論する関係だ」

　ただの顔見知りくらいの仲だと思われる。

　そして静香が自分の顔を両手で挟んでイヤンイヤンしておられるが、完全復活ということで良さそうであ
る。

「──皆さんもクラスチェンジを済ませて、クラスを獲得した人が増えていると思います。まだの人は、小
まめに『聖堂(カテドラル)』で確認することをお奨めします。クラスチェンジに必要な経験値、つまりEXP[エクスペ
リエンス]の取得はモンスターを倒すだけでなく、ダンジョンに出入りするだけでも蓄積されていることが
確認されているからです」

　今日の授業は専門科目、つまりダンジョン関係の知識についての講義だ。

　一学期の今は広く浅くということで、必須科目の授業も設定されている。

　担任の翠先生が担当している迷宮概論は、総合的な必須知識として受講スケジュールも多い。

「前回の授業では『クラス』の種類と役割の話をしましたが、今回は『クラス』を獲得することによって得
られる『スキル』という特殊能力について説明をします。では、テキストを開いて──」

　タイトなスーツ姿の翠先生が、教壇の上で黒板へと手を伸ばした。

　非常に発育のよろしい大人の女性なので、お尻の生地とかパンパンでいらっしゃる。

　クラスメートの男子が向けている性的な視線も、已むを得ないと思われる。

　隣の席から静香さんが黒板ではなく、俺をじーっと見詰めておられるのでさり気なくルックアウト。

授業中に相応しくない妄想に耽ったりすると、先生、気分が優れないのでトイレに行ってきます、とか言

いながら俺の腕を掴んで拉致してしまう危険性があるのだ。

静香石リンクの危険性を忘れてはいけない。

「最初にスキルについての間違った認識として、クラスを獲得すれば自動的にスキルを使用できると考える

人がいます。ですが、これは間違ってはいないのですが、正確ではありません。スキルは自分で覚え、身に

つけなければ発動させることはできません」

実際に『スキル』と呼ばれている技や現象は、その『クラス』が備えた力をどのようにして使い熟すか、

を蓄積してきた成果といえる。

例えば『戦士(ファイター)』クラスの代表的なスキルである『強打(バッシュ)』。

スキルの効果は、『SPを消費して一瞬だけより強い力を出す』というシンプルなものだ。

分類すれば肉体強化系。

それが『戦士(ファイター)』クラスの特色でもある。

敵を攻撃する時に力を増幅させるというのが一般的な使用法で、強化された力で大きくジャンプしたり、

タックルの勢いを強化したりもできる。

それぞれスキルとしては、『跳躍(ジャンプ)』『突撃(ダッシュ)』などと別名になったりする訳だ。

どれも使い方が異なるだけで、本質的な力は同じである。

名称が別になっているのは、その方が扱い易く、必要な場面で発動させやすいからだ。

『戦士(ファイター)』というクラスが有している力を、様々な形で発露させるのがスキルと呼ばれる技術になる。

あやふやな力を制限し、限定することによって、扱えるように切り出す手法。

スキルの発動に必要なのは、『イメージ』と『SP』と『トリガーワード』の三つだ。

消費するSP数値は基本見えないらしいが、怠さなどの体調で分かるそうだ。

より大きな力をクラスから引き出すのなら、当然SPの消費も大きくなる。

トリガーワードについては、発声が必須であるということ。

そして、一番重要なイメージにも関係している。

「スキルの使用において一番重要なポイントは、自分がスキルを使用できるという明確なイメージを確立することです。イメージを明確にするための自己暗示になる。・・・・・・・・・・・・・・・・・・・・イメージが曖昧な状態ではスキルが発動しないというばかりでなく、意図しない効果が発生する危険もあります。新しいスキルを習得する場合には、やはり取得したクラスの各専門講義を受けることが推奨されます」

実際にスキルを見ればイメージもしやすいという訳だ。

一度発動に成功すればイメージもしやすいという訳だ。

一度発動に成功すれば簡単に使い熟せるようになるのは、自転車に乗れるようになる感覚に近いのかもしれない。

クラスの能力をどのように使うか、使えるか、効率が良いか、という蓄積された経験則が『スキル』技術だ。

つまり、学園のデータにない俺の『雷神』のような規格外クラスについては、自分でスキルを開発していかなければならない。

まあ、才能がある奴は先人が残した『スキル』などという使い方に拘らず、自分が使いやすいように『クラス』の力を引き出せるのだろう。

俺たちのメンバーでは沙姫や麻衣が、こういう天才肌っぽい。

そして、俺は不器用だと自負している。

「ハァ……」

まったく、溜息も出るというものだ。

「先生。気分が優れないので早退させて下さい」

「静香さん、判断が早過ぎませんかね……。

「思うに、俺たちに必要なのは見取稽古なのではあるまいか」

「はい。叶馬くんにもお茶」

麻鷺荘の元ミーティングルームは、既に原形を留めないほどに改装されていた。

『神匠騎士団』の看板が掲げられた入口を潜ればカウンターが出迎え、無料で寮生にも提供されている鬼

灯印ブレンドティーの香りが漂う。

向かって右側の壁をぶち抜き、新しく作られた扉の向こう側は、食堂前のスペースに設けられた談話エリ

アへと繋がっていた。

流石に寮長である乙葉も目の色を変えて駆けつけた件だったが、改修工事の要望がほぼ全寮生からの希望

だと知って脱力していた。

目当てはワンランク上物になるドリンクバーの他にも、芽龍印のプチスイーツ無料提供などが影響してい

ると思われた。

着実に少しずつ、彼女たちは自分たちにできるやり方で、自分たちの居場所を築きつつあった。

「はぁ……鬼灯ちゃん先輩の紅茶、マジ美味しー」

「……ありがと」

マイカップを片手にほっこりしている麻衣に、蜜柑と同じくらいに小柄な鬼灯がほわっと頬笑んだ。

「ホント、お店開けちゃうレベルだよ」

「マカロンも美味しいです！」

「緑茶にも合いそう」

「......です」

「......まったりし過ぎではなかろうか」

彼らがだべっているのは、仮部室の一角に設けられた畳敷きの和空間だった。ちゃぶ台に座布団も用意されていたりする。

「談話室ントコにも畳スペース作ってあるよな。野点でもするのかって感じの」

「ここで私たちがのんびりしてるのを見て、畳でゴロゴロできる場所欲しいーー、という要望があったと聞きましたが」

「ふっふっふ。私たちの本領発揮かな。スタイリッシュな和洋折衷って感じで格好イイっしょ？」

「乙葉先輩が頭を抱えていましたね......」

静香の視線が遠くに向けられていた。

「今は混浴の露天風呂の設計をしてるかな」

「良く考えたら乙葉先輩はどうでもいいのでさっさと作ってしまいましょう」

「元々、お風呂のお湯は温泉だしね。ちょこっとパイプを分岐させちゃえばオッケー」

レイドクエストの拠点構築でDIYに目覚めたのか、腕を組んでちっちゃな胸を張る蜜柑を筆頭に

『職人組_{ワーカーズ}』の意気が高かった。

「乙葉ちゃんお帰り〜」

学園から帰寮したばかりの乙葉が、夏服制服のままぐったりと座布団に座り込む。寮の大改装プロジェクトが進行しているの」

「......どうして寮長の私を無視して、寮の大改装プロジェクトが進行しているの」

自室に帰るよりも先に仮倶楽部室へ足を向ける時点で、色々とお察しだ。

「はい。ペコブレンドのミルクティー、砂糖たっぷりの乙葉ちゃん仕様で」

「ありがと......うん。美味しい」

「それじゃあ、部員全員揃ったことだし、これからの活動方針についてミーティングを始めようかな」

『神匠騎士団』の表向きのまとめ役は、凛子が務めることが多い。

ちなみに裏番は静香、トップに飾ってある部長が叶馬というのが共通した認識だ。

「ちょっと待って」

「なにかな？　乙葉部員」

「なし崩し的に私も部員扱いされてない？　私、他の倶楽部に在籍してるんですけど」

倶楽部活動での恩恵が大きい豊葦原学園では、ほとんどの生徒が倶楽部に所属している。

生粋ボッチのソリストもいるが少数派だ。

そして倶楽部の二重在籍、いわゆる掛け持ちは認められていない。

「あれ？　まだあの倶楽部抜けてなかったの？　なんか方針が合わないって揉めてなかったかな」

「……う。まあ、たまたまBランに上がってから変にガチ攻略派になっちゃってね。新しく入れたメンバー
も嫌味な効率厨って感じでさ。古参メンバーでも抜けちゃった子がいるし、空気サイアクだけど」

「なにを今更……。乙葉先輩の退部手続きと入部手続きは終わっています」

「じゃあ問題ないかな」

「ちょっと待って、今とんでもない台詞を聞いたんですが！」

表番と裏番の流れるようなコンボに、あっさりと流されそうになった乙葉が腰を浮かせた。

静香は正式な倶楽部に対して学園から提供されている、パソコン端末の画面を乙葉に見せた。

無線は使えないが、有線LANのコネクタは寮の全室に備えられていた。

「オフィシャル倶楽部リストにも、このように乙葉先輩の所属は『神匠騎士団』に」

「えっ、マジで私が載ってるんですけどっ。私知らなかった、というかさっきまで、普通に向こうの倶楽部
に顔出してきたりしたんですが！」

「20人目が乙葉ちんで部員はマックスかな。対抗戦で倶楽部のランクを上げるまで、このメンバー決まりだね」

ちなみに倶楽部会議に参加しているのはちゃぶ台を囲んだメインメンバーだけで、残りのメンバーは追加のマカロンを焼いたり、設計図を引いていたり、隅っこで幸せそうに居眠りしていたりといつも通りだった。

「んで、稽古だか何だかしらんが、叶馬が言いたいのは倶楽部対抗戦に向けてのレベルアップだな？」

「ふもっふ」

ガンスルーされた部長発言をサルベージした誠一の台詞に、口いっぱいにマカロンを詰め込んだ叶馬が頷く。

「叶馬くんはホントにダンジョン好きだよね。まー、あたしもリフォーム見積もり分の銭を稼ぎたいから賛成だけど」

「手間賃はサービスしても、資材の購入代が必要になっちゃうからね」

「寮生のみんなからもいっぱいリフォームの依頼きちゃってるんだよね。麻鷺荘の『おんぼろ寮』って悪名は伊達じゃないかな」

入居者が少ない麻鷺荘には幾つかの悪名が知れ渡っていた。

他の寮と比べても古めかしい外装から『おんぼろ寮』、寮生が少ないのは行方不明になっているからだという噂から『お化け屋敷』、そして妖しい怪奇現象が起こるという理由から『妖怪屋敷』とも恐れられていた。

麻鷺荘の『おんぼろ妖怪屋敷』とも恐れられていた。

「あたしは見たことないけど、先輩たちからは結構見たって話を聞くんだよねぇ」

「害がないなら気にしないかな。ダンジョンで戦ってるんだし、ゴーストやアンデッドモンスターも実際に出るし」

「あー、確かに。今更お化けとかいわれても、なぁ?」

「一刀両断ですっ」

苦笑した誠一の隣で、水虎王刀を手にした沙姫が鼻を鳴らした。

「……ねえ。ちょっと、さり気なく流されてると涙が出ちゃいそうになるかなって」

「仕方ありませんね。乙葉先輩は一番新入りですので、空気を読んで下さい」

「あ、はい」

ほろりと涙が溢れそうになった乙葉が、叶馬から貰ったマカロンをもふもふとついばんだ。

「と言いますか、今の倶楽部止めたい、もー止める、私も『神匠騎士団』に入れて、お願いお願いー、と叶馬さんにベタベタおねだりしていたのは乙葉先輩なのですが……」

「えっ、なにそれ？」

「あー、部室完成の打ち上げパーティの時かな」

「乙葉ちゃんベロンベロンになっちゃってたもんね。あんまり飲んじゃ駄目っていったのに〜」

血の気が引いた顔に脂汗を流した乙葉が硬直する。

自分のアルコール分解能力が弱いという自覚はあった。

「私ばっかりのけ者はズルイ、私も構って構ってと連呼した挙げ句、ご奉仕ご奉仕〜と謎の気合いを入れて叶馬さんを自室まで拉致していかれましたね」

「ああああ、ああああ」

「しばらくモチモチ艶々ですっきりしてたから、私たちも乙葉は吹っ切れたんだなーって思ってたかな」

「あー、あー、あー」

頭を抱えた乙葉がちゃぶ台に突っ伏していた。

「ちなみに、手続き書類のサインは偽造しましたが拇印は本物です。たまにこっそりと叶馬さんの寝所に忍んで来るメンバー全員から生温かな

ぶのは構いませんが、そのまま朝までぐっすりというのは、当然他の忍んで来るメンバー全員から生温かな

目で見られてますよ。今更ですけど」

――穿界迷宮『YGGDRASILL』、接続枝界『黄泉比良坂』――

――第『捌』階層、『既知外』領域――

「ん～、乙葉先輩ってチョロインの素質満点だよねー」

「死体蹴りは止めて差し上げろ」

階層の深度が変わっても、俺たちは引き続き襲いかかってくるオーク部隊を蹂躙していた。

階層ごとに出現するモンスターは様変わりするが、大体二～三階層くらいは跨いで棲息している感じだった。

ピンポイントにその階層にしかいないモンスターもいれば、どの階層でも出現するようなタイプもいる。

「う、おおゥ！」

しゃがみ込んでいた誠一が仰け反り、頭があった位置を牙を剥き出しにした擬態箱がガチンしていた。

ちなみに、コイツがどこにでも出現するタイプのモンスターの代表だ。

「擬態してるミミックって、本物の宝箱と同じで無敵状態なのが厄介だね」

「開けようとしない限り襲っても来ないようですが」

「一攫千金のチャンスを見逃すとか、有り得なくない？」

マップ外エリアを攻略している俺たちにとって、宝箱の発見は珍しくない。

俺たちのパーティがダンジョンにログインして真っ先に行うのが、『案内人』の夏海による宝箱『検索案内』だ。

この『検索案内』では、本物と擬態箱の区別がつかなかったりする。

190

というか、じゃーん擬態箱ちゃんでした、の方が多い。

既に誠一は宝箱発見の報を聞くと、一人だけテンションがダダ下がりになる。

「……このパーティで一番死にかけてんのは俺だよなぁ」

「せーいち、ふぁいと」

箱にダガーを突き立てている誠一に、満面の笑みを浮かべた麻衣が語尾にハートマークが付きそうな声をかけていた。

「この頻度で宝箱が出てくんなら、同じ『盗賊』クラスでも『強盗』系の追加メンバーが欲しくなるんだが」

確か、戦闘に特化した『盗賊』上位クラスが『暗殺者』で、トラップやトリッキーなスキルに特化しているのが『強盗』、オールマイティな万能型が『忍者』だったはず。

「ん〜、ミミック用生贄の即時復活死要員で、あたしに飽きたときに使う尻穴奴隷が欲しいの?」

「……最低、です」

「……最悪、です」

「ビックリするくらい鬼畜だと思います!」

「このパーティは俺の扱いが間違ってませんかね」

「俺なら擬態箱に噛まれても『重圧の甲冑』があるので大丈夫な気はする。むろん宝箱イベントは誠一の活躍チャンスなので奪ったりはしないが。

「あのな。俺も普通に戦闘で活躍してる……だろ?」

微妙なところだ。

「というか、最近は俺も活躍できているか微妙。

「では、そろそろ次の玄室に向かいましょうか」

「……うに？　にゅ」

静香の促しに、トロンと惚けた表情で抱きついていた乙葉先輩が顔を上げる。

普段は凛々しい乙葉先輩だが、一度スイッチが入ってしまうと凄くポンコツモードになってしまう模様。

割と簡単に火が入ってしまうのに、冷めにくいという魔法瓶みたいな凄くポンコツモードになってしまう模様。

具体的にはお相手シテ頂いた後、しばらくは使い物にならない感じ。

沙姫も似たようなタイプなのだが、エッチで上がったテンションのままバトルで更にテンションアップという悠久機関なバーサーカー。

「本日の乙葉先輩には、このまま叶馬さん用の慰撫要員になって頂きましょう」

静香の後ろで沙姫たちがぶーぶー文句を仰っている。

「……変に元の倶楽部に未練を持たれても困るので、この際徹底的に…」

「…アレは見られて感じて…」

「…いっそ移動中も…」

「…夜にトドメを身体に…」

「…上下関係を身体に…」

謎の臨時女子会から不穏な単語が聞こえてきた。

肝心の乙葉先輩は自分の足で立ってはいるものの、ぽーっとした感じでぽわぽわされている、身体をぴとっと寄せてきてお尻をモジモジするだけだ。

間違いなく周りが目に入っていないゾーン状態。

「ねー。もーいくよー、ってば、聞いてるー？」

既に回廊へ出ていた誠一と麻衣が手を振っていた。

肉体強化し身体を使って戦う前衛系クラスの女子は、とても身体が引き締まっていて具合がイイそうだ。

特に『騎士』系の子は、色々な部分の筋肉が強化されるので締まりがイイと評判。

という、乙葉先輩からの自己アピール。

玄室から玄室と攻略を続けている内に、どんどん蕩けて甘えん坊に、露骨にエッチでビッチな感じに。

「要するに、重度のむっつりスケベなのだと思います。普段は自己抑制が強すぎてストレスを溜め込んでいるのかと。まあ、今はダンジョンの瘴気に当てられた『ダンジョン酔い』になっているのでしょう」

「んっぅ……やぁ…あー」

制服に甲冑姿の乙葉先輩を前に立たせて、パンパンとバックスタブ中。

腰部の装甲パーツは回収して空間収納に預かっている。

あと、今日は乙葉先輩を前衛に立たせないということなので胸部装甲も一部回収済み。

エロ同人ファンタジーRPGに登場しそうな女騎士スタイルである。

引き締まって膨らみの位置が高いヒップは、ご本人が仰る通りに素敵な握り心地のCカップ。

鎧からはみ出して上下にフルフル揺れるオッパイは、適度な圧搾感があります。

「乙葉先輩ってさー。スペック高いし美人さんでナイスバディだけど、お酒で失敗してチャンスを棒に振ったり、ダメ男にハマって身を持ち崩す感じだよね……」

「今まで付き合ってきた男は、ヒモみたいな奴ばっかりだったと管を巻いていましたね」

「あー、だらしない奴には私がついていないと駄目、とか阿呆な使命感を覚えちまうらしいな。叶馬とか、モロ好みのタイプに見えんじゃねえか?」

「ッ、あッ、ア〜ッ……」

みんなから痴態を観察されている乙葉先輩だが、ディスられてゾクゾク昂ぶっておられる模様。

業の深いお方だ。

接合部を通して乙葉先輩とパスが繋がっている感じになっており、俺も引っ張られてしまっている。

「自分からは最後まで離れていかねえんだよな、こういうタイプは」

「男には都合のいいタイプなんじゃないの?」

「……そうでもねえんだな、コレが。要するに自己愛が強いってことだから、なにを言われても聞く耳持た

ねえし、一方的に貢いでくるわけよ。大体、男の方が重さに耐えられなくなって逃亡エンドだな」

「へぇ、詳しいねぇ? 経験談かなぁ」

墓穴を掘ったらしい誠一がそそくさと身支度を調える。

あまりのんびりしてもいい場所じゃない。

乙葉先輩のお尻からスティックを引き抜くと、喪失感に足を震わせて腰を抜かしそうになっている。

再びお姫様抱っこし、次の玄室までランデブー。

移動中も首元にチュッチュしたり、出しっ放しのスティックに手を伸ばしてジョイトイ。

確実に今日は、もう使い物にならないポンコツ騎士様な感じ。

みんながモンスターとキャッキャウフフしてるのを尻目に、壁際に設置した乙葉先輩の片足を抱えて

ファッキンバトル再開。

歯を食い縛り、ログインしてから何度目か分からないオルガズムに痙攣したかと思えば、正面から首に腕

を回して腰に足を巻き付けて抱っ子ちゃんスタイルを要望してくる。

「あん、あんっ…あんっ…」

「どんだけ溜まってるんだよ。寮長ちゃん」

エロ騎士モードの乙葉先輩は、自分から腰を振っていくスタイル。

誠一が呆れるほどの性欲モンスターっぷり。

静香は俺のための慰撫要員だといっているが、逆なんじゃないかと思う今日この頃。

実際、俺や誠一は戦闘を眺めるだけの存在になっている。

「ワーハーハー。泣けー叫べー、そしてぇ」

両手を天井に向けて左右に広げ、自分の周囲に無数の回転する光玉を浮かべた麻衣が高笑いしていた。

『魔術士』スキルとして登録されている『砲』とは違い、接触した相手を吹き飛ばすオート防御用の魔法らしい。

『砲台』を消してしまい、お仕置きされている内に考えついたという麻衣のオリジナル魔法だ。

近接に対する防衛手段を得たことで、『魔術士』の大魔法を遠慮なくぶっ放せるようになった。

「ひれ伏せー！」

左右の掌の上に浮いたのはお盆のような円盤。

フリスビーのように射出された二つの円盤は、密集陣形で盾を構えたオークを回り込んで首をまとめて薙ぎ払っていた。

この魔法に至っては、さっき思いついたばかりで名前も無いらしい。

首を失ったオークが列をなして前倒しになる姿は、麻衣の台詞どおりひれ伏しているようにも見えた。

「イイ、イイ、やぁアアアアーッ！」

掛け声の度に、ボッ、ボッ、ボッと空気の壁を突き抜けるような超加速で沙姫が疾走する。

独特の歩法というか、足捌きで体幹がぶれて見える。

実家伝来な剣術流派の足捌きらしいが、正面から対峙していると分身してるようにしか見えない。

呪文らしきもの唱えていたオークマギの顔が、もう絶望してて草が生える。

スパーンとオークマギの首が跳んだ瞬間、ツヒュボっと沙姫の姿が消え、背後から大剣を振りかぶってい

たオークロードの胴体が真っ二つに両断されていた。

「……姫っちが見えなかったんだが、お前見えたか?」

『閃撃』っぽいなにかだと思われる。

誠一が使う『忍術』にあるような姿を消すためのスキルではなく、速すぎて見えないという種も仕掛けも

ない技。

「わふっ」

「わふっ」

「わふっ」

「いょう」

海春と夏海も、もふもふ軍団を召喚してオークの別部隊を蹂躙していた。

雪狼に黒犬に、第七層の階層守護者だった双頭犬と、もふもふ尽くしだ。

蜜柑先輩たちへのお土産にしようとして失敗した双頭犬くんだが、幸運にも二人の手元にいってしまったのである。

是非ともコレクションに加えたい逸品だったが、パーティ会議により二人の召喚モンスターにするようだ。

二人はもうふもふ獣系モンスターと相性がいいらしく、メインの召喚モンスターにするようだ。

「おい。なんか見たことねえ超ヤバそうな怪獣が混じってんぞ」

「俺には見えないな」

オークロードにのし掛かって頭から丸かじりしていたような気もするが、ぶヒィィみたいな感じで絶望し

ていた豚公もきっと最初からいなかった。

まあ、二人は雪ちゃんと仲がいいので、散歩でも頼まれたのかもしれない。

紅余曲折のトレーニングにより、静香も普通に活躍していた。

後衛から『魔弾』でちまちまダメージを与えたり、『祈祷』でデバフしたりと、凄く普通でほっこりする。

『魔弾』を使えるようになった静香も普通に活躍していた。

じと一みたいな静香の視線を感じるが、普通なのは凄く良いことだ。

なあ。もしかして……俺ら要らなくねえ?」

「ああ……」

誠一も気づいてしまったか。

レベルアップし戦いの経験を積んだ彼女たちと比べ、今の俺たちの役回りはヒモの駄メンズだということを。

「は一仕事した一。せ一いち一、SP補給して一……って、どしたの?」

第47章　タルタロスの闘技場

「どうしてこうなった……」

肩を落とした誠一が溜息を吐く。

「いや、女性陣を鍛えるという方針からすれば順当」

問題はない。

ただ、少しばかり想定外の成長速度で、男性陣が置いてけぼりにされている現状。

「ああ、だけどな。なんつうか、分かんだろ?」

無論。

面子とか意地とか、そういう男の子の事情というやつである。

俺たちは更なる強さを身につける必要があった。

ダンジョンオフ日にわざわざ誠一と連んでいるのはそういうわけだ。

ぶっちゃけた話をすれば、俺や誠一は凡人。

身体的な素質は、恐らくある方だろう。

一を積み重ねて十まで届かせるキャパシティはある。

だが、一から十に飛躍したり、ゼロから一を作り出せるようなカテゴリーには居ない。

自分を卑下するつもりはないが、ああコイツは自分と出来が違うなと思わされる奴は確かに居るし、その

時には自分の底を見させられる気持ちになるものだ。

ただ、それで身の程をわきまえるほど、俺も誠一も頭が良くはないのだろう。

「まあな。つうか、お前もそっちカテゴリーだろうが」

「要領が悪いので力押ししかできんだけだ」

才無き身としてはやはり、先人の教えを請うのが手っ取り早い道だ。

具体的には、学園にいる先輩方の戦い方を盗み取るべき。

それ即ち『見取り稽古』である。

そう、俺たちは目立たずこっそりという行動方針だった故に、学園のスタンダードから目を背けてきた。

スキル、そしてマジックアイテムを使ったバトルについては、先輩たちに千日の長があるはず。

その技術を学び盗るのだ。

「倶楽部対抗戦が、その機会なんだろうけどよ」

当たり前の話だが、それでは当の対抗戦に間に合わぬ。

「……お前には内緒にしていたのだが、実は正体を隠して学生決闘したことがある」

「お、おう」

温厚な性格で知られている俺が学生決闘したと聞いて、誠一も驚いているようだ。

「内緒にしているつもりだったのかとか、正体を隠してるつもりだった

のかとか、自己評価が間違ってるだ

ろとか、突っ込み所満載でビックリしたぜ」

「その時の相手はどうも非戦闘系クラスの先輩方ばかりだったようで、参考にはならなかった。

一人だけ強者っぽい先輩がおられたが、手を抜かれてしまった。

もっと、こう、互いに昇天するような闘争の桃源郷を堪能したかった。

再戦を約束したものの、まだ機会は訪れていない。

「お前、布団の上じゃ死ねねえタイプかよ。生まれる時代を間違いすぎだろ」

「俺にも事情はある」

どの時代で生まれようと大差はなし。

まあ、この時代は暮らしやすいとは思う。

道端で餓死している平民はいないし、女子供も自由に外を歩ける。

連れ立ったまま歩く廊下は、まだ昼休みの余韻が残っており賑やかなものだった。

ある者はダンジョンダイブする準備をし、ランチの腹ごなしに雑談する者、教室でだべったまま午後の予定を話すグループと様々だ。

そんな中で俺たちが向かっているのは『闘技場』だ。

それなりに常連になっているトレーニング施設の近所にあるという話だが、まだ行ったことはない。

『工作室』と同じように、一般生徒でもダンジョンと同じようにスキルが使える空間であるという。

学園の公式行事期間を除き、申請すればどの倶楽部でも利用可能だ。

ちなみに、個人での申請は不可となっており、倶楽部としての申請なら特にランクは関係がない。

俺たちにも借りることができた。

なお、きっちり使用料は徴収されている。

申請手続きをしたのは誠一なので、料金は知らぬが。

学園の一大イベントともいえる倶楽部対抗戦が近づいている今の時期は、摸擬戦や訓練を行う倶楽部の予約で一杯だったらしい。

ただ、運良くキャンセルが入ったとかで、そこに予約を入れたそうだ。

対モンスター戦闘と対人戦は別物であろうし、モンスターの襲撃や『天敵者』を警戒する必要があるダンジョンは訓練に向かない。

つまり『闘技場』で見学すれば、有力倶楽部の屍山血河を撒き散らす死闘が、直接観察できるという寸法だ。

「……そこまでハードじゃないだろ?」

「油断していると逝くぞ」

一応、羅城門とはまた別のセーフティ機構はあるらしいが。

「……きゃー……」

「……初めて生で見たよう……」

普通科教室棟の廊下は長い。

直線ではなく折れ曲がってはいるが、一学年で24クラスはやはりマンモス校だと実感させられる。

・一応、教室棟から他の施設へは渡り廊下で繋がっていた。

「お前に逝かれても困るからな」

「……ツンデレキター……」

「……なあ。なんか変に注目されてねえか、俺ら」

女子のキャイキャイという雑談が聞こえるが、女子とはそういう生き物だろう。

麻鷺荘の先輩方を見ていれば大体そんな感じだ。

大体、ここまで来ると元の丙組教室から離れすぎて、知り合いなど居るはずもなし。

「いや、そういうんじゃなくてだな。ケツの辺りに寒気がするっつうか」

誠一のケツ、あたりでザワッと周囲にプレッシャーが生まれたような、まあ気のせいだろう。

周囲を見回しても、女子は誰一人俺たちの方を向いていない。

まったく誠一は自意識過剰な奴である。

＊　＊　＊

学園にある特殊施設の一つ、『闘技場』。

疑似ダンジョン空間の生成原理は、基本的には『工作室』などの小規模施設と同じだ。

結界で区切られた空間に、モンスタークリスタルから抽出した瘴気を充填する。

通常の瘴気圧はダンジョンの第一階層と同程度に設定されていた。

小さな魔法陣内とは異なる大空間に瘴気を維持できるのは、『闘技場』の構成物質自体がダンジョン産であるが故だ。

かつて攻略された超級レイドクエスト、『タルタロスの闘技場』が残した遺産だ。

『伝承』タイプに分類される異世界は臨界し、地上へ物質化したと記録されている。

その『顕界』と呼ばれる現象を解決するために、犠牲を省みることなく当時の全戦力を投入したとされている。

戦いの詳細は残されていないが、『核』の討滅後も現世と融合した『タルタロスの闘技場』は消えることなく、百数十年経過した今でも濃密な瘴気を宿していた。

「ほっ、ほっ、ほっ」

『闘技場』の形状は、『伝承』の元になっているローマ帝政期に作られたフラウィウス円形闘技場と瓜二つ

202

であった。

中央にある円形の舞台を、階段状になっている観客席が囲っている形だ。

闘技場の舞台（バトルフィールド）を、四つの区域（ステージ）に分けられている。

ステージの形状を変更できるギミックもあったが、通常は利用されることがない。

施設のあちこちに猛獣や神話の美しいレリーフが刻まれており、武装した石像などは今にも動き出しそうなレアリティがあった。

原型になっているのは、この世界の歴史に伝承として謳われている、幻想の物語だ。

願いや祈り、信仰の投影された姿でもある。

それらは純粋で美しく、残酷なほどに悍ましい。

「ほっ、ほっ、ほっ、んおぅ！」

吐息と合せて、パンパンパンっと小気味よく鳴り響いていた音が止まる。

膝までずり落ちたズボンとパンツ。

シャツで半分隠れた男子の尻は、スポーツ選手のように引き締まっている。

ビクビクと痙攣する大臀筋もくっきりと浮かんでいた。

彼が向き合っているのは、すべてが丸出しになっている女子生徒の生尻だった。

今まさに精液を注入されている臀部が悶えている。

内股となって膝をカクカクと震わせ、太股を捩り合わせながらオルガズムに達していた。

胎内に注ぎ込まれたのは、学園でもトップランクに位置する実力者の精液だ。

乙女（ピュセル）に使われているような女子にとっては、濃厚で刺激の強すぎる精気であった。

収縮する膣穴を堪能した彼が、その逞しい肉棒を引き抜いた。

反り返っている勃起物の先端から、粘っこい糸が割れ目の奥へと繋がっていた。

「次はドレに、すっ、かっ、なっ、と」

適当に音頭を取る彼は、適当に次の尻穴を選んでいく。

闘技場の正面にある壁際には、奇妙なオブジェクトがそそり立っている。

黒曜石で作られている黒い壁だ。

その壁の前に、十名の女子生徒が設置されていた。

彼女たちは全裸となって、黒い壁に向かって両手を差し出している。

「コイツは、どうかなっと」

「やぁ…っ」

彼がペニスを突き刺した女子も、その中の一人だ。

ヌルッと根元まで埋めた肉棒を、『の』の字を描くように回転させてから、引っこ抜く。

「隣の奴は、っと」

「はぅう」

入れ替えた尻の具合を確かめると、またパンパンという音が響き始める。

『超級』異世界クエスト、『タルタロスの闘技場』。

伝承タイプの異世界として、活性化していた当時は様々な舞台装置が存在していた。

『祈りの壁』と呼ばれる追加オプション起動装置も、その一つだ。

各々のステージ正面に設置されている黒いオブジェクトは、闘技場内の四方にそれぞれ配置されている。

そして、黒い鏡となっている壁の前には、全裸となった女子生徒たちが並んでいた。

壁を向いている彼女たちは、掲げた両手を壁に押し当てている恰好だ。

その手は黒い壁から生えているように、手首まで沈み込んでいる。

自分の意志で抜くことはできないが、肉体的にダメージのあるギミックではない。

彼女たちの役目は、祈りの壁に許しを請うている『乙女』である。

レイドクエスト『タルタロスの闘技場』においては、舞台で戦う挑戦者に対してバフを発生させるという、一種のクエストサポート装置となっていた仕組みだ。

伝承型の異世界には、そうした攻略のための筋道が用意されていた。

それらは伝承という物語を盛り上げるための仕掛けだった。

『祈りの壁』の場合、組み込まれた十名の彼女たちからSPが吸い取られ、舞台で戦う挑戦者へ供給される。

そして、『乙女』役は人型獣神兵たちから辱めを与えられるルールになっていた。

壁に両手を拘束され、頭を垂れて凌辱されていた少女たちは、観客に対して許しを請うているようにも見えたという。

理由は解明されていないが、高難易度の伝承レイドには類似の救済となるような、何らかの仕掛けが存在することが知られていた。

そして、タルタロスの闘技場に残っている幾つかのギミックは、今でも起動が可能だった。

祈りの壁と乙女のギミックは、舞台上の瘴気圧を高めるために利用されている。

学園主催のイベント期間とは違い、普段の闘技場ではモンスタークリスタルを使った瘴気加圧は行なわれていない。

当日の目安となるダンジョン中層レベルの環境に近づけるために、彼女たち『乙女』が使用されている。

ちなみに、乙女役の女子生徒が全裸なのも、彼女たちを休憩中の男子が性処理に使っているのも、特に意味はない。

ただのレクリエーションだ。

それに、自分たちが利用するステージの加圧に使う『乙女(ピュセル)』の女子十名は、自分たちで手配したものだ。

上位ランクの倶楽部であれば、そうした雑用を命じることのできる『同盟(アライアンス)』相手には事欠かない。

倶楽部同士の同盟関係は、上下関係のはっきりしたものであることが多い。

弱小倶楽部は雑務を引き受けて娯楽を提供し、強豪倶楽部は後ろ盾となって庇護する。

『同盟(アライアンス)』のシステムは、そのように活用されていた。

学園の生徒にとって、同格の倶楽部はただのライバルでしかない。

協力し合うよりも、足を引っ張り、顔を見れば嫌がらせをする。

倶楽部の対抗戦を控えた今なら、なおさらだった。

* 　 * 　 *

学園が設定している倶楽部のランクには、最上位の『S』から、『A』『B』『C』と続き、非公認扱いの『F』等級が存在している。

だが、Sランクの倶楽部があまり目立つことはない。

それらは学園の最上級生となるまで生き延び、第四段階クラス(フィース)まで至った集団だ。

生徒というよりも学園側の組織に取り込まれてしまう。

それは生徒にとって理想的なエリートコースであり、終着地点でもあった。

振る舞いが大人しくなるのは当然だ。

実質的に学園のトップとして君臨しているのは、十二枠の『A』ランク倶楽部だと認識されている。

まだ自重する必要もなく、そして実力も『S』ランクに劣るものではない。

闘技場で睨み合っている三倶楽部。

206

『黒蜜』『聖夜の偶聖』『天上天下』。

彼らがまさに、その『A』ランクとして学園に君臨している、トップ倶楽部の一角だ。

この状況からも分かるように、実力派の倶楽部同士はお互いを敵として認識していた。

顔を突き合わせればいがみ合い、足を引っ張り合う。

普段は互いに距離を置いている上位倶楽部が、こうして雁首を揃えているのには理由があった。

対抗戦に向けた『闘技場』での訓練予約を、あえてバッティングするように調整した結果である。

それが誰の、どんな意図があったのか、実際にどこの倶楽部が最初に予約をしたのか、もはや睨みあう彼

らにとってどうでもいい問題になっている。

彼らには強豪倶楽部としての面子があるのだから。

「気に入らねぇなぁ……」

最初に口を開いたのは、西の舞台に立った『聖夜の偶聖』の副部長だ。

ソフトモヒカンの男子は、顔面を愉快に引き攣らせていた。

本人は脅しているつもりなのかもしれないが、睨めっこで無敗を誇れそうな表情になっている。

彼らこそは自称、学園で虐げられているシャイな毒夫の味方。

健全な男女交際を許さないという、謎の倶楽部が集った謎の倶楽部である。

謎の使命感に支えられてダンジョン攻略を続けた彼らは、強さが優遇される学園でカースト上位者にたど

り着きながらも、謎の使命感を忘れることなく抱き続けていた。

だが、一部の男子からは謎の支持があったりもする倶楽部だった。

乱暴、粗暴、そして少々歪んだ性格の彼らが引き起こすトラブルを嫌うものは多い。

学園主催の珍しく健全な行事であるクリスマスパーティを台無しにした事件は記憶にも新しい。

実際、謎の使命感とは、ただの拗らせたコンプレックスであったが、本人たちに自覚などない。

「それはこっちの台詞よう……」

見下すように腕を組んだのは、北の舞台に陣取る『黒蜜』の調達隊長だった。

ロングの癖毛を肩口でサラつかせたイケメン男子であり、物腰からは微かなジェンダー臭を発散させている。

この倶楽部も、学園では異色の集団として知られていた。

構成メンバーの大半が女子生徒で、それぞれがハイレベルの到達者だった。

クラスチェンジの恩恵は男女問わずに与えられるが、やはり上位クラスまで到達して活躍する女子生徒は少ない。

特に前衛クラスの場合、モンスターと正面から肉弾戦をする度胸が必要になる。

そしてなにより、黒蜜を異端たらしめているのは、倶楽部の活動方針であった。

ここにはいない倶楽部長の影響を受けた彼女たちは、独自の信念を掲げてダンジョンを攻略している。

ちなみに、『黒蜜(ブラックハニー)』の名前の由来は、設立時にたまたま部長があんみつを食べたかったというだけで深い意味はない。

倶楽部の名称などというものは、大体その場のノリで適当に決められていたりする。

名称の変更ができず、後で後悔するまでがテンプレだ。

「どうでもいいんだけど、私たちの邪魔だけはしないでちょうだい」

忌々しそうに髪を掻き上げたのは、東の舞台にいる『天上天下(ワールドマイン)』の会計主任だ。

明るく染めた髪をバンドで留め、スカートの後ろに差した刀の鍔をカチンカチンと鳴らしている。

ある意味、彼らの倶楽部『天上天下』は、この学園を象徴しているような集団だ。

ダンジョン攻略やモンスターとの戦闘に、快感を見出したバトルジャンキー。

現代の日本では、社会不適合者と呼ばれそうな人種の集まりだった。

部員はハイレベル、ハイクラスチェンジャーのみで構成された実力主義を掲げている。

ランク『S』にもっとも近い戦闘集団。

それが『天上天下』だと言われていた。

「ふん……」

刀を鳴らした彼女の視線は冷めていた。

ピリピリと張り詰めた空気に乙女の呻き声が流れていても、彼女には何の感慨もない。

男子と張り合ってダンジョンの第一線で戦っている自分と、妥協し男子に媚びへつらうような女子は別の

生き物だと割り切っている。

用意した乙女を男子メンバーが犯していても、気に留めはしない。

自分が哀れだと思うのならば、自分の足で立てばいい。

そして、強者に依存するのならば、精々役に立ってみせることだ。

＊　　＊　　＊

隣接する舞台で続いている睨み合いに、張り詰めた空気は一触即発にまで高まっていた。

既に過去形である。

今は、むしろ高めようとしている最中だ。

バリ、ボリ、ガリッ、となにか硬い物を砕くような音が、乙女の喘ぎ声を凌駕して響き渡っている。

四つある舞台の内、北側には奇妙なオブジェクトが設置されていた。

丸太を削りだしたようなベンチ。

四つの舞台が隣接し、三人が向かい合っているのと同じ角位置。

誰がそこにベンチを置いたのか、いつ置かれたのか分からなかったが、カメラアングルとしては特等席といえるかもしれない。

がさり、と手にしたビニール袋に手入れ、醤油色に染まった堅焼き煎餅が取り出される。

よほど硬いのだろう。

バリ、ボリ、ガリッ、とまるでコンクリートを齧るような破砕音が、口元から漏れていた。

大股でベンチに腰掛け、煎餅を食らう男子生徒はマネキンのような無表情だ。

隣で諦めたように顔を手で押さえているもう一人の男子からは、何故か哀愁が漂っているように感じられた。

三人の何とも言えない、微妙な表情を向けられているのに気づいたのだろう。

咀嚼を止めて煎餅を飲み下してから、口が開かれた。

「構わん。続けろ」

ゴツッという鈍い音は、その男子が後頭部をフルスイングで殴られた音だ。

だが、微動だにしていない彼は、それに気づかなかったように袋から新しい煎餅を取り出している。

殴った手の拳を押さえ、プルプルと震えている相方の男子がとても痛そうだった。

「……オメェら、今日は俺たちの貸し切りだ。とっとと出て行ってもらおうか」

「……ハッ。舐めた口きいてんじゃないわよ。私たちに命令しないでちょうだい」

「……困ったわねぇ。私たちに争うつもりはないのだけれど」

各倶楽部の代表メンバーに、なにも見えないという同意が結ばれた。

暗黙の了解というエアーリーディングフィールドは、時として強い強制力を持つ。

私たちは実力行使も辞さな——ねぇ、ちょっと、アンタ！」

「分かってるんでしょうね。

ボギン、バギン、ゴキンッ、とまるで解体の工事現場のような音に耐えられなくなった彼女が、あっさりとタブーを破ってしまう。

「どんだけ硬いお煎餅なのよ！　いや、そうじゃなくて、何なのよアンタは」

煎餅を飲み込み、しばしジッと視線を向けた男子は、そっと煎餅袋を差し出す。

「違うから、別に催促してないから！」

「あらあら、気が抜けちゃったわね……。でも見覚えのない子だわ。どこの倶楽部かしら？」

「オォイオォイ。坊やに色目かぁ？　このカマ野郎が」

「あ、ア？　おい、レディに向かってナンつった？　潰すぞ、三下が」

「ポテチも要らないから！　飴ちゃんもいらな……えっ、なにソレ。カルメラ焼き？　なんでどれもそんなに硬そうなの」

収拾がつかなくなった舞台の交差点で、張り詰めた空気というバランスが崩れ始めていた。

「つうか、そもそも何なんだオメェは。見世物でも眺めてるつもりか、この雑魚が」

顔を引き攣らせたソフトモヒカンが、苛立ちを安パイにぶつけるべく自陣から北側の舞台へと足を踏み出した。

これは暗黙の了解を越えた明確な敵対行為で、喧嘩を売ったという合図であった。

無言で差し出された煎餅袋を払いのけて、拳を振りかぶる。

「ホラ、吹っ飛んで消えろ。雑魚やろうガ！」

ゴギン！　と、痛そうな音を響かせて、ソフトモヒカンが舞台の石畳に頭部をめり込ませていた。

片手に破られた袋、片手に拳を握った男子が、ゆらりと丸太ベンチから立ち上がる。

「……食い物を粗末にする輩は、死ぬがいい」

「おいっ、馬鹿っ、とう……クソ！　止めろ、なにぶち切れてんだ」

乙女にへばり付いていた者、後ろでニヤニヤと観察していた者、この場にいる『聖夜の偶聖』の全メンバーが戦闘態勢になる。

「……あらまあ」

女扱いされてカチンと切れた彼女と、当然のように女扱いされてキョトンと呆気にとられた彼を押し退けて、一歩敵陣の舞台へと踏み出していた。

「……アンタ、マジで何なの?」

「女は下がっているがいい」

「オイ、コラぁ。ヒャッペン氏んだぞ、テメェ!」

「二度と顔を上げて歩けねえようにキョウイクしてやんぞ、コラァ!」

「その奇麗なツラをフッ飛ばしてやる!」

「ククッ、さあ、戦え。命の煌めきを俺に見せろ、人間ども」

西舞台にわらわらと集う『聖夜の偶聖』の部員に向かい、両腕を左右に広げて口角を吊り上げる。

「……ヤッベ。人間ってアイツ、こっそり暴走モード入ってんじゃねえか……」

「頭イッてやがんのか、コラァ!」

「まあまあ、ちょっと落ち着きなさいな、アナタたち。騒ぎが大きくなれば治安部隊が出てくるわよ?」

機嫌の良さそうな声で仲裁に入った彼を、遮るように手が向けられた。

「レディの出る幕ではない」

「……悪ふざけはそこまでにしなさい。アタシは男よ」

「肉体は魂の乗り物に過ぎず。心がレディであるのならば、レディ以外の何者でもありはしない」

「ヒッヒッヒ、コイツもカマホモ野郎かヨガッ!」

くの字に身体を折り曲げたまま、斜め上へと吹き飛ばされた男子が舞台の外へ落下する。

「さあ、お喋りの時間はお仕舞いだ。剣を取れ、雄叫びを上げろ！　牙を剥いて猛り狂え！　殺せ、争え、闘争こそが快楽だ！　クハ、ハハハッ、ハーッハッハッハ！！」

大気を伝播する威圧と畏怖。

それだけでなく、物理的な圧力にビシビシと舞台の石畳にヒビが走る。

気を呑まれるようなプレッシャーは、彼らにとって覚えのある感覚だった。

深層の階層守護者、もしくは超級クラスのレイドボス、格下に対してバッドステータスを喚起させるパッシブスキルだ。

『聖夜の偶聖』は武器を構えてステージ上の暴君へ突貫していく。

「何なの、アレは！　アンタたちの差し金っ？　ちょっと、ボーッとしてるんじゃないわよ」

「……え、ええ。違うわ。彼のようなナイスガイはアタシも初めてよ」

圧倒的なパワーであったが、そこに理だった技はない。

ドンッ、ドカッ、と無雑作に振り回される拳に、人影が花火のように打ち上げられていく。

「はぁ……もう、仕方ないわね。アレ、殺るわよ。手伝いなさい」

SPの障壁ごと相手が吹き飛んでいるのが証だ。

理性のないパワー系のボスに多いタイプだった。

威圧にさえ呑まれなければ、ダンジョンの最前線を攻略している者にとって、今更怖い相手ではない。

「そうね。彼、狂乱系のアーキタイプみたいだし、自分で正気には戻れないでしょ」

クラスチェンジのアーキタイプから外れた『規格外』は、一面では無類の力を発揮するが、他の面では使い物にならない程に脆くなるのが常識だ。

『規格外』で使い勝手がよく強いとされているのは、『勇者』やアーキタイプの近似クラスくらいだった。

尖りすぎるほどに尖鋭化した『規格外』は、それほど珍しい存在ではない。

「ふん、せめて痛くないように首を落としてあげる」

チャキ、と腰に差した刀の鯉口を切った彼女が、抜刀体勢に構える。

「すぐに蘇生させてあげるから心配しないでね。ナイスガイ君」

『闘技場』のセーフティシステムは羅城門とは別物だ。

レイドクエスト『タルタロスの闘技場』の性質を色濃く残したフィールド内では、生命活動を停止した肉体に魂魄が留まり続ける。

闘技場ルールでも禁じ手とされる、肉体が消滅するような事態にならなければ、ポーションなどで肉体の損傷を回復するだけで蘇生する。

もっとも、そのまま長時間放置すれば散魂して死に至った。

深く居合の構えを沈めた彼女の隣で、拳を打ち鳴らした彼が足下に震脚を打ち込む。

「地砕」

レアクラス『拳士』系上位の『襲闘士』は、素手の格闘術をメインとするクラスであり、SPスキルのコントロールに長けている。

圧倒的なパワーがある相手であっても、足下が崩れれば体勢を維持できない。

ひび割れ砕けた舞台の上で、ギョロリと振り向いた暴君の目には、太刀を左手に、柄に右手を添えた彼女の姿が映っていた。

音もなく、首元に銀線が閃く。

『戦士』系侍ツリー上位クラス『侍大将』の代表スキルとして知られる、『閃撃』からの一撃だ。

呼吸を止めている状態での超加速機動は、単発攻撃スキルなどよりも脅威的な対人性能があると知られていた。

ザッ、と何故か、元の位置までバックステップした彼女が残身する。

「はい。お仕舞いね……、ッ?」

振り向いた能面の如き顔の一部が、裂けた三日月のように吊り上がっていく。

それは切り裂かれた首元ではなく、獲物を食らうような赤い、赤い——。

「……何でコイツが落ちてたんだか分かんねえが、取りあえず食らって寝ろ!」

崩れた足下の影からボッ、と飛び出したマスクマンが、身長ほどもある巨大なハンマーを振り下ろす。

死角からのフレンドリーファイヤー+『撃震鎚』のコラボレーションコンボが、謎の暴君の後頭部にクリ

ティカルヒットした。

SPやGPのバリアー機能は、基本的に敵対心がトリガーとなって作用する。

味方だと認識している相手にはシールド効果も薄くなった。

吹き飛ばされることなく、ガン! とその場で一回転した男子は、闘技場の石畳に顔面を突っ込んでいた。

スタイリッシュな彫像となった相手の足を担ぎ、頭部を布でグルグル巻きにした彼は、ペコペコと頭を下

げながら風のような速さで出口へと消えていった。

人は理解できないモノを目にすると思考が停止するものだ。

天使が通ったような静寂が過ぎると、闘技場に残った者たちが吐き出したのは震えるような溜息だった。

「……えっと、何だったのかしら?」

「知らないわよ」

腕を組んで首を傾げる彼を尻目に、舞台から飛び降りた彼女は『天上天下』の仲間へと合流した。

「クッハハッ。顔が青いぜ? センパイ」

「……うっさい」

騒ぎの間中も変わらず、どころか戦気に当てられて尚更に猛った逸物を乙女に突っ込んでいる男子が笑っ

二年生にして『天上天下』一軍エースを張る彼との交尾に、乙女の女子は白目を剥いて舌を垂らしていた。

「やらかすことが滅茶苦茶でマジ笑えるぜ、アイツは。ククッ」

戦いの気に当てられた昂奮を鎮めるため、パアンッと音高く乙女の尻へと腰をブチ込んだ。

内股で痙攣する太腿に、盛大に吹き出した潮が滴っていく。

「あの化け物、知ってるの?」

「ちょっと前にタイマンで遊んだのさ。面白そうな一年坊主がいるからスカウト部隊回せっていった

ろ?」

「⋯⋯忘れてたわ」

「ハァ? って、オイ、こら足絡ませんな。このズベ公が」

尻を擦りつけて媚びる乙女が、望みどおりにスパァンスパァンとケツ叩きの刑に処されていた。

SP装甲は肉体に纏った不可視の障壁だ。

切り裂いた確かな手応えが、指先に残っている。

刎ねるつもりで刃を当てた。

首を薙いだ。

ティカルヒットを意図的に発生させる。

バリア自体を破壊してダメージを与える他の戦士系とは違い、侍クラスの斬撃はバリアを貫通するクリ

彼女の妖刀はバリアを貫通し、確かに首を切り裂いていた。

だが、切り裂いた肉には傷一つ残っていなかった。

「アレも化け物の一匹か」

斬って斬れなかった化け物は、ダンジョンの中でも、闘技場の中でも覚えがあった。

強者として君臨しているモノもいれば、ひっそりと隠れ潜んだゴミのようなモノもいた。

『規格外』の中にポツリポツリと混じった、本物の化け物たち。

「次は斬る」

そのためにダンジョンであらゆる力を求めているのだ。

彼女もまたダンジョンに魅入られた、一匹の化け物だった。

＊　＊　＊

「お前、馬鹿なの？　阿呆なの？　死ぬの？」

一応、俺も反省しきりなのだが、一方的に罵倒されるのは如何なものか。

静香と沙姫にサンドイッチ拘束された状態で、海春と夏海からバッサバッサされてる。

もう多分、正気に戻っているので大丈夫です。

「頭おかしい人って、自分を正気だって言うよねー」

呆れ顔の麻衣が、オレンジジュースのストローを咥える。

まあ、俺がどのように弁明しようと変わりはないのだが。

仮に正気じゃないと言っても、静香たちから嬉々として拉致されるのが目に見えている。

「つうか、静香たちと別行動してから一時間もしないで暴走開始とか、どんだけ情緒不安定なんだよ」

「まったくです。私たちを置いていく叶馬さんがいけないのです」

「旦那様ズルイです！　私も行ってみたかったです」

仲良く左右からがっちりとアームロックしている二人だが、不満の方向性に違いがある模様。

あと、しょっぱくなってきたので、振り塩はそれくらいで十分だと思います。

高血圧になってしまいそう。

「まー、こっそり抜け駆けは良くないよね〜。新しい女の子の下見かなーって思っちゃったし」

「ハァ……結局、ハイランク倶楽部に喧嘩売っちまっただけじゃねえか」

「そういうこともあるだろう」

「何でお前が他人事なんだよ」

過去を振り返ってばかりでは前に進めない。

ただ、石榴山で先輩たちがハンドメイドしたベンチを置きっ放しにしてしまったのが悲しい。

他の備品は拠点の迎撃要塞ごと空間収納の中にあるのだが。

特に朱陽先輩が育てていた菜園は、雪ちゃんにも好評である。

だが、確か中途半端に品種改良されていた、モンスターの自動迎撃機能搭載のバスケットボールみたいな

トマトとかもあったはず。

それってもう半分モンスターなんじゃなかろうか。

瘴気が薄い外では育たないとのことだが、空間収納の中はダンジョンっぽい環境になっているらしい。

「そもそもさー。マジックアイテムの使い方って、どゆこと？」

「ああ。なんつうか、力を引き出す方法っつうか、テクニックがあるらしいんだよ」

「……まったく。人前で何をイチャイチャしているの、君たちは。学生食堂には人目もあるんだから自重し

なさい」

何となくデジャブを感じる声に振り返ると、乙葉先輩が腰に手を当てておられた。

「済まない。乙葉」

「ひ、人前で呼べて捨ててはダメ。そ、そういうのは二人きりの時だけなんだから……」

そう呼べと言われていたのだが、なにやら条件が複雑だった模様。

頬を染めて途端に可愛らしくなった乙葉先輩に、静香たちがジトッとした目を向けている。

「乙葉寮長、用事は終わったのですか?」

「う……。ちゃんとケリはつけてきたわよ。散々イヤミとか言われちゃったけど。てゅーかアイツら最悪、抜けて正解だったって感じ」

空いている席に腰掛けた乙葉先輩がヒラヒラと手を振る。

「もー、聞いてよ。あの倶楽部はね。私たち初期メンバーが立ち上げて少しずつ強くしていった倶楽部だったのよ。それなのに後から入ってきた分際で、好き放題にあーだこーだと注文つけてくれちゃってさぁ。やれ効率が悪いとか、女は引っ込んでろとか、ホントもうムカツクったら……」

なにやら愚痴をぶちまけ始めた。

「そいえば、チョロイン先輩って一応ダンジョン組の武闘派なのよね?」

「その呼び方ヤメてくれるかな。麻衣ちゃん……」

「それは置いといて。マジックアイテムの使い方とか、先輩から聞けば良かったんじゃない?」

「えっ、なに? 何の話?」

言われてみれば正論である。

まあ女性陣に気づかれないように、こっそり修行しようという男のプライド的なものがあったのだ。

第48章　正しいマジックアイテムの使い方

「別に、もう身内だし普通に教えてあげるけど、ね」

麻鷺荘の裏庭、露天風呂の建設予定地にもなっている場所。

周囲に立木が生えていないというだけで、なにもない普通の空き地だ。

「……逆にマジックアイテムを覚醒させないでダンジョンを攻略してたっていう方がビックリだよ」

静香が地面に槍の石突きを刺した。

そのままガリガリと適当な円を描き、東西南北の四方に塩を盛る。

ダンジョンの中では中々使う機会もないが、『巫女』クラスの『聖域』という結界を張るスキルである。

触媒と地形に依存する儀式スキルも、コレを応用してやれば、ダンジョンの外でも機能するらしい。

学生決闘委員会の決闘結界も、コレを応用してやれば、ある程度の瘴気濃度が出せると。

後は結界内でモンスタークリスタルを幾つか砕いてやれば、ある程度の瘴気濃度が出せると。

元々、麻鷺荘の周辺は立地条件的に瘴気が溜まりやすいとのことだ。

それがお化け屋敷といわれる原因にもなっているのだろう。

「マジックアイテムを覚醒させるのは、ダンジョン環境じゃないと無理だからね。ダンジョンでも階層が深いほど覚醒させやすいし、マジックアイテム自体の力もブーストされるよ。まあ、それ以上にモンスターも強くなっていくんだけど」

相撲の土俵みたいな感じに完成した静香結果へと、乙葉先輩が足を踏み入れた。

目を閉じて鼻から息を吸い込み、うん、と頷いている。

確かにダンジョンの中は瘴気臭いというか、魔法臭いというか、独特の臭いがするのだ。

「これなら充分だね。それじゃあ、お手本を見せてあげましょう」

「お願いします」

「乙葉ちゃんガンバー」

「格好つけようと気合い入ってるかな」

先程のメンバーの他に、蜜柑先輩と凛子先輩が見学に加わっていた。

職人メンバーの中では、武具製造と鑑定の専門家である。

「それじゃあ基本から。マジックアイテムのカテゴリーが三つに分かれているのは知ってるよね?」

これは『無銘』『銘器』『固有武装』の等級だったはず。

「うん。叶馬くん正解。後でご褒美をあげるね」

家庭教師の先生っぽい乙葉先輩あざと可愛い。

ニッコリ頬笑んでいる静香さんはコワ可愛いです。

「実際に覚醒できるのは、ネームド以上のマジックアイテムだけよ。銘無しのアイテムはいくら強くても覚醒できないの」

腰のベルトに装備している、乙葉先輩コレクション武器から短剣を手にとった。

一年もダンジョンに潜っていれば、それなりにマジックアイテムも所持するようになるのだろう。

「こうやってマジックアイテムに魔力を注ぐ……というのは分かるかな？ スキルや魔法を使うのと同じ感覚なんだけど」

奇麗に磨かれた刀身に淡い光りが灯る。

「これがマジックアイテムの励起状態。使用者の魔力、前衛クラスだとオーラっていってる力を注ぎ込んで活性化させた状態ね。アイテムの性能も上がるけど、当然その分のオーラは持続的に消費するわ」

みんなのオーッという感じで感心している。

特に沙姫の目がキラキラしていてデンジャー。

「アイテムが銘無しの場合はこれで限界。だけど、ネームドなら──『灯れ！』」

乙葉先輩のトリガーワードに反応した短剣が、ボッという音を響かせて炎に包まれた。

みんなのオオーッという声も先程より大きい。

刀身に絡みつく炎の蛇は、グリップを握る手にも及んでいる。

だが、乙葉先輩は熱を感じていないようだ。

「これが『覚醒』。マジックアイテムの力を一〇〇％引き出している状態ね。アイテムの品質にもよるけど、

この状態を維持するのには凄くオーラを消費するわ」

「格好イイです！」

「ふふっ。沙姫ちゃんならすぐに覚えられると思うわ。ただ、注意しなきゃいけないのは、強力な『銘』が刻まれているマジックアイテムは引き出させる力も大きい分、覚醒させるのに必要なオーラも多いの。マジックアイテムにオーラを吸い取られて自滅した、なんて話は珍しくないから気をつけてね」

成る程。

つまり、外付け増設式の追加スキルを使用できるといった感じだろうか。

騎士の先輩が火の魔法を使えるようなものだ。

弱点をフォローしたり、長所をブーストできる、これは切り札になりえる要素だ。

「ちなみに、この短剣の銘は『火炎短剣（フレイムダガー）』よ。エレメンタル系マジックアイテムとしてはオーソドックスな武器ね」

「ほぉおあああっ！」

真っ先に乙葉先輩から短剣を借りた沙姫が、男らしい雄叫びを上げていた。

なんかもう圧倒的に刀身がピカピカしている。

「えっと、慣れない内は自身も熱くなっちゃったりするからゆっくりと……」

『燃えろ』――！

ボボッと火炎放射器のような焔が剣先からほとばしった。

沙姫には教えちゃ駄目だったっぽい気がする。

「あ、うん。……トリガーワードは、自分がイメージしやすい言葉を選ぶのが大事だからね。うん。……私もダンジョンで鍛え直そうかな」

乙葉先輩が一人でダンジョンに潜ると、くっ殺せになりそうな予感がするのでパーティを組むべき。

222

取りあえず、『銘器』の扱いについては、刻まれた銘を識ることが大事だと分かった。

俺たちも宝箱からいくつかの『銘器』アイテムを見つけているが、武器名だけではどのような力を秘めて

いるのか分かりづらい。

実際に試して、使い熟す訓練が必要だろう。

「ところで、乙葉先輩」

「うん？　ご褒美なら夜に……」

『固有武装』の覚醒はどのように？」

「あ～、『固有武装』は在学中にゲットできるかできないか、ってレア装備だからまだ気にしないでいいと思

うけど。基本的には覚醒のさせ方も同じだね。ただ、もし見つけても最初に覚醒させる時は気をつけて。対

抗戦とかでオリジンギア使いも見られると思うけど、アレは本当にヘンテコなアイテムだから」

夜は出来の悪い生徒と家庭教師シチュエーションでお願いします。

――第『捌』階層、『既知外』領域――

穿界迷宮『YGGDRASILL』、接続枝界『黄泉比良坂』――

抗戦とかでオリジンギア使いも見られると思うけど、アレは本当にヘンテコなアイテムだから」

今回のダンジョンダイブは攻略ではなく、マジックアイテムを活用する戦闘訓練が目的だ。

比較的大きめの玄室は既にクリアして、『天敵者』対策にはタイマーをセットしていた。

ちなみに、『闘技場』はほとぼりが冷めるまで出禁である。

「がおぉー！　です―」

沙姫が愛刀である『水虎王刀』をあっさりと覚醒させていた。

蜜柑先輩メイドの水虎王刀は、既に沙姫のメインウェポンとして手に馴染んでおり、そうやって使い込ん

だアイテムほど覚醒させやすいそうである。

「……うわぁ。姫ちゃんあざと過ぎぃ。なんかもう、うわぁ」

「あー、こういう発現しちゃうのかぁ。確かにレアだけど、フィジカルブースト系の覚醒はそんなに珍しくないわね」

蒼銀の燐光を纏った水虎王刀を手にしている沙姫には、虎柄の獣耳と尻尾がひょこっと生えていた。

瞳孔は赤色に染まり、頬っぺたにはお髭もにゅっと伸びている。

半獣半人な感じでメタモルフォーゼしてしまった。

化け物というより、こう、アニメとかに出てきそうな感じで可愛らしい。

「沙姫ちゃんスゴイ！ ダブルスキルの『銘器』をあっさり覚醒させちゃった」

「水虎ってモンスターも居るし、『水霊』と『虎因子』は相性がいい組み合わせかな」

今回は危険が少ない訓練メインなので、乙葉先輩の他にも、引き続き蜜柑先輩と凛子先輩が同行している。

「覚醒を維持できるってことは、刀の品質も高いみたいだね。ダブルのネームドとか羨ましい……。私も材料集めて蜜柑ちゃんにエンチャントしてもらおうかな。でも失敗すると壊れちゃうし……うう」

乙葉先輩が悩んでおられるが、リアルラックが低そうなのでクホホしそう。

アイテムにスキルをエンチャントするには、モンスターカードを融合してやればいいそうだ。

すると、カードが保有しているスキルの一つが、ランダムに選ばれてアイテムに付与される。

ただし、失敗する確率もそれなりに高く、失敗すればアイテムとカードの両方が破壊される。

元アイテムの品質が良いほど成功率も高いが、シングル、ダブル、トリプルと重ねていく度に成功率も激減していくそうだ。

モンスターカードによる付与の他にも、レアリティの高い素材から作られたアイテムには最初からスキルが宿ることがあるらしい。

沙姫の水虎王刀は、このタイプの『銘器』だ。

カードを使ってエンチャントするのがお手軽な手段なのだろう。

そして、強そうなスキルを保有しているレアリティの高いモンスターは、大体が複数のスキル持ちだ。

エンチャントされるスキルは一度に一つだけ。

お目当ての強スキルが付くのか、ハズレの弱スキルが付くのか、実際にエンチャントするまで分からない。

完全にギャンブルである。

「あー、うん。そういう悲劇は伝説になってたりするよ。すっごいクオリティの高い杖に高レアボスの『天使』カードをエンチャントしたら、後光とかいう光るだけのスキルが付いちゃってね。ぶっ壊しちゃうつもりで適当なゴミカードをエンチャントしていったら、五つくらい奇跡的に付与が成功しちゃった神器」

「どっかに飾ってあったよね、アレ。確か……後光の香る温かい振動する華麗なロッド、だったかな」

「『鍛冶士』から見たらホントに神器なんだよ。確か、確率的には小数点以下になっちゃうくらいの逸品なんだから」

蜜柑先輩の鼻息が荒いが、名前を聞くだけで紛うことなきゴミだと分かる。

エンチャントについてはギャンブル性の強い要素すぎるので、今の俺たちが手を出すべきではない。

師匠の教えどおり、配られた手札で勝負するべきである。

「……『沈め』」

「……『啜れ』」

「……『彩れ』」

誠一が多用する忍者スキルの隠遁と併用すれば、目の前からでも消えてしまいそう。

『影の覆面』を覚醒させた誠一の姿が、玄室の影に溶け込む。

右手に構えた、『流血のゴブリンソード』が禍々しく赤いオーラに包まれる。

左手に構えたマジックウェポンは、宝箱から入手した魔法の短剣だ。

蜜柑先輩がグリップをナックルガードに改造したが銘は変わらず、『幻惑のクリス』と表示されていた。

左右の腕を素振りすれば、赤いオーラが軌跡を描き、煌めく銀光が何重にもぶれて目を眩ませる。

加えてもう一振り、『切り裂きのククリ』という大ぶりのナイフが誠一の手札となっている。

「……くはっ。コレ、しんどいなんてもんじゃねぇな」

「三割ほどSPを消費している」

「やっぱそんなモンか。多用できるもんじゃねぇ。が、奥の手にはなるか」

「いやいや、三つも覚醒を並列起動させるとか。普通やらないし、できないからね？」

「あはは。誠一くんもスゴイよ〜」

「ふむ。しかし……」

蜜柑先輩から褒められる誠一にジェラシー。

「まあ、私たちみたいな『職人』とか『文官』には向かないテクニックかな」

それぞれSP操作が『強化外装骨格』や『具象化』に特化しているらしい。

「何だよ？」

忍者として正当な強化手段を手に入れたとは思う、が、こう何というか、地味だ。

存在感が薄いというか。

「……」

「ワーハハハー！　『豪火絢爛』に猛ろっ、ファイヤーッ！」

両手を掲げた麻衣の指先で、『火神の宝玉』が真っ赤に煌く。

轟々と唸りを上げて渦巻く炎が巨大な人影に変わった。

「人型に顕現するなんて、どれだけ格の高い精霊が宿ってるの……」

226

なにやら強力らしいが、その分だけ消耗も激しいようだ。

麻衣のＳＰバーがぎゅーんっと減少して巨人が消え、本人はパタリと倒れ込む。

「やべっ、麻衣？」

誠一が慌てて駆け寄っていく。

どうやら今の麻衣では使い熟せないポテンシャルのマジックアイテムだった模様。

「コレがあるからマジックアイテムの覚醒は注意しなきゃだね。特に、叶馬くんのアレは、起こしちゃダメな予感がするかな……」

　　＊

「もぉーサイアクぅ。まだ気持ち悪いし」

「あれは使うの禁止な」

「うん。……せーいち、もっとー」

正面から誠一にしがみついた麻衣は、腰の位置で抱っこされた体勢のまま足を絡ませる。

ひとしきり検証を済ませた一行は、羅城門のタイムアップ時間までダンジョンを流していた。

ＳＰ枯渇でダウンした麻衣は戦線から外れ、誠一とＳＰ補給という名のイチャイチャタイムを満喫していた。

「殺ァァァーッ！」

虎縞尻尾の残像を残し、蒼銀が閃くたびに分解されたモンスターが飛び散る。

「もー全部、沙姫ちゃん一人で良いんじゃないかな？」

「えっと、あはは」

「確かにフィジカルブースト系は低燃費だけどね。あれだけ維持できるってことは、よほど沙姫ちゃんと水

虎王刀の相性が良いのかな……ぁ」

ビクッと震えた凛子から、顔を赤くした乙葉が視線を外す。

「あは……」

「あのね。私が知ってるダンジョンダイブと、こうなにか違うかなって思うんですけどっ」

「うん、そーかも、だけど……あっ」

背後から顎先を押さえられた蜜柑が、強引に振り向かせられて唇を塞がれる。

凛子から抜かれたばかりの物が、同じように背後から蜜柑のスカートの中へと沈み込んだ。

蜜柑は腰に回された叶馬の腕を掴み、爪先立ちになって後ろからの挿入を受け入れる。

女性陣のショーツはみんな一緒に、前の玄室で脱ぎ捨ててあった。

つまり、いつものダンジョンアタックスタイルだ。

「それは今更かなっと」

「こういうのはちょっと、アブノーマル過ぎるんじゃないかと思うんですけどぉ」

ぽーっと余韻に火照った凛子がニヤリと笑う。

軽く挿入して少しばかり弄られただけのピストンでも、叶馬に順応した身体はしっかりと反応していた。

オルガズムを到達点としない、さながら温もりを分け合うグルーミングのような交尾。

「まー、叶馬くんがエロいハーレムプレイをしたいだけ、という可能性も否定しないかな」

「……あぅ」

ぽんっと尻から抜かれた蜜柑もオルガズムには至っていなかった。

僅かな照れと物足りなさと、我知らず凍えさせられていたダンジョンの影響を上書きしてくれる温もり。

「叶馬くんはエッチだもんね」

そもそも交尾は既に全員が一巡しており、一番乗り気だったのも乙葉だ。

228

「乙葉ちんは誘い受けがスタンスだからなぁ。最初にガツンと押したら簡単に堕ちちゃうみたいだけど」

「あっ、あっ」

背後から叶馬に抱きつかれた乙葉は、回された腕にがっしりと縋りついていた。

「それでは乙葉先輩が使い物にならなくなってしまいます」

「みんな、お疲れ様～」

玄室の掃討を終えた静香たちが合流しても、腰を揺すり合っている乙葉には聞こえていなかった。

「交替」

「です」

「猫耳プレイです！」

「乙葉先輩は焦らすくらいが丁度良さそうなので。しばらく私たちのグループに混ぜて、身体で覚えて頂こうかと」

ダンジョンのパーティという意味ではなく、夜のパーティプレイである。うん、私たちの一員となったからには、

「う～ん、確かに。乙葉はダメ男製造器みたいな性格だからなぁ」

「しっかりと矯正しておいた方がいいかな」

「叶馬さんと相性が良すぎるので、私の管理下に置きます」

「あっ……えっ、ウソっ……まって、まって、もうちょっとなのっ」

静香の指示による海春と夏海の無慈悲な拘束により、叶馬が引き離されていった。

「思うに、俺の意思をもう少し汲んでくれても良いのではと」

「旦那様、猫耳エッチですよ～」

「叶馬さんのより良いハーレムのためです」

「沙姫ちゃん。抜け駆けはダメ、です」

叶馬の火器管制装置（ファイヤー・コントロール）はあまり統一されてはいないようだった。

「……うう。コレって普通にダンジョン攻略してるより難易度が高いんですけど」

「乙葉先輩は、待て、を覚えて下さい。叶馬さんのためです」

弱音を吐く乙葉を筆頭に、ぐだぐだなパーティによるダンジョン攻略が進んでいく。

それでも、うっかりミスをカバーできるほどの過剰戦力パーティである。

訓練が順調であれば下の階層へ降りる予定だったくらいには、安全マージンも確保してある。

「もういっそ、戦わせるだけか、ずっと叶馬くんの性奴隷のどっちかにして欲しいなって……」

「乙ちゃん先輩、泣きが入るの早すぎぃ」

げっそりした誠一の隣で、ノーマルモードに戻った麻衣が突っ込みを入れていた。

「だってぇ……」

「寮長さん。ファイト、です」

「ガンバ、です」

「うう、夏海ちゃんも海春ちゃんも良い子だよ……ひあゃ」

内股でよろよろと歩いていた乙葉の尻に、再びズブリと肉杭が埋められる。

「乙葉先輩。叶馬さんを昂ぶらせる媚態は十分です。後は自分のエクスタシーをコントロールできれば完璧です」

「ひゃっ、ひィっ……変な声でるぅ」

よちよちと回廊を進みながら、無駄に熟練した叶馬のピストン歩法が乙葉の臀部を責める。

「そのまま次の玄室（ルーム）でちゃんと戦えたら、ご褒美にフィニッシュオーケーです」

「ほ、ホント？　う、ウソだったら泣くからねっ」

「……友達が調教洗脳されていくのは、うん、結構おもしろいかな」

「……あ、あは」

だが結局、乙葉が合格してご褒美を貰うことはなかった。

ダンジョンの回廊を抜けた先にあった玄室。

道順としては夏海が検案内した通過地点に過ぎない。

既知外領域では珍しくモンスターの居ない玄室には、界門とは違う、異形の歪んだ門が鎮座していた。

「ふむ」

最初にソレを発見した叶馬がコンコンと門を叩く。

「これ、は……？」

「これは異界門だよ。名前の通りにレイド領域に接続されてる転移地点。ここはマップ外エリアだから間違いなく未発見のレイドクエストになると思うよ。ほ、他にも色々教えてあげるから、わ、私役に立ったよね？　ご褒美貰えるよねっ？」

「……乙ちゃん先輩、必死すぎぃ」

成り行きで発見してしまった異界門の座標は、夏海に記録してもらった。

その後は羅城門のオートログアウトで帰還。

満足げに、ぽーっと放心していた乙葉先輩から聞き出した限りでは、レイドクエストに挑むには色々と準備が必要らしい。

ちなみに、静香からは再補習の評価を下されていた模様。

「それじゃ、第二回『神匠騎士団』の倶楽部会議を始めようかなっと」

「はーい」

蜜柑先輩のお返事が元気よくて二重丸である。

今回は正式な倶楽部会議ということで、乙葉先輩を含めた全員が参加していた。

今は夕食後の、まったりとした時間帯だ。

寮と部室が同じなのは、こういう時に便利である。

「仮だからね。あくまで仮部室」

寮長も兼ねている乙葉先輩が何か言っているが、みんな一様にガンスルー。ソロリティ・リーダー

「最初の議題は……んー。来週に控えた対抗戦について。から始めようかな」

レイドクエストの話題が来るかと思ったが、優先順位としては対抗戦が大事だろう。

対抗戦とは倶楽部の格付け戦である。

別にイキって威張り散らしたい気持ちはない。

だが、女性陣にはそれなりのバックボーンがあった方がいい。

舐められないための箔が必要だ。

「はい。リンゴ先輩、質問！」

「なにかな？　麻衣ちゃん」

「えっと、倶楽部対抗戦って再来週なんじゃないの？」

「いや。それはお前が半分寝てたからだろ。再来週にあんのは対抗戦の本戦。予選は来週からスタートってこった」

「先生がそう言ってたんだけど」

呆れたように突っ込みを入れる誠一の脇腹に、頬っぺたを膨らませた麻衣のエルボーが突っ込まれた。

「まー、そういうことかな。事前に申請しておかなきゃいけないのは、対抗戦に出場するメンバー。これを決めなきゃだね。ちなみに、対抗戦への参加は強制だから、必ず決めなきゃいけない」

つまり、勝ち抜けられそうにないのなら最初から不参加、という手段は認められないと。

あまり戦闘向けではない『職人（クラフター）』クラスオンリーだった、去年の蜜柑先輩たちには酷な条件だ。

「対抗戦は……予選も含めて、色んな場所で戦わなきゃいけないし、正直かなりしんどい目に合うかな。だ

から、志願制でお願いしたいんだけど」

「凛子先輩」

気まずそうに顔を逸らした凛子先輩に告げた。

「敵は全員ぶちのめせ、と。それだけで充分です」

「だな。俺と叶馬は確定だろ？　後は……」

「強い人と戦っても良いんですか！」

「ん〜、対人戦かぁ。『術士（マギ）』系も出てくるのよね？　今のあたしでどれだけ戦えるかなぁ」

手を上げようとしなかった静香に、海春と夏海は自分を分かっている良い子だと思う。

少なくとも対人戦には向かない子たちである。

「私も当然、出るわよ。前倶楽部の連中に吠え面かかせてやるわ」

「……うん。うん、ありがと。今の私たちはみんなと一緒だものね」

「うんっ、だよ！　私も出てドッカーンってしてやるんだから」

蜜柑先輩が張り切っておられるが、思い直した方がいいのではないだろうか。

「倶楽部の代表メンバーは選手が五名の、補欠が二名になるな。大将、副将、中堅、次鋒、先鋒も決めな

きゃだね」

さっそく凛子先輩が用意していたプリントにメンバーが記載された。

ランク：F

部員名簿：叶馬（部長）、誠一、静香（副部長）、麻衣、沙姫、海春、夏海、蜜柑（副部長）、凛子、杏、久留美、桃花、市湖、梅香、智絵理、柿音、朱陽、芽龍、鬼灯、乙葉

大将：叶馬（壱年丙組）
副将：麻衣（壱年丙組）
中堅：誠一（壱年丙組）
次鋒：乙葉（弐年戌組）
先鋒：沙姫（壱年寅組）

補欠：蜜柑（弐年丙組）
補欠：凛子（弐年丙組）

「えー、どーして補欠なの〜」

「これ、姫っちの初見殺し感が、っぱねえな……」

「三連勝したら戦わなくてもいーんでしょ？　誠一、負けたらお仕置きだからね」

一部のメンバーに不満がある模様。

「というか、俺が先鋒で出たいのですが」

「叶馬くんは部長だから大将で固定かな。五人の代表が怪我や体調不良でリタイアしたら、補欠が埋める感じだね。残りが三人以下になったら、その時点で脱落。ペナルティの発生かな」

なにやらサバイバルでバトルロイヤルな感じ。

「取りあえず、これで良いかな？　叶馬くんたちには初めての対抗戦だから、後でルールとか注意点を教え

てあげるね」

「ええ。何人まで殴り倒して良いのでしょうか？　骨を折るのは何本までが許容範囲で？」

「センパイ！　木刀は一太刀に入りますかっ」

「……二人には後でゆっくり、覚えるまで教えてあげようかな」

凛子先輩による補習授業が課せられてしまった。

「本番は週明けからだしねぇ。ん～、また校内が騒がしくなるなぁ～」

乙葉先輩も基本的に俺たち側、つまり、脳筋タイプなのでどことなく楽しそうだ。

腕を鳴らしてニヤリとした笑みを口元に浮かべていた。

「沙姫ちゃんは女の子だから、あんまり目立たない方が良いかもって思ったけど……。返り討ちの山ができ

そうだよね。一番キルカウント稼ぎそう」

「なんかエロやばそうな予感！　誠一、ちゃんと護衛してよねっ」

「ほいほい」

「そこまで世紀末アウトローなヒャッハーイベントじゃないよ。ソコソコだよ、ソコソコ」

頃合いを見計らって凛子先輩がパンパンと手を叩いた。

「対抗戦についてはこんな感じで良いかな。それじゃあ次の議題なんだけど」

部室を見渡した凛子先輩が、一度言葉を句切った。

基本的に寮生出入り自由のオープンカフェな俺たちの倶楽部室だ。

最近は、お風呂上がりに紅茶を一杯、という寮生も増えてきたらしい。

今は扉に『会議中』の看板を出しているので遠慮してくれているようだ。

「この情報は一応、箝口令扱いだからみんなそのつもりで聞いてね？　……今日、ダンジョンの中で未発見

だと思われるレイドクエストを見つけちゃったかな」

　ざわっと息を呑むように緊張したのは、『職人』組の先輩たちだ。

　やはり、レイドクエスト自体に良い思い入れがないのだろう。

「まあ、このレイドクエストの扱いをどうしようかなって話なんだけど……。はい、静香ちゃん」

「どのようにするのが普通の段取りなのでしょうか?」

　スッと挙手した静香の問いに、凛子先輩が頷く。

「そうだね。まず新しく発見されたレイドクエストは、美味しいクエストだと言われてるかな。強力なマジックアイテムやら、がっつり経験値が稼げるボーナスチャンスだからね。攻略されたレイド領域は消滅しちゃうから、発見したパーティが最初に乗り込むのが普通かな」

「ダンジョンを管理してる学園にとって、レイド領域はイレギュラーな存在だからね。レイド領域を攻略すれば報奨金も出るのよ。これは生徒の義務になってるんだけど、異世界門を発見した生徒は必ずダンジョン管理課まで報告しなきゃいけないの。発見者報酬も貰えるわ」

　補足で優等生発言をする乙葉先輩に、凛子先輩がニッと笑みを浮かべた。

「まー、それは建て前ってやつかな。報告しちゃえば公式にクエストとして通達されちゃうからねぇ。こっそり自分たちで独占して美味しいところを掻っさらっちゃうか、自分たちの手に負えないと判断して渋々学園に報告するか、かな?」

「……うん。まあ、実際そんな感じだよね」

「他に知っておかなきゃいけないのは、レイド領域へのダンジョンダイブが、通常とは違って第伍門を通った特殊様式になるってことかな。これは、叶馬くんならもう知ってるよね?」

　無論、頷く。

　ダンジョンダイブ時に表示される、情報閲覧《インターフェース》メッセージも通常と違っていた。

236

あれからちょっとレイドクエストについて調べてみたのだが、レイドクエストが特殊様式になるのは、レイド領域が通常のダンジョンとは違った独立空間になっているから、らしい。

レイド領域の中では座標記録ができず、また死に戻ったり強制帰還した場合は、異世界門にインした直後からの再スタートになってしまう。

最悪の場合は、羅城門へ戻ってこれない場合もあるとか。

羅城門の第伍『極界門』はレイドクエストに特化した機能があり、レイド領域内へ俺たちの存在を固定するような働きがあるらしい。

ちなみに、ダンジョンからの任意脱出系アイテムやスキルを使っても、レイド領域内に再出現してしまう。

最短の時間設定でも地上時間で丸一日、レイド領域の中へ強制的に監禁状態だ。

そんな面倒臭い仕様の専用ゲートであったが、安全面を考えれば必須であるらしい。

「うん、そういうことだね。ちょっと無理そうだからヤーメタ、ってできないのがネックかな。未発見のレイドクエストは、入ってみるまでどれくらいの難易度なのか分からない。とはいえ、ダンジョン攻略組はガンガン突っ込むし、そうそう超級やら極級のレイドは無いかな」

「そんなの当り前でしょ。精々、初級か中級よ。上級の新しいレイド領域なんて発見されたらお祭りになるわ。でも、初級の雑魚レイドであっても、高品質なマジックアイテムくらいは期待できるのよ。挑まない手はないわ」

初級クラスのレイド領域であれば、割とポコポコ見つかるそうだ。

通常の放課後ダンジョンダイブの途中で見つけて、そのまま攻略してしまうというパターンが多いらしい。

まさに早い者勝ちのボーナスステージといった感じだ。

「俺らが見つけた場所は管理マップ外だから、先を越されることはないと思うんだが……」

「異界門は定期的に移動しちゃうかな。夏海ちゃんが異世界自体の座標をメモってるから、第伍門からのダ

イレクトダイブは可能になってるけど」

誠一はあまり乗り気になっていないようだ。

死に戻りを禁じ手としている俺たちにとって、難易度不明というのはリスクが高い。

適当に見えて、用心深い男なのである。

だが、リスクを取る勇気がなければ、なにも達成することがない人生になるとも言う。

「んー、レイドクエストって確か放置すると良くないんだよね？　黙ってたりしたら怒られちゃったりするの？」

小首をかしげる麻衣に、肩をすくめた凛子先輩が答える。

「別に今日明日で異変が起こるわけじゃないし、気にすることはないんじゃないかな」

「見つけた異界門は第八階層だったしね。これがもっと浅い階層だったら緊急クエストになったりするんだけど。まあ、その時は既知マップ内まで寄ってくるだろうから、他のパーティが見つけると思うわよ」

攻略に乗り気になっている乙葉先輩が、言い訳のような言葉を口にする。

フロアの位置ではなく、階層の近さが問題ということだろうか。

新しく発見したレイドクエストについては、取りあえず秘密にしておいて対抗戦が終わるまで残ってたら攻略、という方向になった。

『職人』組の先輩たちは尻込みしてしまっている感じ。

だが、もしも大規模な高難易度レイドクエストだった場合でこそ、先輩たちの力が攻略に必要となってくる。

それは『轟天の石榴山』クエストで立証されている。

ここは閨で先輩たちに奉仕しつつ、意識啓蒙に努めるべき。

あからさまにがっかりしている沙姫や乙葉先輩は放置で大丈夫そう。

238

俺の手をぎゅっと握ってくる静香は、一緒ならなにも恐れることはないと瞳で語りかけていた。

「はぁ。久し振りのレイドだと思ったんだけどお預けかぁ。……あ、そういえば蜜柑ちゃんたちって自壊した石榴山に居たんだよね。無事に戻って来られて良かったよ」

「あは。うん。叶馬くんも一緒だったからね」

「う～ん。極級レイドの激レアアイテムとかボスモンスターとか、私も一度で良いから見てみたいなぁ」

空間収納の中から、イョウという声が聞こえた気がした。

　　　＊　　　＊　　　＊

ノスタルジックなアンティーク建造物である麻鷺荘は、同時に日本の台風や地震を乗り越えてきた質実剛健さの証明でもある。

しっかりとした壁の厚さがある割りに、すき間風が吹き込んでくるのは愛嬌だ。

学生通りの百均ショップで売っている隙間テープは、必須の人気商品になっている。

もっとも、各寮のアンティーク度合いには大差なく、中でも麻鷺荘の建屋が飛び切り古いというだけだった。

麻鷺荘を含めたエントリークラスの学生寮では、間取りに多少の違いがあれど部屋のインテリアに変わりはない。

灯りの落とされた二人部屋は、真ん中を通路として壁際にベッドが設置されている。

片方のベッドに仰向けで寝ていた朱陽が吐息を漏らす。

ファンシーな枕に頭を乗せ、ただ心地良い疲労感に身体から力を抜いていた。

「……は、ぁ……」

寮生活の普段着にしている上下のスウェットパーカーではなく、可愛らしいデザインのネグリジェ姿だ。

「イチゴちゃん……」

「……なぁに、アケビちゃん」

「レイドクエストのお話、してたね……」

「……うん」

ぽふ、と朱陽と同じくらいファンシーな枕に、また沈む。

二人とも、『職人』という底辺評価クラスにチェンジしてしまった故に、学園生活はどん底といえるような扱いをされてきた。

わざわざ『職人』とパーティを組むような物好きはいない。

特に一年生の頃など、目先の戦いに精一杯で、役割分担をする余裕など存在しない。

クラスメートとも次第に開いていくレベルの差。

定期テストの度にハードルが上がっていくダンジョン攻略のためには、クラスメートの戦闘系クラスが組んでいるパーティに縋るしかなかった。

同性のパーティに寄生できる伝手があるのなら、まだマシだったのだろう。

だが、手っ取り早く受け入れてくれるのは男子だけだった。

一度頭を下げて媚を売り、断れない状況で強引に身体を求められた後は、もうそこから先の教室での立ち位置は決定されてしまった。

男子からは、都合よく使える性処理女。

女子からは、自分より哀れな者を見て自分を慰めるための鏡、そしてセックスに目覚めたクラスメート男子へのスケープゴート役として。

240

運良く蜜柑から拾い上げて貰えなかったら、進級する前に心を病んでいただろう。

毎年一年生の女子からは、そうした学園生活に耐えられなかった生徒が何人も出てくる。

鬱やストレス症候群と診断された生徒は、定期的な健康診断で選別され、保健療養棟に休養の名目で隔離された。

そこで施される治療の内容は生徒に知らされることはない。

ただ、半月もしないで学園に戻ってくる復帰者は、みんな大人しく従順に境遇を受け入れられるようにさ・れ・て・い・た・。

「イチゴちゃんは……レイドに行くのが、イヤ?」

強制補習レイドクエストのように、誰も彼も余裕がなくなるハードな状況では更に扱いは酷くなる。

良くて性奴隷、酷い時には真っ先に切り捨てられる対象だ。

トラウマにならない方がおかしい。

「……べつに、叶馬くんとなら」

「そう、だよね……あっ」

ビクッと腰を跳ねさせた朱陽が、枕を抱き締めたまま両脚を開く。

同じタイミングで腰を振わせた市湖も、枕に顔を埋めたままシーツの上で太腿を捩り合わせる。

可愛らしいネグリジェを用意している二人の下半身は、生まれたままの姿だ。

下着など穿いていては、替えが何枚あっても足りない。

二人とも腰の下には重ねたタオルを敷き、漏らした場合の対策も万全にしていた。

「……あっ…あっ…あっ…」

何もない空中で卑猥に空腰を振る朱陽の股間は、目の前の見えない誰かに向かって大きく開かれている。

ぐっと反り返った朱陽の腰が浮き、爪先に力が込められる。

最初の一人が始まってから、すぐに我慢できなくなった彼女たちはベッドに飛び乗っていた。

そしてじっくりと味わうように、仲間から伝わってくる感覚を堪能している。

共有されているのは官能だけではない。

抱き締められた身体の熱さや、焦らされている時の切なさ、一緒に達した後の心地よい虚脱感。

追い求めるほどに深く、絡まり合っていく仲間たちとの絆。

それは、ただ心地よかった。

「んっ、はあ……」

仰向けになっている朱陽の股間は、そこに誰かが跨がっているように開かれていた。

学園の男子から使われてきた朱陽の花弁は、まだ可憐に初々しく内側から咲き誇っている。

見えない誰かの動きに合わせて、ヒクヒクとわななく陰唇はねっとりと濡れている。

仰け反った朱陽の胎内では、熱い精液の弾ける感触がしっかりと伝わっていた。

朱陽がオルガズムに達したのと同時に、うつ伏せて片足を抱えている市湖も達していた。

「はあ……っ」

股間をだらしなく開いたまま、力を抜いて余韻に浸っていた朱陽が顎を突き上げる。

倶楽部のみんなは二人部屋、そのタイミングは二回連続でやってくる。

最初のシンクロに呑まれすぎて深いオルガズム状態にあった朱陽の股間から、チョロりと濃い体臭をかぐ

わせる液体が漏れていた。

麻痺している陰唇はタイミングに合わせて、ヒク、ヒクと蠕動し続けている。

自分と相手のタイミングがずれた快感の重なりは、快感を超えて苦痛ですらあった。

「ふっ…うっ…ふぅ……」

今度の相手は市湖と相性が良かったのか、うつ伏せになったまま腰を引いて枕にギュッとしがみついてい

る。

　『組合』ネットワーク共有にも個人の相性があった。

　その日の体調や気分の問題もあるので、予測できないのがネックだ。

「なんかね、もう最初に『組合』を起動させたキー役の私が解除できないくらいスキル強度が上がっちゃってるかな。危ないと思ったらちゃんと自分から抜けてね。これ多分、誰かが転んじゃったら、みんなに同じアザができるレベルかな」

　思い込みによって偽の薬で効果が表れたり、逆に体調が悪化したり、時として火傷のような幻痛を及ぼす現象は、『プラシーボ効果』や『ノーシーボ効果と』と呼ばれている。

　精神によって肉体へと影響が及ぶ。

　存在の階位（レベル）が上がり、星幽と肉体の優先度が逆転した状態に慣れている彼女たちなら、なおさらだ。

　凛子からのメンバー全員への通達は、もはや警告といってもいい脅し文句だった。

　それでも、『組合』の結束が揺らぐことはなかった。

　凛子自身も、他のメンバーも、危険性を分かっていながらギルドを維持し続けていた。

　心の脆弱なマイノリティだった彼女たちにとって、既に傷を舐め合う仲間と依存対象は、二度と手放すことができない宝物になってしまった。

「ああっ……ぁっ…あっ…」

　ビクビクッと丸くなったまま大きく痙攣した市湖がオルガズムする。

　大きく股間を開いて、膣をヒクヒクさせていた朱陽もまたタオルを濡らしていた。

「あっ……！」

　ずるっ、と内側を刳ぎながら引き抜かれる感触に、余韻に震える二人が同時に声を漏らした。

　続く心が温かくなるようなハグの圧迫や、ぎゅっと触れ合う肌の温もり。

ベッドの上で余韻に浸りながら堪能する幸福感を、どうやったら諦められるというのだろうか。

ぽーっとした二人は、次の部屋に彼が到達するまでのインターバルを、苦痛には感じない沈黙で待っている。

● 群像艶戯（アンサンブルキャスト）

艶媚 ［エンヴィ］

彼の願いであれば、対抗戦だろうがレイド攻略だろうが、何だろうが一緒に立ち向かう。

それは言葉にしなくても、メンバーみんなに共通した思いだった。

コンコン、とリアルで聞こえた小さなノックに、ビクッと二人がベッドの上で跳ねた。

「あわ、あわわ……」

「お、落ち着いて……と、とりあえずタオルとパンツ」

パタパタと身嗜みとベッドを整えた彼女たちは、ドアを開いて彼を迎え入れた。

「……うん」

「頑張ろうね……」

「……うん」

「ね……イチゴちゃん」

声を裏返らせた竜也が、大げさに手を振った。

「いやっ、全然！」

「ごめんね、竜也（たつや）くん。突然呼び出しちゃって」

244

「ちょうど予定が空いたところだったしさ。寮でボケッとしてるのもなんだし、声をかけてくれて逆に助かったっていう」

「話は聞いてますよ」

「レイドクエストっていうのに参加してたんですよね？」

オレンジジュースをストローで掻き混ぜる保奈美が頬笑んだ。

豊葦原学園の学生通りは、テスト休み中に羽を伸ばしている生徒で賑わっている。

彼らのいるオープンテラスの喫茶店も、そこそこの席が埋まっていた。

私服姿の生徒たちは、ダンジョンという幻想から解放されて平和を謳歌している。

「自分から補習に参加するなんて、竜也くんは真面目すぎますよ〜」

「いやぁ、好きで参加したわけじゃないんだけど……」

間延びした口調の彼女は、竜也のクラスメートでありパーティを組んでいる仲間だ。

だが、まだプライベートで付き合うほど親密な関係だとは思っていなかった。

竜也から見ても、保奈美は十分に可愛らしい少女だ。

どこかつかみ所のない、おっとりした雰囲気の彼女は、クラスメートの男子からも隠れた人気がある。

人目を集めるような美形ではないが、その気安さと弛い感じが受けていた。

そんな彼女からメールで連絡があった時、竜也に下心がなかったといえば嘘になる。

休日デートのお誘いに舞い上がっていたのは致し方ないことだった。

実際には、竜也の想像とはちょっと違っていたのだが。

「へへっ。誘ってやった俺に、もっと感謝して欲しいもんだぜ。参加してたレイドが攻略されたから、がっぽりレベルも稼げたんだしさ」

「別にアンタが活躍したわけじゃないんでしょ。お零れに与っただけじゃない」

同じテーブルには、ドヤ顔になっている信之助と、冷たい突っ込みを入れている季留がいた。

どちらも保奈美と同じく、クラスメートでパーティを組んでいる仲間だ。

だが一応、ダブルデートと言えなくもないスタイルではある。

「どうしたんですかぁ？　竜也くん」

「ああ、うん。いや、何でもないんだけどね」

小首をかしげた保奈美が、可愛らしくクスッと頬笑んでいた。

まるで見透かされているような表情には、妙な色気があって艶かしかった。

ふと、竜也は初参加だったレイドクエストのことを思い出していた。

基地という鳥かごの中に囲われていた、艶かしい鳴き声を漏らすだけの女子生徒たち。

自分も信之助も、そのお零れで欲情を発散させてしまった。

クラスメートの女子を前にして、竜也が後ろ暗いと感じたのは、まだ学園に染まりきっていない証なのだろう。

「あー、けど割とビビッたよな。いきなり地震かと思ったら羅城門に戻されてたしよ」

「でも、助かったじゃんか。基地が壊滅してからはずっと野宿だったし」

「まあな。つーか、あのクソ雑魚先輩連中マジでザマァ見ろだったな。デカイ面して人をこき使いやがって、あっさりモンスターから踏み潰されてんのとかマジ笑っちまったぜ」

アイスコーヒーを飲み干した信之助が、ガリガリと氷を齧っている。

竜也からすればあまり笑えるような経験ではなかった。

たまたま離れていた自分と信之助は遭遇しなかったが、襲撃してきたモンスターは基地と防衛戦力である男子メンバーを再起不能になるまで破壊していったのだ。

何故、殺さずに痛めつけただけだったのか、失神していた女子メンバーには被害がなかったのか、竜也には分からない。

246

が。

ただ、自害もできないほど徹底的にボコられていた彼らは、きっと死に戻りしたほうがマシだったはずだ。

どさくさに紛れて、目をつけていた女子を掠って逃げ出した信之助には、感心したやら呆れたやら

その後も、モンスターがいる森の中でのサバイバルや、何故か攻城戦イベントに巻き込まれたりと散々な目にあっている。

「竜也も大変だったわね。この考え無しの馬鹿に巻き込まれて」

李留に同情された竜也が苦笑いする。

彼女は保奈美とは逆に、歯に衣着せない毒舌タイプだった。

美少女であることに間違いはないが、付き合う相手としてなら保奈美の方に人気があるだろう。

そんな気の強い彼女には珍しく、今日はそっぽを向いたまま視線を合わせようとしなかった。

別の何かを気にしている様子に、心ここに在らずといった様子だ。

「馬鹿で悪かったな。どうせお前らは、休みで暇を持て余しちまってゴロゴロしてたんだろ」

「うっさいわね」

「ハッ、図星だろ？　お前らの魂胆なんかまるっとお見通しだっての。他に構ってくれるようなダチもいねーし、仕方ないから俺らを呼び出してランチでも奢らせようって、そんな感じだろうが」

信之助と李留の喧嘩腰になった掛け合いは、教室にいる時も同じだ。

「ち、違うわよ。私たちは、め」

「う～ん。バレちゃいましたね。ぽ～っとしてるのもつまらないですし、信之助くんたちとデートする方が楽しいかなって」

彼女せるように言葉を引き継いだ保奈美が、頬に指を当てる。

「それに信之助くんなら、デートの相手にランチをご馳走してくれるくらいの甲斐性、ありますよね？」

「まぁ、それくらいは当然だっつーの」

おだてに乗った信之助はドヤ顔になって腕を組んでいた。

手玉に取られている友人に溜息を吐いた竜也は、顔を俯かせて小さく震えている李留に気づいた。

膝の上で両手を握り締め、太股をぎゅっと捩り合わせている。

気にはなったが、どうにも声をかけづらかった。

「そ、そういえば、由香ちゃんは一緒じゃなかったんだ？　二人が一緒だったから由香ちゃんも来ると思ってた」

「……うん。　由香ちゃんは今、ちょっと用事があるの」

曖昧な笑みを浮かべた保奈美が竜也に告げた。

「でも、もうすぐ合流するかも。　近くにいるはずだし」

「ああ、さっき由香っぽい子を見かけたんだが、やっぱ気のせいじゃなかったか。　白のフリフリワンピ着てめかし込んでたから人違いかと思ってたぜ」

へぇ、と頷いた竜也は、由香の私服姿を想像した。

ここにいない五人目のパーティメンバーである彼女は、特に目立たないタイプの女の子だった。　保奈美や李留にも見劣りしない美少女ではあるが、自己主張をしない性格が理由なのかもしれない。

「そうだったんだ。・あ。　もしかして俺たちを捜してたのかな？」

何とはなしに周囲を見回した竜也は、視界の隅にチラリと白いヒラヒラが見えた気がした。

そこは喫茶店の店内で、観葉植物が並べられているお手洗いの方だった。

「今は用事があるって言ってんじゃん。　どこ見てんのよ、まったく男ってホントに……、っ」

「おいおい、怒鳴んなって」

追加のドリンクを注文した信之助が、やれやれと肩をすくめていた。

「李留ちゃんと肩を振るわせている李留に、竜也が手を伸ばしかける。

「李留ちゃん、何かあったの？」

「なんでも、ない。けど、ちょっと席外すね……」

逃げるように席を立った李留は、フラフラとした足取りでトイレの方へと歩いて行った。

体調が悪いのかもと心配したが、李留は逆に血色が良いくらいの顔色をしていた。

態度と口が悪いのはいつものことだが、と竜也は気にするのを止めることにした。

「ふふっ……竜也さん。せっかくですからレイドクエストについて教えてくださいよう。楽しんできたんで

しょう？　色々と」

楽しそうな保奈美から、含みのある視線を向けられた竜也が硬直した。

「はっ、いやっ。別に楽しんでなんか」

「俺の方はそれなりに収穫があったぜ。コイツはムッツリの癖にヘタレで甲斐性なしだから──」

「おいっ。馬鹿、信之助。黙れって」

＊　＊　＊

その喫茶店のトイレは、男女兼用だがゆとりのあるスペースが確保されていた。

二つ並んだ手洗いの前には、大きな姿見の鏡が設置されている。

片方の鏡に映っているのは、洗面台に手をついて俯いている李留だった。

蛇口から流れる水を見詰めながら、ただ黙ってプルプルと震えている。

鏡に映った李留の背後には、一人の男子が立っていた。

彼から無雑作にスカートを捲られても、李留は無言のままだ。

李留が穿いていた下着は、ほぼTバックに近いローライズショーツだった。

尻肉が半分以上はみ出しているような扇情的なデザインは、彼女たち三人に穿け、と与えられたものだ。

それを穿かないという選択肢など、彼女たちにはない。

李留の太股にはガーターリングが装着され、二つのコントローラーが固定されていた。

ペンシル型のコントローラーから伸びている二本のコードは、ショーツの内側から伸びている。

少しショーツをずり下ろすだけで露わになった李留の秘部。

ぐっしょりと濡れている肉の穴それぞれに、細いコードが繋がっていた。

前の穴に繋がるコードをクイクイと引っ張る男子に、李留は唇を噛み締める。

ブブブ、という響きが肉の奥から聞こえ始めるも、まだまだコードはズルズルと引き摺り出されていく。

腹の奥から抜かれていく異物感に、李留は太股を捩り合わせながら背筋を反らしていた。

コードを咥えている穴から、にゅるにゅると粘液が押し出されてくる。

やがて肉の穴が少しずつ広がっていき、李留の膣穴からピンク色の卵が、にゅぽっと排卵された。

ムワッとした性臭に、ドロッと絡みついてる体液。

李留自身の愛液と、胎内に幾度となく射精した飼い主たちの精子が、混じり合って発酵したカクテルだった。

男子は程よく振動している玩具のスイッチを切った。

肛門の奥に埋め込んであるもう一つの玩具はそのままだ。

ソッチの穴を好むメンバーは少数派だが、両方使えるように調教しておくのに越したことはない。

試しにアナルへと繋がるコントローラーを弄ると、李留の腰がビクンッと反り上がった。

振動する玩具は、竜也たちとのデートに出かける前に、李留と保奈美の胎内に埋め込まれたものだ。

彼女たちの尻は、出かける直前まで飼い主たちの玩具になっていた。

250

中出しされた精液がドロリと詰まっている穴に、栓をする役目も果たしている。

李留、保奈美、由香の三人は、テスト休みが始まってからずっと自分の寮に戻っていなかった。

元より平日の学園でも、『お尋ね者専用肉便器（ワイルドバンチ）』として使われている彼女たち三人だ。

素行の悪い上級生から目をつけられた彼女たちは、同級生たちよりも早く、ずっと深くまで学園の風紀に染められている。

テスト休みが始まってからは、彼らが幅を効かせている男子寮へと監禁されてのセックス漬けだった。

本来であれば、上級生が一年生に対して必要以上に干渉するのは、推奨されていない行為とされる。

だが、まだ擦れていない初心な果実、それが禁断であれば、なおのこと手を伸ばしたくなるものだ。

そして公にしなければ見逃されているのが現状だった。

休み中の李留たちは、朝から晩まで彼らの肉便器として使用されていた。

境遇に開き直ったり、羞恥心を摩耗させないように、気も使われている。

そんな女子は、学園に掃いて捨てるほどあふれているのだから。

「ほぅれ、ご主人様の生チ〇ポだ」

「っ、んぅ」

ドロッと精液を垂らしていた李留の膣に、硬くて熱いナマモノがヌルッと這入り込んだ。

太股を捩り合わせながら辛うじて堪えていた李留は、腹の中へと侵入してきた異物感に尻を突き上げてい

た。

挿入されたペニスが誰の物なのか、李留にはどうでもいいことだった。

焦らされていた肉体が盛大にオルガズムを迎えていた。

全身の毛穴が開いて、発汗するような感覚。

休みに入ってから丸二日間、飼い主のペニスは入れ替わり立ち替わりで挿入されている。

保奈美や由香と一緒に、男子寮の一室へと押し込められて輪姦されてきた。

彼らの顔とペニスの形状など一致していないし、覚えたくもない。

「あッ、は……ぁ」

「イキすぎだろ、お前。俺がイク前に失神すんじゃねーぞ」

尻からヌルッと肉棒の抜かれた感触に、また李留はイッていた。

ラブポーションの類いなど、もう使われていない。

素でそれだけ淫らな肉体へと、作り替えられつつあった。

「こっちはこっちでガバガバになっちまったな。そろそろ交替させようぜ」

隣の洗面台では、もう一人の仲間が腰を振り続けていた。

鏡に映っているのは、清楚な白いワンピース姿の由香だった。

ボタンの外された胸元では乳房が揺れ、控え目に捲られたスカートから尻が覗いている。

少し身支度を整えれば、すぐに取り繕える乱れ具合だ。

実際、トイレに誰かが来る度にセックスは中断されている。

もちろんその程度ではトイレで何をしていたのか丸分かりだった。

分かっていても、学園の生徒にとっては事案でも何でもない。

ありふれた日常の一部だ。

「ソイツは部長のオキニだし、元からガバってるだろ」

洗面台に手を乗せている由香は、足を開き気味にして床に立っていた。

虚ろな瞳に上気した蕩け顔。

両足の間から垂れ落ちた精液が、足元で水溜まりになっている。

「そりゃそうだ。そんでも突っ込んでて気持ちイイのはレア体質だわ」

252

由香の背後に立ってる男子は、捏ねるように股間を押し付け続けている。

ほぼ休みなく誰かの肉棒を挿入されている由香の中は、混じり合った精液でこれ以上ないほど茹だってい

た。

「まーな。でもいい加減にヤリ飽きてきただろ。こっちの李留も良い感じのレア名器だし」

「オッケ。んじゃ、由香ちゃんには濃いのを一発注入れておくか」

グループデートについてきた飼い主たちは五人ほどだ。

ここにいない三人は学生街を遊び歩きながら、たまに戻ってきて由香で性処理をしていた。

李留たちが仲間の竜也をグループデートに誘ったのは、彼らの命令によるものだ。

理由は、マンネリになったセックスに、ちょっとした刺激を加えるため。

甘酸っぱい青春ドラマを覗き見しながら、ヒロインの少女たちをコマすため。

そして、彼女たちを日常という枠に戻してやれば、気分転換をさせてやることもできる。

だが、主な目的は彼らが楽しむためだ。

学生街をデートする竜也たちの後を、尾行しながら観賞する。

李留、保奈美、由香の内一人は、手元に残して性処理に使いながら。

性交渉もないクラスメートとの清い男女交際。

思わず笑ってしまうほどの初々しさは、見物に値した。

懐かしさすら感じる甘酸っぱいコミュニケーションに共感し、感情移入をする。

十分に気分を昂ぶらせた後は、そんなヒロインを肉便器として利用する。

その優越感と愉悦感。

その所業は、ロクデナシでヒトデナシ。

類は友を呼び、嫌われ者の掃き溜めとなる。

そんな外道倶楽部の一つが、彼ら『お尋ね者』だ。

「はいはい、由香ちゃん。特濃精子が出るよ。しばらく肉棒はお預けになるから、じっくり味わってアクメするんだぞ」

尻をパンパンと鳴らされている由香は、開いている唇に舌を乗せて蕩けていた。

今更イクもなにも、既にこうしてイっている。

ぶびゅっぶびゅっと腹の奥から響いてくるほど、大量の精液が由香の胎内へと注入されていった。

カクテル精液が押し出され、由香の太股に垂れ落ちる。

奥に沈殿した彼の精液は、下腹部の奥を火照らせる新しい火種となった。

「よーしよし。由香ちゃんの彼氏は竜也くんの方だよな。休み中に会えなかったんだから、捨てられないようにちゃんと媚びてくるんだぞ」

「ぁ、はぁ……は、い」

素早く抜き取られた穴に、ピンク色の卵が填め込まれる。

ぐにゅりと肉を掻き分けながら埋め込まれていく玉は、子宮にまで満ちている大量の精子を堰き止めていた。

「ふむ。ちょっとエロ顔すぎるからシャキッとしな」

乳首をギュッと抓まれた痛みに、蓬けていた由香にも少しだけ理性が戻った。

腹の奥からブブブという振動を感じながら、ピンク色のローライズショーツが装着される。

機能的には何の役目も果たしていない、由香というヒロインを飾るだけのアクセサリーだ。

「ちょっとメイクしてやっから動くんじゃねーぞ」

大人しい由香に、丁寧なお色直しが施されていく。

男好みのナチュラルメイクは、意外なほどに巧みだった。

254

垢抜けない由香のルックスが、一段階上の美少女へと変わっている。

そんな自分に気づかない由香は、命じられるままに竜也たちへ合流しようとした。

「自分で歩けるだけ大したもんだぜ。由香ちゃんは地味にタフだな」

「あっ。ちょっと待ててよ、由香。良いこと思いついた」

ビクッとして足を止めた由香が振り返った。

今の彼女たちに、飼い主から下される命令は絶対だった。

頭の大半にピンク色の靄がかかったようにボーッとしている。

「なんつーか、竜也は普通すぎて感情移入できねーんだよな。もう片方のやんちゃな、信之助だっけ？

アッチとちょっと一発ヤッてこい」

李留の膣穴に肉棒を挿れ直した男子は、上着もはだけさせてブラジャーをずり下ろした。

乳首をクリクリと転がされた李留が二度目のオルガズムに仰け反っている。

休み中にずっと彼らから開発を続けられ、竜也たちとデートしている間も玩具で焦らされていた身体だ。

肉棒が出入りする度に、胎内の奥が痙攣するほど簡単にイッている。

「な、ぁ……い」

「お前さあ。やっぱり由香ちゃんには竜也くんだろ。んで、信之助くんは李留ちゃんと保奈美ちゃんの二股

コースでさ」

「鉄版すぎても面白味がねーって」

「修羅場を演出するのは、もうちょっと後の方が面白いだろ」

「チッ、しゃあねーな。おい、由香。ちょっと保奈美を呼んでこい。軽くハメたらすぐに戻してやっから。

ほら、さっさと行け」

「……はい」

どうして自分がこんな目にあっているのか、由香はぼんやりとした頭で考えてしまった。

李留の尻をパンパンと打ち貫いている男子が、そんな由香に気づいた。

「……どうして自分が、って顔してんな。ああ、良いぜ。教えてやるよ」

その理由は単純で明快で、とても意味がなかった。

「俺らの暇潰しのためだよ。ただの、暇、潰、し。お前にも理解できるくらい簡単な答えだろ」

ああ、そっか、と由香は納得した。

納得して、ホッとして、クラスメートの友人たちの方へ歩き始めた。

肉体的な苦痛を与えられてるわけではない。少なくとも抵抗さえしなければ。

命令に従って流されていれば、肉の快楽だけは嫌というほど与えてくれる。

性的に愛でられながら、彼ら以外の悪意からすら保護されていた。

仮初めであれ、つつがなく日常を過ごせるように、こうして演出までしてくれる。

それは由香にとって、周囲から流されるのが当たり前だった彼女にとって、当り前すぎて逃れようとも思わない檻の中だった。

勇者団「プレイバーズ」

豊葦原学園一年丙組。

既に時間は放課後となっている。

学園の授業スケジュールでは、午前中が座学、午後は自由時間だ。

放課後の自由時間の使い方は、人それぞれだ。

専門科目を受講すれば、新しいスキル学びながら単位も獲得できる。

ダンジョンを攻略するのも自由だ。

モンスターを倒してレベルを上げ、ダンジョンからアイテムを回収して通貨を獲得するのも、学園生活には欠かせないルーティンだった。

だが、もちろん息抜きも大切だ。

自由時間だからといって遊び呆けていれば、落ちこぼれコースが確定となる。

学習して実戦して休息を取る。

それが生徒に求められている放課後の過ごし方だった。

「ふああっ。やっと放課後かよ」

肩を鳴らしながら欠伸をしているのは、大柄な野獣系男子の剛史だ。

野性味と愛嬌が同居している彼は、ガキ大将がそのまま成長したような男子だった。

「ふっ。剛史はほとんど寝ていたではないですか」

肩をすくめる剛史に冷笑してみせたのは、対称的に優男の虎太郎だ。

彼らが結成した倶楽部『勇者団』では、参謀的な役目を担っていた。

「勉強は苦手なんだよ。そういうのは虎太郎に任せるぜ」

「それで、今日の部活動はどうすんだ？」

「当然、ダンジョンアタックでしょうね。倶楽部対抗戦が近いですし、少しでもレベルを上げなければ」

快適な学園生活のためには、倶楽部活動が重要になってくる。

一年生の彼らであっても、虎太郎が対抗戦のルールを調べた限り、まだ勝目はあると判断していた。

予選を突破し、ランクを一つ上げるくらいなら難しくはない。

それに、上級生の混じった倶楽部に取り込まれてしまえば、自由に学園生活を謳歌することは難しくなる。

「当然だな。それに、自由に使える部室がねえと、不便でしかたねーぜ」

「くっ、あっ……はぁ、はぁ」

ボキボキと腰を鳴らした剛史の正面には、前屈みになった弥生が尻を突き出している。

カモシカのようにすらりとした脚はピンと伸ばされ、引き締まった尻は高く掲げられていた。

彼女の内腿を伝って垂れ落ちる精液が、膝までずり下ろされているショーツを濡らしていた。

教室から連れ出した弥生を、人目のない非常階段で性処理に利用する。

それが毎日の日課になっている。

「ええ。部室を確保できるランク『C』が目標ですね。新規の倶楽部なので仕方ありませんが、『勇者団』は現在『F』ランクのままです。堅実にランクを上げていきましょう」

「んぅ、んやぁ〜……んっ、はぁ」

虎太郎の前にも、弥生と同じポーズで手摺りを掴んでいる奈々実がいた。

ねっとりとした腰使いに、挿入されている肉棒が胎内を掻き回している。

背後からスカートを捲られ、前屈みで尻を突き出している姿勢は、性処理に使われるためのポージングだ。

求められた時はスムーズに尻を出して、いつでも膣にペニスを受け入れられるように備える。

それが『勇者団』の女子メンバーに課せられた役目だ。

ヌルッと抜かれた肉棒が、奈々実の尻の谷間に乗せられた。

まだビクビクと痙攣している先端からは、精液が滴っている。

無論、大部分は奈々実の胎内に注がれており、割れ目から押し出されてくる白濁液がドロッと垂れていた。

「さて。そろそろ交替しましょうか」

「おう、よっと。ふ〜う、少しはスッキリしたぜ」

彼女たち女子部員は、男子部員にシェアされている。

ペニスを抜かれた弥生の腰は、プルプルと子鹿のように震えていた。

258

弥生が下腹部に力を込めて息むと、大量に中出しされた剛史の精子が、ごぼごぼっと膣穴から押し出されてくる。

女子から野獣ゴリラだと思われている剛史は、そのイメージ通りに性欲も精力も人一倍強かった。

「もう一発抜いたら和人と合流しましょう。剛史は際限がありませんからね」

「ハッ、そりゃそうだ。まだまだ余裕で勃起するぜ」

奈々実に遠慮なく突っ込んだ剛史は、ガツガツと貪るように腰を振っていた。

「まったく、やれやれですね」

「はぁ……コタロー」

後ろから回された手で、下腹部を撫でられる弥生が呻いていた。

丁寧に子宮の位置から恥丘へと撫で下ろされるマッサージに、弥生の膣からは剛史の精液がジワジワと搾り出されていった。

そうやって他の牡の精子を排除した膣に、虎太郎のペニスがヌルッと射し込まれた。

和人や剛史とは違い、女子メンバー全員に毎日欠かさず種付けしている虎太郎だ。

即座に反応した弥生の肉体は、ペニスへ吸いつくように精気を吸収し始める。

虎太郎は奈々実の膣内で我慢していた射精を即座に注入する。

そして弥生の反応を確かめながら、二発目のピストンを開始していた。

ちなみに、彼らのリーダーである和人は、授業の途中から保健室へと引き籠もっていた。

付き添いは聖菜、志保、美依の、同じクラスメートの女子部員メンバーだ。

体調が悪いので保健室に、サボりの名目としてはスタンダードだろう。

女子が三人も付き添っているのだから、なおさらだ。

だが、不思議なことにクラスメートも教師も、心の底から彼を心配して保健室へと送り出していた。

なにしろストレスの塊のような存在が、彼らの教室には棲んでいるのだから。

――穿界迷宮『YGGDRASILL』、接続枝界『黄泉比良坂』――

――第『参』階層、『既知』領域――

倶楽部対抗戦に備えて、勇者団のパーティはダンジョン攻略におもむいていた。

彼らが達しているステージは、まだ第一段階クラスのままだった。

クラスチェンジもおぼつかない同級生に比べれば、上澄みのトップ層であるのは間違いない。

だが、学園全体で見れば所詮、駆け出しの初心者にすぎなかった。

無論、彼らもその程度は自覚している。

今までの限界を超えるべく、新しい階層への試練に挑んでいた。

「セッ、ハァ！」

和人が振り下ろした『偽銀斧槍（ランベルスティルギア）』の一撃で、ゴブリンファイターが盾ごと吹き飛んでいった。

学園の管理下にあるマップ内領域、第三階層の界門守護者戦だ。

脱初心者の難関といわれている第三階層。

単独行動していたモンスターたちが群れをなし、自分たちと同じようにパーティとして襲ってくる。

以降の階層では当たり前のように、パーティバーサスパーティ[PVP]の戦いとなっていく。

例え個人の力量が勝っていたとしても、数の暴力は容易に状況を覆す。

「ウォオリャァ！」

右から左へ、左から右へと振り回される『狩猟斧（ハンティングクラブリュス）』が、まるで草を刈るようにゴブリンを両断していく。

重量物を自在に操れる膂力は、剛史が『戦士（ファイター）』の能力を使い熟している証だった。

「ウゼぇんだよ、テメぇらぁッ」

この階層で嫌というほど湧いて戦ってきたゴブリンは、彼らにとってもはや雑魚でしかない。

だが、群雲のように湧き出てくるゴブリンとの戦いは、スタミナを消耗させていく。

「確かにゴブリンはもはや雑魚。ですが、これは余りにも……」

皮紙製のハードカバー本を手にした虎太郎が顔を歪める。

宝箱から入手した『青の魔導書』は、励起状態にすれば自由に水を操れるというレアなマジックアイテム

だ。

起動に必要なＳＰ消費が少ないのが魔導書アイテムの特徴とはいえ、絶え間なく追加されるゴブリンの物

量に圧倒されていた。

渦巻く流水を突破してきたゴブリンが、反りのある曲刀に貫かれる。

「護衛くらいならできるんだから！」

片手にカトラス、片手にバックラーを装備した聖菜は、虎太郎の前に立ちふさがった。

純戦闘クラスには劣るが、『盗賊』系レアクラスの『海賊』にも戦闘スキルはある。

ましてや水場ということもあり、クラスの特殊フィールド補正効果が発動していた。

「もう、限界ですっ」

モンスターカードからコボルトを召喚して戦わせていた志保が膝をつく。

経験を積ませてレベルを上げたコボルトなら、格上であるゴブリンとも戦える。

だが、やはり多勢に無勢であり、召喚したコボルトは消滅してカードに戻っていた。

「ゴメン……私も、限界、みたい」

剣と盾を携えたオーソドックスな『戦士』スタイルで戦っていた弥生も、出血による体力の限界から崩れ

ようとしていた。

特にざっくりと切り裂かれた左足は真っ赤に染まっていた。

肉体にダメージを負うということは、SP障壁を貫通するクリティカルヒットを受けたか、SP自体が枯渇しかけている状態を示していた。

それでも戦えているのは、『戦士』の自己強化スキルである『昂揚』の恩恵だった。

恐怖や苦痛を抑制して、闘争心を喚起させるという精神作用系スキルになる。

『戦士』へのクラスチェンジを推奨されている理由が、この『昂揚』の存在だ。

それが喧嘩をしたこともすらない一般人であっても、『昂揚』していれば戦場に立つことができた。

ただし、昂揚している間は、理性や判断力は低下する。

「もうマジ無理……魔法が弾切れだよぉ」

弱音を吐いてへたり込んでいるのは美依だった。

SPの枯渇した『術士』など、一般人と同じだ。

その隣で倒れている奈々実も、気絶したままピクリとも動いていない。

勇者団のパーティは、今まさに決壊しようとしていた。

まだ誰も死に戻っていないのは、戦力自体は拮抗しており、敵の物量に圧され続けているからだ。

「くっ。これが難関とされる、第三階層の界門守護者《ゲートキーパー》なのか……」

彼らのリーダーにして『勇者《ブレイバー》』の和人が、『偽銀斧槍《ランベルスアルギア》』を握り締めた。

界門守護者はゴブリンサモナー。

ボスが使用しているスキルは、無制限に続けられている雑魚ゴブリンの召喚だ。

取り巻きの親衛隊ゴブリンファイターは、辛うじて倒すことができた。

だが、ボスの足下にある魔法陣からは次々とゴブリンが湧き出ており、近づくことができなかった。

肉壁になっているゴブリンを突破さえできれば、貧弱なゴブリンサモナーを一撃で葬る自信はある。

「こうなったら奥の手を使うしかない」

「ちょっとぉ、そんなのがあるんなら最初から使いなさいよぉ！」

必死にゴブリンの攻撃を躱す聖菜の突っ込みには答えず、和人は『偽銀斧槍』を床に打ち付ける。

鼓膜を痺れさせるほど大きな残響音に、ゴブリンたちの動きが止まった。

コボルトキングからドロップした他にも、自在に音を発生させる特殊能力が宿っている。

頑丈なハルバードという他にも、自在に音を発生させる特殊能力が宿っている。

最高等級のマジックアイテムとしては少々、いや、ネタ武器に分類されてしまう能力だろう。

コボルトが保有している唯一のスキル、『騒音』が付与された『銘器』がソレだった。

非殺傷用の音響武器として使用されることもあるが、基本的にはネタ武器扱いである。

だが、それが『銘器』ではなく、『固有武装』であった場合。

比類なき機能となる。

「みんなの力を、俺に貸してくれ！」

手にした武器を掲げ、『勇者』としてのスキルを開放した。

規格外の代表として知られている『勇者』は、非常にオールマイティな身体補正が掛かるクラスだ。

苦手はなく、得手もない。

均等に強化された能力に秀でたものはない。

そのオールマイティさは、『勇者』のスキルに関係している。

「ぐうッ……」

「きゃあ！」

「う、ぁ」

「こ、これは……？」

ゴブリンとの戦いの最中に、突然脱力して倒れていくパーティメンバー。

和人が使用したスキル『救恤』は、パーティメンバーからSPを回収するスキルだ。

パーティメンバーが自ら捧げる必要はなく、同意も必要なく、拒絶もできない。

まさに救恤そのものだ。

それは献身を捧げさせるスキル。

それは七つの救済に数えられる、超越権限の一つ。

対をなす、七つの大罪と同様に、禁忌に分類されるスキルだ。

床に倒れ伏した弥生の身体が、輪郭を崩すように還元する。

続けて膝をついた剛史が、胸を押さえた聖菜が、困惑顔の志保が、振り向いた美依が、失神していた奈々

実の姿が消えていく。

そして最後に残ったのは、床に這いつくばった虎太郎だった。

「和人、まさ、か……今まで、も……僕たち、をっ……」

生命活動を維持するためのSPすら回収されたパーティメンバーが、羅城門を通して現世へと送還される。

一時的とはいえ、現状のキャパシティを超えるSPを宿した和人が、『偽銀斧槍』を掲げたまま雄叫びを

上げた。

「オォ、オオオオーッ！」

眩いほどに光を放った『偽銀斧槍』が、和人の手の中から消滅した。

「みんなの想いを乗せて、お前を倒す！」

和人は召喚ゴブリンの群れに『突撃』で踏み込み、振りかぶった拳で『強打』を放った。

『救恤』でパーティメンバーから捧げさせたのはSPのみではない。

スキルや能力値補正、そして、その経験も和人のモノだった。

264

吹き飛ぶゴブリンたちは空中でクリスタルと化していたが、新たな召喚ゴブリンが増えることはない。

覚醒した『偽銀斧槍（ランベルスティルギア）』は、玄室内の全ての音を支配下に置いていた。

ゴブリンサモナーがゴブリンを召喚するのがスキルである以上、トリガーワードが必須だ。

トリガーワードが発音にできなければ、スキルは使用できない。

「これで、終わりだアァァァッ！」

打ち上げるようなボディブローに、背骨ごとへし折られて打ち上げられたゴブリンサモナーがクリスタルと化した。

召喚主の消滅により、残っていた雑魚ゴブリンも消滅する。

そしてカツンと足下に、覚醒が解除された『偽銀斧槍（ランベルスティルギア）』が実体化して突き立った。

「やり遂げたよ。みんな……。俺たちの勝利だ」

彼以外の誰もが居なくなったボスルームで、和人は『自ら進んで自分に力を託してくれた』であろう仲間たちと勝利を分かち合っていた。

実際、一度倒された界門守護者（ゲートキーパー）が復活するには時間がかかる。

日を改めてダンジョンダイブすれば、全員が問題なく界門（ゲート）を通過できる。

『勇者団（ブレイバーズ）』のメンバーは、既に第三階層を突破したといってもいい。

一人勝利の余韻にひたる和人は、自分が絶対的に正しいのだと確信していた。

東方三賢人（メイガス）［メイガス］

『東方三賢人（メイガス）』は限定十二枠のＡランクに所属する倶楽部だ。

上位ランクの倶楽部は、当然メンバーも上級生のハイレベル到達者で固められている。

黙っていても入部希望者が寄ってくる彼らが、わざわざ一年生をスカウトするのは異例だった。

青田買いという意味でも、まだ時期的に早すぎる。

だが、その倶楽部には特殊な事情があった。

彼ら『東方三賢人』は、メンバーが全て『術士』系の上位クラスであった。

基本六種に含まれているアーキタイプの中でも、術士は比較的レアなクラスだ。

クラス保有者の少ない術士系クラスは、ダンジョン攻略でも欠かせない戦力になる。

対多数で活躍する魔法スキルの需要は高い。

燃費の悪さという欠点はあるにせよ、火力という面においては最強のクラスと言えるだろう。

「いらっしゃい。雨音くん」

一年乾組の男子である彼は、オドオドした様子で部室の中へと足を踏み入れた。

その初々しい仕草に、案内役の女子部員が微笑みを向けた。

線の細いはかなげな少年は、スカウトの時に女子と間違ってしまったレベルだ。

本人にとっては男らしくない名前と一緒に、コンプレックスの原因になっている。

「入部を決心してくれたのね。　歓迎するわ」

「ぼ、僕は……まだ、その」

視線すら合わせることのできない彼を、女子部員は安心させるように手を握った。

「大丈夫。　私たちは味方だから。　そして『東方三賢人』の部員になれば、今のように侮られたりイジメを受

けるようなこともなくなるの」

「あの、どうして、僕を」

「それは私たちが『術士』という、ダンジョンに選ばれたエリートだからよ」

にっこりと頬笑んだ女子の目は、どこまでも本気だった。

「君の才能に嫉妬する、有象無象の雑魚を相手にする必要はないのよ。最初から『精霊使い』にスキップク

ラスチェンジした雨音くんには、間違いなく才能がある。私たちの同士になる資格があるわ」

心地良く心に染み入ってくる自己肯定の言葉に雨音が震える。

自分に自信がなく、他人に認められたことがなかった者には、堪らなく甘美な誘惑だった。

ダンジョンダイブを繰り返す内に不要になるであろう、雨音の眼鏡が外された。

「強制はしないわ。ゆっくり考えてくれればいいの」

耳元で囁かれた誘惑に、雨音は言葉もなく頷いていた。

　　　＊　　　＊　　　＊

「やあ。期待の新人、雨音くんだったね？」

タオルを首にかけて、どこか気怠そうに見える男子が姿を見せた。

学園の男子に多いのは、鍛えられた身体に野蛮な雰囲気をまとっているようなタイプだ。

そういうスタンダードな上級生とは逆に、線の細さが目立っている理系タイプというイメージだった。

インドア派の雨音には、共感できる先輩に見えていた。

「は、初めまして、センパイ」

バネ人形のように頭を上げ下げする雨音に、微笑ましい眼差しが向けられた。

雨音が緊張しているのも、仕方ないと分かっている。

ランク『Ａ』の倶楽部に割り当てられている部室は、学園の他施設とは一線を画していた。

まず木造のリフォーム建築群とは違い、最新の近代建築物だ。

内部施設もロビーにフロント、各倶楽部の専用エリアへのエレベーター、メディカルルームなどのサポー

トも充実している。

また、各々のAランク倶楽部が利用できる区画は、完全に隔離されている。

トレーニングやシャワールーム、リラクゼーション設備などは区画ごとに用意されていた。

備品や器具も、全てが一級品だ。

さながら、アスリート用に準備された高級ホテルのようなものだ。

まだ学園にも馴染んでいない庶民の雨音には、まるで別世界に来たように感じられていた。

「こら、雨音くんはまだ入部してないんだから、プレッシャーはかけないの」

「ゴメンゴメン。気にしないでゆっくりしていくといい。君は部員でなくてもボクたちの同士なんだから」

決して威圧的ではない、どちらかといえば自分に似たタイプの先輩たちに、雨音の警戒心も弛んでいく。

「その様子だと、仕込みは終わったのかしら?」

「ボチボチといったところかな。他の素質がありそうな木偶（でく）も一緒だからね」

「今年は何匹が『触媒士（カタリスト）』になってくれるのやら」

頬に指を当てた女子部員が、物憂げに溜息を吐いた。

「……あの」

「ああ、ご免なさいね。雨音くんにプレゼントを用意していたのだけれど、まだ出来上がってないのよ」

「丁度良いじゃないか。彼にも好みはあるからね。実際に見て選んで貰おう」

「それもそうね。相性もあるから、試して貰えばいいんだわ」

戸惑う雨音の背が押され、部室の奥へと誘われていく。

雨音が驚いたことに、連れ込まれたエレベーターには、地上三階分と地下フロアの表示まであった。

そして、その全てが『東方三賢人（マギ）』の倶楽部室だった。

ゆっくりと降下するエレベーターの中、不意に周囲を見回した雨音に感心する視線が向けられる。

「知覚したようだね。やはり天音くんには素質がある。そう、Aランク倶楽部棟の地下フロアには、人工的

なダンジョン空間が再現されているんだ」

「そ、それって」

「ダンジョンの第一階層程度の瘴気圧だけど、一応スキルも使えるし、モンスターもポップしたりする。ま、タマにね？」

「スキルの訓練場、といった所かしらね。これもAランクの特典よ」

チン、と鳴った電子音の後に、ゆっくりと扉が開かれる。

その地下フロアは、雨音の想像よりもダンジョンらしくなかった。

白い天井にモノクロームの内装。

当然だが窓はなく、圧迫感のある無機質なワンフロアになっていた。

フロアにはバトルステージや射撃場のようなスペースが作られており、色々な目的で活用できるようになっている。

また、雨音には理解できない観測機械や、使い方の分からないトレーニングマシーンも並んでいた。

その並んでいる十機ばかりの見慣れない器具は、全て使用中となっている。

「あら……誰も居ないみたいだけど？」

「みんな休憩中だよ。ダンジョン空間で補充ができるといっても、精神的な疲れがない訳じゃあない。昨日から始めて丸一日は頑張ったんだ。褒めて欲しいくらいさ」

新学期の最初となる、テスト休みの三連休。

それにタイミングを合わせて仕込みを始めるのは、『東方三賢人』に引き継がれる伝統のようなものだ。

「男子にはもっと頑張って欲しいところね」

和やかに会話する先輩たちを尻目に、ゴクリと唾を飲み込んだ雨音が固まっている。

そのトレーニングマシーンは、シートに着座して使用するタイプになっていた。

安全を考慮してか、器具に装着されている女子生徒たちは、手足をしっかりとベルトのような物で固定されている。

シートの上で仰向けにされている彼女たちの姿は、一糸纏わぬ全裸だ。

雨音からは器具に固定され、股間をこちらに向けている彼女たちの恥部が全て見えている。

揃って意識を失っている彼女たちが人形ではない証拠に、乳房がたわむように揺れ、閉じることの許されない太股がヒクヒクと痙攣し、吐息に混じった悩ましい呻き声が聞こえていた。

「天音くんも興味があるみたいね」

肩を抱いた女子部員が、自然に雨音の背中を押した。

頭が真っ白になっている雨音はなすがままだ。

「さて、と。仕上がりは順調かしら……ね」

それは特殊カスタマイズされたトレーニングマシーンだ。

装着されている女子の身体はしっかりと固定され、長時間の拘束にも負担がかからない。

エコノミー症候群を予防するために、自由にポーズも変更できる。

実際、拘束されている十人の女子生徒は、あられもない扇情的なポーズで放置されていた。

その中の一人、その正面に雨音を立たせた女子部員が器具を操作する。

目を閉じて仰向けになっている少女の股間が、変形する器具に合わせてゆっくりと開かれていった。

目の前にいる少女は、生まれたままの姿を余すところなく雨音に晒していた。

まだ淡い膨らみの乳房も、その頂きで膨らんでいる乳首も。

普段の教室ではスカートで遮られ、誰にも見せることのない陰部も、肛門も。

他の並んでいる女子たちと同じように、連休中にじっくりと上級生から仕込まれ、文字どおりに穴が開いたままになっている女性器も、全てが雨音の前にあった。

「この子はね。正直、あまり才能を感じなかったの。でも、きっと天音くんはこの子に復讐したいんじゃな

いかって思ったから、ついでに捕まえてきて仕込んでみたの」

「エリ、ちゃん……？」

「でも、意外と素質はあったみたい。それに絵梨華ちゃんは処女だった。癖がついてなくて扱いやすかっ

たわ」

「あ、ぁ」

雨音のクラスメートである絵梨華、そして素質を見出されてしまった一年生の女子生徒たち。

彼女たちの裸体には、奇妙なデザインのボディペイントが施されてあった。

額と喉、乳房の谷間、鳩尾からヘソの下、そして女性器と肛門の間。

身体の正中線上にペイントされた刻印は淡い光を放っている。

ゴム手袋を填めた女子部員が、さらけ出された絵梨華の女性器へ指を差し入れていた。

「あら？　まだ子宮に魔力を溜めてるわ。貪欲な子ねぇ」

クチュクチュと柔らかく粘っこい音が聞こえ、絵梨華の膣に溜まっていた精液が尻溝に垂れ落ちていく。

その刺激に合わせるように、下腹部の刻印が光を放っていた。

「天音くんは、まだ女の子の身体を知らないみたいね？　少しレクチャーしてあげましょうか」

絵梨華の媚肉を弄っている彼女がクスッと頬笑んだ。

「ほら、この穴が膣と呼ばれている器官よ。おマ〇コとも言うわね。天音くんの硬くなったソレを挿れてあ

げる場所よ」

中指と人差し指がヌルッと穴に沈み、内側からぱぁっと開いて粘膜を剥き出しにさせる。

ピンク色の初々しい粘膜がヒクヒクと痙攣していた。

そして蠕動する奥の穴からは、注入された白濁液が呆れるほど大量に押し出され

てきた。

「少し上にある小さな穴が尿道口。ここに挿れようとしちゃ駄目よ？　そして、この襞の合わさり目にある突起が陰核、いわゆるクリトリスよ。これは敏感な器官だから優しく扱ってね」

絵梨華の肉体を教材にして、雨音の性教育が行なわれていた。

同性の指で女性器を弄くられる絵梨華は、気を失ったまま身悶えて尻を揺らしている。

下腹部にペイントされている大きな刻印も、肉体の反応に合わせて明滅していた。

「子宮にたっぷりと魔力を溜め込んでいるわね。肉体のキャパシティは十分みたい。ちゃんと天音くんへのプレゼントになれるかしら？」

「なり損ないでも、天音くんの玩具となる予定は変わらないからね。安心してくれ。その子には変な癖がつかないように、みんなで代わる代わる仕込みをしているから」

雨音に親しげな笑みを向ける男子は、隣の器具に装着されている女子生徒と交尾を始めていた。

拘束されている足が揺れると、連動するように女子の臀部も揺れている。

それは快楽目的ですらない、儀式めいたセックスだった。

反応する肉体に揺り起こされた女子は、舌を出して蕩けるような喘ぎ声を漏らし始めている。

そして、絵梨華と同じように、下腹部の刻印も怪しく明滅を始めていた。

「できれば、その子もちゃんと『触媒士』にクラスチェンジして欲しいものだけどね。なにしろとても貴重なんだよ、触媒士は」

「ど、どうして、こんなことを」

「私たちがまだクラスを得ていない、一年生の女子に仕込みをしているのはね。『触媒士（カタリスト）』というレアクラスを作るためなの」

目を逸らしたいはずなのに身体は動かない。

ドクドクと心臓が高鳴り、耳鳴りがするくらいに昂奮している。

272

胸を押さえている雨音に、絵梨華を弄り回している女子部員が話を続けた。

「私たちのような『上級魔法使い』は最強のクラスだわ。圧倒的な破壊力、万能の応用力、魔法という奇蹟の力を行使する、選ばれし者たちなのよ」

熱にうなされているような宣誓だった。

それは泥のようにねっとりと、焦がすような熱となって雨音の耳に染みこんでいく。

信仰にも似ている選民思想と、強烈なエリート意識。

『東方三賢人』にとって、『術士』というクラスは尊重されて然るべき価値観だ。

学園に来てからもカーストの底辺として扱われ、絵梨華たちの女子グループには小間使いとして虐げられている。

そんな雨音には、自分の価値を認めてくれる彼らの言葉が魅力的すぎた。

「ただし、そんな『上級魔法使い』にも弱点はあるわ。強大な魔法を行使できるからこそ、すぐに魔力を枯渇させてしまう。でも、それは欠点ではないわ。足りないのなら補えばいい、それが『触媒士』のクラス」

「そう。『触媒士』は『術士』系に分類されたクラス特性。自分では魔法を使えない無意味なクラスさ。だけど、ボクたちが使ってやれば素晴らしいシナジーを生み出す道具でもある」

囲から掻き集めて溜め込むだけのクラス特性。自分では魔法を使えない無意味なクラスさ。だけど、ボクたちは別物として扱っている。魔力を周

額を押さえるように目を閉じた雨音の下半身は、いつの間にか下着まで剥ぎ取られて、包皮に包まれた陰茎を露わにされていた。

「ダメよ、雨音くん。目を開けて現実を見て」

「あっ、ああっ……」

卑猥な姿で隠すべき場所を全てさらけ出された絵梨華の裸に、反り返った未成熟なペニスがビクンとしゃくる。

「『東方三賢人』という倶楽部はね、実はボクたちが始まりじゃないんだ。知っていると思うが、部長として登録されている生徒が卒業してしまえば、倶楽部は引き継がれることなく強制的に解散させられる。だから、『東方三賢人』の理念を引き継いだ次世代が、また新しい『東方三賢人』を結成して行くんだよ」

夢遊病者のような足取りで絵梨華に近づいた雨音を、ほっそりとした指先がサポートする。初めての行為に迷わないように、しっかりとその穴へと先端があてがわれた。

「引き継いでいるのは理念だけじゃない。その中でもコレは、ボクたちが十全に力を発揮するための道具、『触媒士』を誕生させるための秘術だよ」

「……ひィッ」

肉の割れ目、狭い肉窟への侵入で包皮を剥かれた雨音のペニスが、穴の中で痙攣した。悲鳴を漏らし、反射的に退かれた腰は背後から押さえ込まれ、初交尾の初精を絵梨華の胎内へと注ぎ込んでいく。

「被検体は、まだクラスを獲得していない一年生の女子が望ましい。処女であればなおのこと確率は高まる。そうそう、この秘術はね、基本的には女性に限るんだよ。もしかしたら男性にも適応できるのかもしれないけど、その気がある男子部員はいなかったからね」

シートに固定された絵梨華と、背後から女子部員にサンドイッチされた状態の雨音は、舌を出して震えながら射精の断続的な快感に侵されていた。

「『触媒士』の能力は、魔力を吸収して肉体に留め、それを体内で制御することだ。その感覚を肉体に覚え込ませる。クラスチェンジは条件を満たした、自分に見合ったクラスが選ばれることが多いんだ。魔力などという現代には馴染みのない力を扱う『術士』が少ない所以。だから、ボクたち『上級魔法使い』が直接魔力を注ぎ込んで、肉体のキャパシティを超えた魔力の飽和状態にする。こういう風に、ね」

胎内に精液を注入された女子が、ビクンっと仰け反って腹を反らした。

女子の下腹部にある刻印は、はっきりと分かるほどに光を放っていた。

彼にとってはオナホールに精液を排泄するのと同じ行為。

だがそれは、丹田に溜めた魔力を精液に乗せて女子の胎内へと注ぎ込む手段だ。

性を主軸に発達した秘術は世界各地に存在している。

房中術、立川流、カーマスートラ。

それら陰陽の太極思想によれば、受け入れる女性は陰だ。

元々、女性には精を受け容れる機能が備わっている。

丹田に受け入れた精、魔力は肉体を循環し、チャクラの位置に刻印された魔法陣から放出される。

魔力、あるいはオーラ、アストラルと呼ばれている力は、ダンジョンの瘴気から身を守るための自己防衛本能だった。

『これを繰り返して肉体に馴染ませてから『聖堂』につれていけば、そうだね……二割くらいの成功率で『触媒士』を造ることができる。まあ、失敗したら大体『遊び人』になってしまうのだけれどね」

「ぁ……ァ……ぁっ……」

チャクラの位置に刻印された術式により、女子の肉体からは強制的にSPが抜き取られていた。

ダンジョンに潜ったことのある生徒であれば、誰でも無意識に纏っているSP障壁。

その流れは『触媒士』というクラスの本質だった。

それを強制的に剥ぎ取られ、他者の魔力を飽和するまで注入され、また抜き取られる。

本能的に身を守るため、与えられる魔力を貪欲に吸収し、霧散させられる魔力を留めようとする。

雨音は填め込んだままのペニスから、絵梨華ちゃんの膣に吸引される感触に悶え続けていた。

「やっぱり魔力に敏感なのね。それは絵梨華ちゃんが天音くんのおチン〇から魔力を吸い取っているのよ。

でも、とっても気持ち良いでしょう？　肉の交わりなんかより、ずっと高次元の快楽なのよ」

「ぁ、んあ、あ！」

「女の子みたいに可愛い喘ぎ声よ。ふふ、動いて肉の快感で気を紛らわせた方が楽よ……ほら、こう、ゆっくり、ね？」

雨音の背中に密着したまま、一緒に腰を動かしてレクチャーを続ける。

唇を噛んだ雨音の、痛みにも等しい快感を伝えるペニスの接合部は、ヌポヌポと絵梨華の性器と混じり合っていた。

「そう、今までの悔しさや慣りは、全部吐き出してしまいなさい。心配することはないわ。彼女は雨音くんのモノになるのだから」

「……あ……ぅ」

魔力の枯渇により仮死状態となっていた絵梨華が、首を振って切なげな嬌声を漏らし始める。

「あら、もう隷属させてしまったのね。まだ天音くんはレベルも低いはずなのに、よほど強い想念が籠もっていたのかしら？」

「ボクたちにとって思念の強さは大事だよ。雨音くんのために、その子は念入りに仕込んで『触媒士（カタリスト）』にしなきゃあね」

「そうね。『遊び人（ニート）』を飼っていても仕方ないわ」

女子部員は既に自分の意思で腰を振りたくっている彼を微笑ましく見守っていた。

雨音は口を開いたままハッハッと呼吸を荒げながら、入学して以来ずっと苛められていた絵梨華を蹂躙した。

慣れない腰振りにペニスが抜け出ても、自分で正しい場所に挿れ直して仕込み続けていた。

「さて、ボクも少し魔力を補充しようかな。オイ」

「ハィ。ご主人様……お受け取り下さい」

——穿界迷宮『YGGDRASILL』、接続枝界『黄泉比良坂』——

——第『弐』階層、『既知』領域——

「何をやっているのよ。　本当にトロイ奴！」

「ご、ごめ……」

薄暗く湿ったダンジョンの中で威勢のいい声が響く。

音に反応するモンスターも多く、本来はあまり推奨されない行為だ。

「まーた始まった。　ホント、エリーはキツイ性格してるよね」

ダンジョンの表層に近いほど、その構造は現世の地下洞窟にも似た構造になっている。

それは地上の影響から逸脱していない、まだ現世との差異が大きくない証拠だ。

階段のような段差に足を取られた雨音の前に、仁王立ちした絵梨華が立ちはだかっていた。

彼女たち一年乾組の女子で構成されたパーティには、男子の雨音が一人だけ混じっている。

一見雨音のハーレムパーティにも見えるが、実際には小間使いの荷物持ち扱いでしかなかった。

時には盾に、時には囮にと、モンスターとの戦いで矢面に立たされてきた雨音が、パーティの中で最初に

クラスチェンジできたのも当然だろう。

「キャハハ、でも雨音が鈍くさいのはマジじゃん」

「そーそー。　見てるだけでイラっとすんだよねー」

「マジ使えねっし。　一人で勝手に死んでろって感じ」

もっとも、それで扱いが改善することはなく、逆に鬱憤を晴らすように虐待されていた。

「ッ、……ちょっとみんな先に行っててくれる？　アタシ、コイツ折檻してくからさ」

「うわ。こわぁ」

「程々にしときなよ。自分の足で歩けないとマジ邪魔だし」

「雨音の魔法無しだとゴブリンしんどくない?」

「楽ショーでしょ」

ゾロゾロと、まだ初心者セット装備の女子たちが、通路の奥へ進んでいった。

「ご、ごめんなさい……雨音。でも、アイツらに合わせないと怪しまれちゃうから」

許されない相手を罵倒する背徳感に、絵梨華の目は潤んで顔は上気していた。

身体の髄まで教え込まれた主従関係は、絵梨華をあっさりと改心させている。

わがままで幼い精神は、砂糖菓子のように脆く、安っぽかった。

「だから、あの子たちのせいで……あっ…アタシは悪く…あっ、んぅ」

ダンジョンの壁に押し付けられた絵梨華は、そのまま尻にペニスを突っ込まれていた。

スムーズな挿入は、絵梨華がノーパンにされていたからだ。

ダンジョンに入る前にも、同じように雨音に犯されながら下着を没取されている。

スカートの中に挿し込まれたペニスの出し入れに、絵梨華は声を堪えながら悶えていた。

テスト休み明けからも、毎日のように雨音からペニスを挿入されて、たっぷりと精液を注入されている。

日に何度も挿し込まれている雨音の陰茎は、包皮が亀頭からズル剥け、より大きく傘の張った状態で膣肉

を穿っていた。

「ごめん、なさい、雨音……許し、あひッ、雨音のおチン〇ンスゴぃ」

雨音は表情を変えることなく、機械的に絵梨華の尻を犯し続ける。

最初の頃は、挿れる度に射精感を必死に堪えていた絵梨華の膣穴も、ヤリ慣れた今では余裕を持って使用

できている。

倶楽部の先輩たちから三昼夜たっぷり輪姦された絵梨華は、良くも悪くもない普通の穴という評価を受けていた。

もっと具合の良い名器だという同級生の女子を勧められたが、雨音が貰ったのはこの穴だった。

普通だというのなら、練習用には最適だと思ったのだ。

そして、罵倒されてフラストレーションが溜まった状態から絵梨華をレイプすると、とても気分が爽快になった。

毎日、始業前に中出ししてやった絵梨華がすました顔で友人たちと会話している時、太腿に自分が出した精子が垂れているのを見ると猿のように勃起する。

休み時間になると物陰に連れ込んで、毎回レイプしてやらなければ気が治まらない程だ。

プライドだけは高い絵梨華なので、自分との関係を周囲に気づかれないように取り繕おうとしている。

そんな絵梨華を凌辱するシチュエーションに、快感を覚え始めている雨音だった。

「スゴイ、スゴイよ……雨音、気持ちイイっ」

射精を膣に受けることによる強制オルガズムで痙攣して、ヘソの位置に残されている魔力拡散刻印から抜け出る喪失感にもう一度痙攣する。

二重の快感に、絵梨華が潮を吹きながら尻をわななかせた。

「あっ、連続ぅ？ 雨音、スゴイよ。逞しいよう」

「うるさいっ。このチ○ポ奴隷め！」

「だってぇ…だって、雨音のおチン○ンスゴイからぁ」

絵梨華のスカートの中に差し入れた手で腰を掴み、目を閉じたまま無心で腰を振り回す。

「あっ、イクぅ。雨音のチ○ポ奴隷、凄くイイよう」

『触媒士』になったら一生、ずっと使ってやるからなっ。このチ○ポ奴隷！」

出されちゃう前にイクぅ。このチ○ポ奴隷！」

「なるぅ。　成るからぁ……あっ、イク、イクゥ！」

腐海掲示板　[ローズスクール]

個人鯖掲示板
【禁忌の薔薇園】 ロズスク情報交換スレ part10 【作者不明】

1: 名無しの腐女子
このスレは学園ネットで不定期にアップされる謎の同人漫画
ローズスクールハック＆スラッシュについて語るスレです

・>>950 が次スレを立てること、>>970 を超えても立たない場合立てられる人が宣言して立てること
・アップされた新作を発見したら速やかにスレで共有しましょう
・独占しても良いことはありません、人肉検索を覚悟してください
・リアル学園で登場キャラのソックリさんを見つけても視線を合わせてはいけません
　遠くから生温かく見守りましょう
・荒らしは特定ワードで NG 推奨
・荒らしに構うあなたも荒らしです

※最新話（暫定）
・『第 46 話＿目覚めよ！禁断の覚醒［アギト］、野獣スキル発動と新入部員』

※前スレ
【新キャラ参戦】 ロズスク情報交換スレ part9 【外伝確認】

※関連リンク
・ロズスク保管庫（有志別個人鯖 /1/2/3/4）
・ロズスク wiki

2: 名無しの腐女子
>>1 乙
テンプレはこんな感じで良さそうね

3: 名無しの腐女子

>>1 乙
急に同士が増えてきたしね
保管庫がないとクレクレちゃんが湧いてくるし

4: 名無しの腐女子
zip でちょうだい

5: 名無しの腐女子
カーッ（ﾟДﾟ≡ﾟДﾟ）、ペッ

6: 名無しの腐女子
やめなされやめなされ
また荒れるからやめなされw

7: ※※※の※※※
学園ネットは同性愛がＮＧワードじゃからの
逆恨みで通報されたら皆が迷惑するでありんす

8: 名無しの腐女子
>>7
文字化けし杉、どこから繋いでるのw
それに同性愛じゃなくてボーイズラブよ

9: 名無しの腐女子
同士が急増してるのは事実
うちの教室とか女子の大半が汚染されてる
というか、染めた（ ﾟДﾟ）

10: 名無しの腐女子
禁止されるほど恋しさが募るのは人間心理

11: 名無しの腐女子
わかりみが深い

学園に来てからはホントごぶさただった
入学当時はネットもスマホも使えないって発狂モノだったわ

12: 名無しの腐女子

それは確かだけど、絵も上手いしストーリー展開も普通に面白いよ
現役の生徒がうｐしてるんだろうけどプロ並みだと思う

13: 名無しの腐女子

最新話の聖市くん尊い……

14: 名無しの腐女子

聖市は尻軽すぎてダメ
野獣系純愛主義の当麻様が至高

15: 名無しの腐女子

どっちも分かってないわねぇ
今は総受けビッチや俺様系より、ダークサイドに堕ちた元ノンケ勇者でしょ

16: 名無しの腐女子

それ外伝だよね
っていうか、外伝と本編ってリンクしてるの？

17: 名無しの腐女子

してるっぽい
サイドストーリーで本編を補完していくスタイル

18: 名無しの腐女子

外伝が発見された時は真贋判定で大炎上したよねｗ

19: 名無しの腐女子

リアル騒動になりかけても作者は降臨しなかった
徹底的に匿名で続けるつもりなのでしょう

20: 名無しの腐女子

身バレしても良いことないし
こっちもこっそり応援を続けるわ

21: 名無しの腐女子

あ … ありのまま、今日見かけたことを話すぜ
例の二人が教室の前をイチャイチャしながら通っていった

22: 名無しの腐女子

こっちも初めて生で見た
眼福でしたわ　（＇∀｀）

23: 名無しの腐女子

分かってるでしょうけどコンタクト厳禁だからね
近づくのも、撮影も禁止
トラブルが発生したら筆を折る、ってのが作者唯一の主張なんだから

24: 名無しの腐女子

新しい同士には念を押したほうが良さそう
……でも、それってつまり、肖像権の無断使用ってことじゃ

25: 名無しの腐女子

（ﾉﾟдﾟ）アーアーキコエナイー

《つづく》

あとがき

当作も四巻目を出させていただくことが叶いました。

ご覧になられている皆様には変わらぬ感謝を。

また、発刊でお世話になりました一二三書房の担当者様方、イラストレーターのアジシオ様、本作を応援

して下さる読者の皆々様にお礼を申し上げます。

引き続き短いご挨拶となりますがご容赦くださいませ。

この本を手にしている貴方へ。

ただ、物語の世界を楽しんで頂ければ幸いです。

竜庭ケンジ

豊葦原学園年中行事紹介

一学期

卯月【四月】

・**入学式及び始業式**

学園の新しい風、新入生の季節。あるいは希望に満ちた一年の始まり。

・**オリエンテーション**

つつがなく学園生活を過ごすため、始業前の新入生に実施される教育プログラム。

サボったり話を聞かずに寝ていたりすると、後から後悔することに。

また、一部の教育については男女別に分かれている。

・**入寮式及び新人歓迎会**

豊葦原学園は全寮制となっており、快適な学園生活を過ごすためには重要な要素。

新入生の入寮先は、エントリークラスの寮から無作為で決められている。

先輩後輩がコミュニケーションを取れる貴重な場であり、悪い遊びを教わることも。

皐月【五月】

・**黄金休暇**

全寮制の学園でもゴールデンウィークの休みは確保されている。

ただし、生徒たちの行動範囲は、学園の敷地内かダンジョン、そして学生街に限定されている。

また五月に入った時点から、一年生の倶楽部活動が解禁される。

・**中間テスト（一学期）**

全校生徒に対して、下旬に実施される中間考査。

テスト内容は、一般科目と専門科目に分けられている。

一般科目はペーパーテストのみ　専門科目にはダンジョン実習が追加される。

ペーパーテストの結果で落第することはないが、将来的に学園の教職員を目指すのであれば重要。

また、専門科目で赤点を取ると、補習クエスト送りになります。

水無月【六月】

・**倶楽部対抗戦【水無月杯】**

倶楽部のランクを決定する、学園の一大イベント。

学園に登録されている全ての倶楽部が強制参加。ボイコットすると登録が取り消される。

暇を持て余している学園生徒にとってはお祭りイベント。

文月 【七月】

・期末テスト 【一学期】

全校生徒に対して、上旬に実施される期末考査。

テスト内容は中間テストと同じく、専門科目が重視されます。

また、専門科目で赤点を取ると、『林間学校』への強制参加が決定されます。

葉月 【八月】

・夏季休暇

七月下旬から八月いっぱいまでの長期休暇。

一ヶ月もある長い夏休み。

ただし、生徒の移動については制限されており、里帰りなどの許可も下りない。

ダンジョン内のネイチャーフィールド、学園敷地内の湖などが避暑地として利用されている。

・林間学校

通称『輪姦学校』。

期間は二週間ほどで、夏季休暇中に開催されている。

一学期の期末テストの赤点者は強制参加。

学園主催のバカンスイベントとして、自主参加する男子生徒もいる。

開催地は天然ダンジョン『磐戸樹海』。

二学期 ：

長月 【九月】

・学園祭

正式名称は『高天原霊大祭』。

神迎え、あるいは神送りの儀式が原型とされるお祭り。

伝統的に生徒主体のイベントとして、生徒会が運営を一任されている。

ただし、お堅いイベントばかりで普通科生徒には受けが悪い。

神無月 【十月】

・中間テスト 【二学期】

全校生徒に対して、中旬に実施される中間考査。

専門科目のダンジョン実習では、規定階層到着の他にもサブクエストが追加される。

また、専門科目で赤点を取ると、補習クエスト送りになります。

霜月 【十一月】

・倶楽部対抗戦 【霜月杯】

倶楽部の格付け決定戦にして、お祭りイベント。

対抗戦は基本的に『トーナメントな本戦』と『バトルロイヤルな予選』の二本立てになっている。

そして予選ルールは毎回異なっており、得意分野の異なる倶楽

部にも平等なチャンスを提供している。

師走【十二月】

・期末テスト（二学期）

全校生徒に対して、上旬に実施される期末考査。

各々の教室でも補習メンバーが固定化する時期。

『失踪生徒（ロストマン）』が発生しないように調整するのも担任の役目となる。

また、専門科目で赤点を取ると、『新春特別イベント』への強制参加が決定されます。

・クリスマス

二十四日から二十五日にかけて発生する特殊イベント。

学園公認クリスマスイベントの他にも、学生街ではクリスマスセールが行なわれ、各寮でもクリスマスパーティが開催と、まさに聖なる祝祭となる。

だが、忘れてはいけない。

クリスマスのキャッキャウフフを、ラブコメイチャイチャを憎む彼らの存在を。

そう、彼らの名は……どうでもいいので割愛。

・冬季休暇

十二月下旬から一月中旬までの長期休暇。

学園の冬休みは、雪景色に覆われているのが通例となる。

期間中は寮に引き籠もる生徒が多し。

三学期：睦月【一月】

・新春特別イベント

通称『新春☆鬼ごっこ』

一月一日午前零時に開催される、毎年恒例の特殊レイドイベント。

二学期の期末テストの赤点者は強制参加。

学園公認のお墨付きがあり、参加するだけで特殊アイテムが貰える、かもしれない良心的で安全安心なクエスト。

開催地は『極級』異世界『鬼ヶ島』。

・中間テスト（三学期）

全校生徒に対して、下旬に実施される中間考査。

冬休み期間でだらけた生徒に喝を入れるため、ダンジョン実習の難易度は少し高め。

また、専門科目で赤点を取ると、補習クエスト送りになります。

如月【二月】

・倶楽部対抗戦【如月杯】

三度目にして年度最後の倶楽部ランキング戦。

学園へのアピールや、次年度に向けての格付けが決められる。

学園最強勢力の決定戦。

収入源となっている。

弥生 【三月】

・期末テスト （三学期）

全校生徒に対して、上旬に実施される期末考査。

学園の公式見解では、留年や退学となる生徒は存在していない。

実際に補習などの救済措置はいくつも用意されている。

また、専門科目で赤点を取ると、『空穂舟』への強制参加が決定されます。

・卒業式及び終業式

学園生活の追憶と卒業の季節。あるいは変わらない明日の始まり。

豊葦原学園定期行事紹介

・フリーマーケット

月に一度、月初めの日曜日に開催される、学園公認の『蚤の市』。

開催場所はグラウンドが利用され、出店の申請は倶楽部単位となっている。

取り扱われる品は、古着からダンジョン内アイテムなど様々。

屋台設備のレンタルもされており、フランクフルトやタコ焼きの露店なども見られる。

それらはダンジョン攻略を不得手とする生徒にとって、貴重な

CYCLOPedia

キャラクタープロフィール
Character Profile：（第四巻時点）

【メインストーリーキャラクターズ】

『神匠騎士団と愉快な仲間たち』

【一年丙組】

・船坂叶馬（ふなさかとうま）

一年丙組男子生徒。
平凡（自称）で普通（自称）のシャイボーイな主人公。
クラス：『雷神見習い』『雷神』

・小野寺誠一（おのでらせいいち）

一年丙組男子生徒。
苦労人系の常識人にして叶馬の親友。
クラス：『盗賊』『忍者』

・芦屋静香（あしやしずか）

一年丙組女子生徒。
物静かな文学系女子、の皮をかぶった腐女子。
クラス：『術士』『巫女』

・薄野麻衣（すすきのまい）

一年丙組女子生徒。
享楽主義で打算的なところもある可愛い系女子。
クラス：『術士』『魔術士』

・南郷沙姫（なんごうさき）

一年寅組女子生徒。
身内には甘えん坊の体育会系美少女、余所者には冷酷で冷淡。
クラス：『剣士』『剣豪』

・神衾海春（かんごうみはる）

一年辰組女子生徒。
夏海と双子の姉妹、謎の能力持ち。
クラス：『癒し手』『司祭』

・神衾夏海（かんごうなつみ）

一年巳組女子生徒。
海春と双子の姉妹、謎の能力持ち。
クラス：『文官』『案内人』

【二年生組】

・柏木蜜柑（かしわぎみかん）

ちんまり体型の頑張り屋さん、元匠工房の部長にしてマスコット。

クラス：『職人』『鍛冶士』
ゴーレム：ゴライアス

- 鈴成 凛子

エッチな体型をしている責任感の強い子で、倶楽部のまとめ役。
クラス：『職人』『鑑定士』
ゴーレム：アテレイ

- 東 久留美

ツンな態度でも面倒見のいい、料理上手なお母さん気質。
クラス：『職人』『調理士』
ゴーレム：ビスマルク

- 秋月 杏

ぽわぽわした笑顔を絶やさない、のんびりした性格の受身っ子。
クラス：『職人』『裁縫士』
ゴーレム：ダルマクン

- 峰村 桃花

エッチな体型をしている包容力があるお姉さん、に見える実はヘタレなマゾ娘。
クラス：『職人』『調合士』
ゴーレム：ハヤテマル

- 長倉 梅香

職人組のムードメーカーでトラブルメーカー、思い込んだら一直線の暴走娘。
クラス：『職人』『要塞建築士』
ゴーレム：カゲロウ

- 野々村 市湖

真面目で一途な努力家、だが切れるとちょっと怖い一面もあり。
クラス：『職人』『彫金士』
ゴーレム：ボクサツジン

- 八島 智絵理

実験大好きなマッドサイエンティスト、一応ちょっとだけ自覚あり。
クラス：『職人』『錬金士』
ゴーレム：パラケルスス

- 亀山 柿音

工作大好きなメカニック娘、強化外装骨格のパワーアッププロジェクトリーダー。
クラス：『職人』『機関士』
ゴーレム：ニコラテラス

・釣部 朱陽（つるべ あけひ）
ガーデニング大好きの農業系女子、植物に愛された緑の親指姫。
クラス：『職人（クラフター）』『植栽士（ガーデナー）』
ゴーレム：テルテルボウズ

・劉 芽龍（りゅう めいろん）
帰国子女なポジティブ娘、女子を堕落させるスイーツ作りの名手。
クラス：『職人（クラフター）』『菓子調理士（パティシエ）』
ゴーレム：ダイダラ

・赤井 鬼灯（あかい ほおづき）
ちんまり体型の内気っ子、蜜柑に憧れる倶楽部のサブマスコット枠。
クラス：『職人（クラフター）』『調香士（パフューマー）』
ゴーレム：モモタロウ

『麻鷺荘と愉快な仲間たち』

・青葉山 乙葉（あおばやま おとは）
麻鷺荘の寮長にして頼りになるお姉さん（自称）、弄られ体質でとても運が悪い。
クラス：『戦士（ファイター）』『騎士（ナイト）』

・門脇 朱音（かどわき あかね）
麻鷺ソロリティ色仕掛け担当のエッチなお姉さん。
クラス：『遊び人』『娼婦』

・田端 紫苑（たばた しおん）
麻鷺ソロリティ色仕掛け担当のエッチなお姉さん。
クラス：『遊び人（ニンニン）』『娼婦』

・雪（ゆき）
[unknown]

【サイドストーリーキャラクターズ】

『勇者団と愉快な仲間たち』

・鷹峰 和人（たかみね かずと）
独善的な美男子で処女厨、特殊なクラスを獲得した新鋭の注目株、ただし教室の隅は見えない。
一年丙組男子生徒。
クラス：『勇者（ブレイバー）』

・堤 剛史（つつみ たけし）
食う寝るセックスが基本行動の本能重視な野獣系男子、野生の

・上杉 虎太郎

勘でヤバイのには近づかない。

一年丙組男子生徒。

クラス：『戦士』

極度のセックス依存症でナルシストな男子、他のクラスメート

と同じく授業中は空気になるスキル持ち。

一年丙組男子生徒。

クラス：『術士』

・東城 聖菜

丙組女子クラスメートのリーダー（一部例外あり）、勇者団の女

子メンバーのまとめ役。

一年丙組女子生徒。

クラス：『海賊』

・長瀬 志保

大人しい文系女子の勇者団女子サブリーダー、悪巧みもするが

基本的に成功しない。

一年丙組女子生徒。

クラス：『文官』

・更級 弥生

元陸上競技のスポーツ少女、普段から薄着で小麦色の肌アピー

ル。

一年丙組女子生徒。

クラス：『戦士』

・西川 美依

可愛い系のブリッツメンバー、少しばかりサドっ気あり。

一年丙組女子生徒。

クラス：『術士』

・笹原 奈々実

教室でも目立たない大人しい少女、だがダンジョンの中では壁

役として大活躍。

一年丙組女子生徒。

クラス：『戦士』

・佐藤 竜也

『艶媚と愉快な仲間たち』

平凡で普通の流され系男子、パーティを組んでいる女子三人が

気になるお年頃。

一年寅組男子生徒。

クラス：『槍士』

CYCLOPEDIA

・中村 信之助（なかむら しんのすけ）

欲望に正直なお調子者のエロ男子、クラスメートの女子全員セフレ化計画を立案中。

一年寅組男子生徒。

クラス：『戦士（ファイター）』

・吉原 由香（よしわら ゆか）

控え目な性格をしている美少女、上級生の不良集団からエロ調教される日々。

一年寅組女子生徒。

クラス：『術士（マギ）』

・鈴木 保奈美（すずき ほなみ）

ほんわかな性格をしている美少女、上級生の不良集団からエロ調教される日々。

一年寅組女子生徒。

クラス：『文官（オフィサー）』

・菊池 李留（きくち りる）

勝ち気な性格をしている美少女、上級生の不良集団からエロ調教される日々。

一年寅組女子生徒。

クラス：『山賊（バンディット）』

・笈川 翠（おいかわ みどり）

一年丙組担任にして専門科目の迷宮概論講師、真面目で生徒思いの美人女教師。

クラス：『肉便姫（オルギア）』

『豊葦原学園と愉快な仲間たち』

俺は**ハーレム**を作る

うちのメイドと♡結婚♡するためなら

Uchino meido to
kekkon surutamenara
oreha ha-rem wo tsukuru

Hino Akari
火野あかり

ill. れいなま

俺は、うちのメイド♪と

絶対結婚する！

世界の八割を支配する大帝国グラウシュラウド。その帝国の有力貴族、ギリアム伯爵家の次期当主として生まれたアレクには夢があった。それは長年一緒に生活している、幼馴染で専属メイドのクロエと結婚することだ。しかし、有力貴族の次期当主が、身分の差があるメイドと結婚することなど許されるはずがない。アレクの父であり現当主のアイザックも「魔族討伐に行く途中で、外に子供と有力貴族の妻を作れ」とアレクに嫁取りを命令する。クロエ以外の誰とも結婚したくないアレクは、結婚を実力で認めさせるため父アイザックに反逆することを決め、決闘を申し込むが……

| サイズ：四六判 | 価格：本体1,300円＋税 |

監禁王

‹2›

マサイ
illust ぺい

全ランキングを制覇した
圧倒的話題作
第二弾登場!
コミカライズ企画も進行中!

同級生の黒沢美鈴を監禁した木島文雄。自称魔界のキャンペーンガールリリの指導のもと洗脳プログラムを実行していくが、美鈴が付き合ってる彼氏の存在がひっかかって隷属までもっていけない。そこで、美鈴の幼馴染みで既に監禁し洗脳していた羽田真咲を美鈴のライバルとしてぶつけることに。真咲は美鈴に文雄を取られると思い美咲に襲いかかる。一方、藤原舞の裸を撮影した犯人を突き止めるため、犯行が疑われる陸上部の女子18人を文雄はまとめて監禁する……。監禁王、待望の第二弾登場!

| サイズ:四六判 | 価格:本体1,300円+税 |

ハズレ赤魔道士は賢者タイムに無双する

Hazure Akamadoushi ha Kenja time ni Musou suru

2

ほーち
illustration
宮社惣恭

"賢者は姫騎士とパーティーを結成する"

コミカライズ企画進行中!!

1時間限定とはいえ、最強職の「賢者」にクラスチェンジできるようになったレオン。クラスチェンジしたことで覚えたスキルにより「赤魔道士」としてもかなり強くなっていた。レオンは自分の能力を知るため、ソロで塔の探索を開始する。ある日、リディアからパーティーを組まないかと誘われる。しかも、リディアとレオンのデュオ。レオンはリディアの協力?のもと、さらに塔を攻略することでレベルをあげ、強力な魔法やスキルを次々と獲得していく。そして、ついに塔の最上階へ挑戦することに…。人気シリーズ第二弾登場!!

| サイズ:四六判 | 価格:本体1,300円+税 |

ハイスクールハックアンドスラッシュ❹

2021年11月30日 初版第一刷発行

著 者　　　竜庭ケンジ

発行人　　　長谷川 洋

編集・制作　　一二三書房 編集部

発行・発売　　株式会社一二三書房
　　　　　　　〒101-0003 東京都千代田区一ツ橋2-4-3 光文恒産ビル
　　　　　　　03-3265-1881

印刷所　　　中央精版印刷株式会社

作品の感想、ファンレターをお待ちしております。

〒102-0072　東京都千代田区飯田橋 2-14-2　雄邦ビル
株式会社一二三書房
竜庭ケンジ 先生／アジシオ 先生

©Kenji Ryutei
Printed in japan
ISBN 978-4-89199-732-8